I0823524

MUERTE SIN TESTIGO

Ä
colección andanzas

ÓSCAR XAVIER ALTAMIRANO
MUERTE SIN TESTIGO

Diseño de la colección: Guillemont-Navares
Fotografía de portada: © Getty Images
Fotografía del autor: cortesía de Óscar Xavier Altamirano

Bajo el sello editorial TUSQUETS M.R.
Avenida Presidente Masarik núm. 111,
Piso 2, Polanco V Sección, Miguel Hidalgo
C.P. 11560, Ciudad de México
www.planetadelibros.com.mx

Primera edición en formato epub: septiembre de 2025
ISBN: 978-607-39-3421-3

Primera edición impresa en México: septiembre de 2025
ISBN: 978-607-39-3208-0

Impreso en los talleres de Litográfica Ingramex, S.A. de C.V.
Centeno núm. 162-1, colonia Granjas Esmeralda, Ciudad de México
Impreso en México - Printed and made in Mexico

Para Pam

Combatir la realidad con la fantasía, que es lo que todos hacemos cuando contamos o fabricamos historias, es un juego entretenido mientras nos mantengamos lúcidos sobre las fronteras inquebrantables entre ficción y realidad. Cuando esa frontera se eclipsa y ambos órdenes se confunden... el juego cede el lugar a la locura...

MARIO VARGAS LLOSA

Prólogo

A ratos la esperanza desaparecía y solo quedaba la incertidumbre. Nada más que la incertidumbre. La continua yuxtaposición del presente y del pasado. ¿Estaba progresando o más bien estaba sentenciado? ¿Se trataba de un trastorno o de la simple normalidad fallida típica del hombre? No lo sabía. En verdad, no lo sabía.

Primero, las llaves de su casa, luego las galletas; después aquella cena que ella echó a perder llamando a la puerta. A partir de ese momento comenzó a molestarle su presencia. La forma en que ella le sonreía. Ahí empezó a tambalearse. Ocurrió en un pestañeo. De pronto abrió la puerta y ahí estaba él charlando con ella al pie de la escalera. Todo parecía normal; un encuentro casual, pero seguro que estaban ahí desde hacía ya un buen rato. Hubo un atisbo de nerviosismo, luego una sutil simulación, una naturalidad forzada. Los había tomado por sorpresa. Era como si hubiera interrumpido algo, pero fingieron. Ambos fingieron, y ella se siguió de largo. Luego, desde arriba, la vio poner la mano en su antebrazo. Lo tocó. Se dio cuenta de ello. Una mujer jamás toca a un hombre sin haber rendido una parte de sí, por pequeña que sea. Sabiéndolo o no, queriéndolo o no, lo estaba poniendo a prueba. Esa era la verdad. Algo, en su interior, había despertado.

1

El cielo azul cobalto se extendía tras aquel roble al que iban juntos casi cada domingo en los veranos, a convivir, a juntar las manos y ver pasar la vida bajo su sombra inamovible, lejos del asfalto, del calor. Pero aquel gran árbol, ahora, era distinto. Estaba en medio de un trigal bajo un sol abrazador, con un tronco robusto y agrietado al que Frankie estaba atado por un alambre; un alambre de púas que sujetaba su torso con múltiples vueltas. Maddie no sabía si estaba vivo o muerto. Quería gritar, llamarlo, decir su nombre, pero todo lo que salía de su pecho era un espasmo mudo que la obligaba a intentarlo una vez más y luego otra hasta que por fin consiguió emitir un balbuceo que la hizo despertar. El libro que había estado leyendo se le cayó de las rodillas hacia los pies. Era domingo, estaba en Manhattan. Ese domingo 12 de agosto en Central Park.

Maddie abrió los ojos y miró en torno. No parecía nada lejano aquel tiempo en que iban a esos pícnics con los niños y jugaban con el frisbi o la pelota. Un día Frankie les enseñó a jugar croquet, y Kate, mazo en mano, terminó persiguiendo a Max por todas partes gritando «No me vuelvas a hacer trampa nunca más». Ahora Max vivía en Los Ángeles y Kate en Australia, casada. En el carrito en el que ponían las cosas había de todo, menos juguetes: sillas plegables, el libro del momento, sándwiches de rosbif, una botella de Borgoña, té helado y quesos o paté que Maddie solía comprar en Zabar's. Frankie era fanático del *Apfelstrudel*, pero el bueno rara vez estaba en la cesta.

Maddie se inclinó y recogió el libro que se le había resbalado. Quería volver a la esperanza, pero no podía. Todo lo que tenía en la cabeza era esa imagen sin palabras a la que acudía una y otra vez. Era ella, ¿no es así? Era ella quien tenía que hacer algo. Lanzarlo todo al río y dejar que la corriente hiciera lo demás.

Por un momento que le pareció muy largo, el parque se había tornado silencioso. El vaso de Frankie estaba tirado en el suelo. Necesitaba estirar las piernas, dar unos pasos descalza por el césped. Recogió el vaso y lo puso en la cesta, luego echó un vistazo a la botella y miró su reloj. A lo lejos, un niño comenzó a jugar con su guante de béisbol. Lanzaba la pelota y la atrapaba. Le recordó a Max.

Maddie inspeccionó el entorno y volvió a mirar el reloj. Eran las 5:20 p.m. Frankie no volvía y decidió llamarle al celular. La respuesta vino del buzón. Una vez más, el maldito buzón. Ese no era el acuerdo. Algo no iba bien. Tuvo que recoger todo y volver sola. La acera ardía bajo sus pies. Al llegar a la 77 y Columbus volvió a mirar alrededor. El semáforo peatonal tardó más de la cuenta, y tuvo que cruzar a toda prisa, apretar el paso hasta llegar a casa: un edificio *brownstone* de la calle 80. Luchó con la vieja cerradura, plegó el carrito y subió cargando todo en una bolsa. Frankie estaba en la estancia, sentado en una silla, sin zapatos, con los codos sobre las rodillas y el rostro oculto entre las manos.

—¡Frankie! —exclamó—. ¿Qué pasa? ¿Estás bien?

—Discúlpame —le dijo—. Estaba a punto de volver. Se me bajó la presión.

Maddie se acercó y le puso una mano sobre la frente.

—Estás frío. Recuéstate.

—Disculpa...

—Te serviste vino, ¿verdad?

—Un poco, nada más.

—Tu vaso estaba tirado en la hierba. Me preocupé. Te llamé al celular. Me mandó al buzón, para variar.

—Solo vine por mi bloc de dibujo.

—Siempre tenemos que traer el celular. No entiendo por qué te resistes. ¿Cuál es el problema?

—Cargamos con el celular toda la semana. Es domingo. ¿No podemos dejarlo un día en paz?

—Claro que no. Todavía no. Siempre que pasa algo es domingo, un fin de semana largo o vacaciones. ¿No crees que deberías llamar a Duncan?

—¿A Duncan? No creo que esto sea cosa de Duncan. Ya estoy mejor.

—¿Estás seguro?

—Sí.

—Está bien. Tómate un Advil. Descansa.

—Okey.

—Yo tampoco me siento muy bien, creo que fue ese vino. Me dejó noqueada.

Maddie entró al baño y registró el botiquín. Le molestaba ver todos esos frascos anaranjados en completo desorden. Solo había paracetamol. Tomó uno, lo puso sobre la mesilla, encendió el celular de Frankie y le dijo que iba a salir a hacer algunas compras, así que tomó de nuevo el carrito, volvió a la calle y se dirigió a la farmacia pensando en Cindy, la chica extrovertida del mostrador. No tenía ánimo de charlas intrascendentes ni preguntas tales como «¿Qué tal está el señor Armstrong?». Además, tenía pendiente devolverle un libro; ese libro que a ella nunca le interesó leer ni le pidió prestado. Tan solo la encontró leyendo detrás del mostrador y, por pura cortesía ociosa, le preguntó si lo estaba disfrutando. La chica le dijo que acababa de terminarlo y que era muy bueno porque enseñaba a vivir el presente; le dijo que se lo recomendaba. «Lléveselo, lléveselo, luego me lo devuelve», y se lo puso en las manos.

Al cabo de cuarenta minutos, Maddie caminaba de vuelta con el carrito atiborrado de víveres y la frente perlada por el sudor. Todo lo que quería era llegar a casa, darse una ducha y pasar la tarde leyendo o viendo una película, pero al doblar la esquina vio las luces azules y rojas que destellaban delante del edificio y aceleró el paso. Era un coche patrulla con su radio crepitando a todo volumen. La puerta del edificio estaba abierta.

Con el corazón palpitante, Maddie tiró del carrito por el estrecho pasillo que conducía a un amplio patio trasero, cuyos muros colindantes estaban cubiertos por una espesa enredadera. Al fondo había un estudio con dos ventanas, elevado sobre un entarimado que tenía una escalera de cuatro peldaños. Al pie de la escalera se hallaba Manuel, un joven mexicano, originario de Cholula, que le ayudaba a podar la enredadera, los arbustos y un fresno más alto que robusto. Olía a café, a café hervido.

—¡Dios mío! ¡Qué está pasando! —exclamó Maddie.

—¡Señora Maddie! —repuso Manuel con su acento latino. Sus manos estaban cubiertas de lodo, y tenía dos policías delante—. ¡Es la señorita Lauren! Está ahí adentro… en el suelo…

—¡Dios mío! ¿Qué le pasó?

Uno de los oficiales se dio media vuelta.

—Murió, señora.

—¿Murió? ¿Cómo? ¿Cuándo?

—No lo sabemos aún. Creemos que no hay razón para alarmarse. La puerta no está forzada. No parece tener heridas, pero es demasiado pronto para hacer conjeturas. Me temo que lleva ahí varios días. Hervimos café para disipar el olor.

—¡Dios santísimo!

Maddie, con el rostro desencajado, miró al oficial. Era atlético, negro y de al menos un metro noventa de estatura. Bajo su placa, se leía su nombre: WALKER.

—Entiendo que usted es la dueña del inmueble y que esta persona trabaja para usted. Él fue quien reportó el incidente.

—Sí, sí. Es Manuel, el jardinero. Yo soy Madeleine Armstrong, vivo allá arriba con mi esposo. —Manuel asintió, alzó su mano cubierta de tierra y se limpió un ojo con los nudillos—. ¿Estás bien? —preguntó Maddie, percibiendo ese olor a composta y café que comenzaba a helarle la sangre.

—Sí, señora, yo estoy bien, pero la señorita Lauren...

—Pero ¿cómo? ¿Cuándo ha sucedido todo esto?

—Pues quien sabe, señora Maddie. Quién sabe. Como les dije a los oficiales, ya estaba yo terminando, cuando, ahí, bajo el entarimado, me llegó un olor raro, como de animal muerto. Ya ve que usted me dijo que después de podar todo le barriera bien ahí porque había mucha hoja seca. Y sí, dije: «Seguro por ahí anda un pájaro o una rata muerta, ahorita me la encuentro», y seguí barriendo, pero, ya cuando terminé, seguía el olor y no había nada. Entonces dije: «No, esto viene del estudio de la señorita Lauren». Ella, cuando no hace frío, pues casi siempre tiene la puerta abierta, verdad, por eso pensé que no estaba, pero se me hizo raro porque la luz del baño estaba prendida. Entonces llamé, pero nada. Todavía le grité: «Señorita Lauren». Luego me asomé por el vidrio y alcancé a ver sus tenis rojos, pero puestos. ¡Los tenía puestos! Dije: «No, esto no puede ser, voy a llamar a la señora», pero como usted había salido avisé al 911, y llegaron los oficiales. Todavía me dijo la operadora que si podía yo ver si estaba respirando. «No —le dije—, esa chica ya está más que muerta». Quién sabe qué le haya pasado. Era muy joven, muy joven.

Manuel observó al segundo oficial. Su piel rojiza y la rubia palidez de su cabello contrastaban con la inesperada voz de barítono que surgió de sus labios apretados:

—Oficial Benton, señora. Lamento lo sucedido.

Ansioso por evitar el contacto entre posibles testigos, Benton condujo a Manuel al lado opuesto del patio, mientras Walker hablaba con Maddie.

—Entiendo que la chica era su inquilina, ¿es correcto?

—Así es.

—Lo siento. ¿Cuál es el apellido de la joven?

—McKellen. Lauren McKellen.

—¿Cómo lo escribe?

—M, c, K, mayúscula, doble l, e, n.

—¿Vivía sola?

—Sí.

—¿La conocía bien?

—No realmente. Llegó en febrero.

—¿Sabe a qué se dedicaba? ¿Su profesión?

—Tengo entendido que había sido modelo, pero ahora era estudiante de arte en Hunter College.

—Estudiante de arte.

—Sí.

—Bien. ¿Me permite su identificación?

—Sí, claro.

Maddie abrió su bolso mientras el oficial Walker, adiestrado a registrarlo todo como si fuera un escáner humano, tomaba nota mental de cualquier cosa que pudiera ver en su bolso, su billetera y el carrito de compras. Tan pronto como Maddie le entregó su licencia, la colocó sobre el portapapeles, tomó su celular y la capturó por ambos lados con la aplicación Axon.

—Wells es su apellido de soltera, ¿verdad?

—Sí, sí. Tal como está en la licencia.

—¿Cuál es su ocupación?

—Editora. Soy editora literaria.

—¿Teléfonos? Casa, trabajo y celular.

—Tengo aquí mi tarjeta, ahí están todos los números. Trabajo en casa.

—Excelente. Madeleine Wells. Ahora, le haré unas cuántas preguntas.

—Claro.

—¿Cuándo fue la última vez que la vio?

—El fin de semana pasado. Estuve en Connecticut de martes a viernes, así que fue el sábado.

—¿Dónde la vio?

—La vi entrar, nada más, desde la ventana.

Walker levantó la cabeza y señaló con el dedo:

—¿Segundo piso?

—Sí.

—¿Estaba sola?

—No vi a nadie más.

—¿Le pareció que estaba bien?

—A simple vista, sí.

—¿Algo raro, fuera de lo normal?

—No, para nada —continuó Maddie, empujando el arco de sus lentes con la punta de un dedo—. No la tratamos mucho. Tenía un amigo, bien parecido, más joven que ella. Estudiante, me imagino. Solo lo vi dos o tres veces; iba entrando con ella.

—¿Sabe su nombre?

—No.

—La última vez que lo vio, ¿cuándo fue?

—Hace tres semanas, más o menos.

—¿Puede describirlo?

—Pues, era alto; cabello corto, castaño; de unos veinte años, veintiuno.

—Okey. ¿El nombre de su esposo?

—Frank Armstrong.

—¿Su edad?

—Cincuenta y tres.

—¿Profesión?

—Escritor.

—¿Hijos, familiares que vivan con usted?

—Un hijo y una hija, pero no viven en la ciudad.

—Okey, ¿y su esposo?

—Está arriba, en casa.

—¿Está segura? Manuel, su empleado, nos dijo que tocó el timbre varias veces y nadie le respondió.

—¡Qué extraño! —exclamó Maddie, tomando el teléfono de su bolso—. Estaba en casa cuando salí. No se sentía bien.

Walker cambió su postura y observó a Maddie con el teléfono al oído.

—¿Frankie? ¿Dónde estás?... Gracias a Dios... Estoy aquí abajo, en el patio. Es terrible, está aquí la policía. Lauren está muerta... Sí, sí... En el estudio... ¡Sí!... No lo sé, no lo sé. Manuel la encontró, tocó el timbre, varias veces... Sí, sí por favor, date prisa. —Maddie terminó la llamada y miró a Walker—: ¡Gracias a Dios! Estaba en la ducha.

—Excelente, una cosa menos de qué preocuparse.

—Sí.

—Son situaciones difíciles.

—Sí. ¡Dios mío! Vaya que lo son.

—Es entendible. Tómese su tiempo. —Maddie hizo una pausa y desvió la mirada. Walker prosiguió—: ¿Esta área es independiente?

—Sí.

—¿Fiestas?

—Una vez, en febrero. Acababa de llegar. No vi nada en especial. Solo le pedí que bajara un poco el volumen de la música.

—¿En esa fiesta?

—Sí.

—¿Hay alguien más en el edificio? ¿Otros inquilinos?

—Por ahora, solo mi esposo y yo. Ocupamos los últimos dos pisos. El primer piso acaba de desocuparse…

—¿Apenas ahora?

—Hace como seis semanas.

—¿Y el de abajo?

—Estará alquilado a partir del mes que viene.

—¿Cualquier otra persona que tenga acceso a la propiedad?

—De momento, solo Nadja, la señora de la limpieza. Viene los martes.

—¿También venía a casa de la chica?

—No. Solo a la nuestra.

—Una pregunta más.

—Está bien.

—¿Entraron usted o su marido recientemente al estudio?

—No. En absoluto. Solo entramos de vez en cuando, a petición del inquilino o a la nuestra, y siempre en su presencia, por cuestiones técnicas, nada más.

—Bien, el médico forense está en camino. Tardaremos un par de horas en retirar el cuerpo. Necesita saber que, como parte del procedimiento, la propiedad, es decir, el estudio quedará sellado y bajo custodia del juez de instrucción. Nadie podrá tener acceso a él, no importa la razón por la que necesite entrar. En caso de cualquier asunto que requiera atención inmediata, deberá comunicarse a los teléfonos indicados en el sello. ¿Alguna duda?

Maddie titubeó un segundo, luego preguntó:

—¿Un sello?

—Sí. En la puerta de entrada y, quizá, en las ventanas, se colocará un sello que permanecerá durante la averiguación previa. En su momento, el juez de instrucción autorizará su remoción.

—Entiendo. Habrá que avisar a su familia. Pobres. Tendrán que venir por sus cosas.

—En efecto. Le recomiendo que contacte a su abogado. ¿Tiene el número de algún familiar?

—Sí, lo tengo. Está arriba con su contrato. Me parece que es de una prima o amiga suya en Nueva Jersey.

—Bien, lo vamos a necesitar.

—Claro.

—Por último, ¿se le ocurre algo más que debamos saber?

—¿Algo más? Pues, había una persona que llamó la atención de mi marido. Yo solo lo he visto una vez. Viene en motocicleta.

En ese instante, a espaldas de Maddie, apareció Frank Armstrong, con una camisa blanca remangada, bermudas, mocasines sin calcetín y el pelo húmedo, recién peinado.

—Oficial, buenas tardes. Frank Armstrong.

—Oficial Walker. Lamento lo ocurrido.

—Es… Es terrible.

—Así es.

—¿Le hicieron algo?

—No lo sabemos. Hasta ahora no hay señales de violencia o allanamiento.

Walker miró a Manuel. Le dijo que podía marcharse.

—Señora Maddie, señor Frank, lo lamento —dijo Manuel—. Avísenme si me necesitan.

—Por supuesto —repuso Maddie—. Muchas gracias.

—De nada, señora Maddie, buena suerte.

Manuel caminó a la puerta y Walker le hizo una seña a Benton. Requería que Maddie se apartara de ahí.

—La señora Wells tiene los datos de un familiar de la chica, ¿puedes acompañarla a buscarlos?

Benton asintió y siguió a Maddie. Walker miró a Frank Armstrong prestando atención a una vieja cicatriz en la barbilla que se extendía hasta la oreja izquierda. Las cejas, gruesas y bien distribuidas, acentuaban el carácter de sus ojos, intensos, marrones y penetrantes. Su aspecto era el de un hombre bien parecido, carismático, de cabello corto y acentuada masculinidad; no era robusto ni delgado y su estatura no era menor al metro ochenta y cinco. En ese momento tenía el ceño fruncido y una mirada de profunda consternación.

—¿Tiene alguna idea de lo que pudo haber pasado, oficial? —le preguntó a Walker sin miramientos.

—De momento no. Debemos esperar.

—Entiendo.

—¿Me permite su identificación?

—Sí, claro.

Frank Armstrong sacó su billetera. Walker advirtió una foto; en ella, un chico y una chica. Tan pronto como tuvo la licencia comenzó con la misma serie de preguntas que le hiciera a Maddie, al cabo de las cuales se percató de que el hombre que tenía delante era escritor de profesión, columnista en el *New York Times* y colaborador de la cadena CBS. Si hubiera estado afeitado, quizás lo habría reconocido. Consciente de lo que esta inesperada revelación implicaba para el Departamento de Policía, y para su próximo ascenso a detective de tercer grado, Walker le devolvió la licencia sabiendo que no podía permitirse un error.

—Bien, señor Armstrong, como le expliqué a su esposa, la retirada del cadáver va a llevar un poco de tiempo. Ya está en camino el forense y puede que en breve llegue mi supervisor. El área quedará aislada, el departamento quedará bajo custodia y los familiares de la chica serán notificados. ¿Alguna pregunta?

—Entiendo oficial. Así es como funciona esto. Solo tengo una pregunta.

—Claro.

—Sé que es muy pronto, pero ¿hay algún indicio de que la chica pudiera haberse quitado la vida?

—¿Indicio? Si se refiere a una carta, no, no la hay. No a la vista. ¿Alguna razón por la que piense que pudo haberlo hecho?

—No, ninguna. No parecía que estuviera preocupada o angustiada. Estaba a punto de irse de la ciudad y parecía contenta con ello.

—¿Se lo dijo?

—Sí.

—¿Cuándo?

—El jueves pasado.

—¿A qué hora fue eso?

—Alrededor de las seis, diría yo.

—¿Dónde?

—Ahí, en el estudio.

—¿Lo invitó a pasar?

—Me dijo que el excusado tenía una fuga y me pidió que le echara un vistazo. Parecía estar bien.

—¿Recuerda cómo vestía?

—Pantalón de mezclilla, playera, sin zapatos.

—¿Arregló la fuga?

—Sí, solo era cuestión de aflojar la cadena. Estaba tirando de la válvula de goma y dejaba pasar el agua desde el depósito.

—¿Le dijo a dónde pensaba ir?

—A Milford.

—Y, antes del jueves, ¿tuvo algún otro contacto con ella?

—Sí, el miércoles en la noche, alrededor de las nueve, subió para pedir un duplicado de llaves que nos encargó. Dijo que había dejado las suyas adentro, así que se las di. Fue entonces cuando me comentó lo de la fuga.

—Entiendo. Y ese duplicado, ¿se lo devolvió?

—No.

—¿Y esa fue la última vez que la vio?

—Sí.

—Okey. ¿Alguna otra cosa que piense que deba saber?

—Pues sí.

Walker se llevó la mano a la barbilla advirtiendo la mirada grave de Frank Armstrong.

—Venía a verla un hombre en moto. Era un poco raro. Desde luego no era un amigo de la universidad.

—¿Cómo era?

—Bueno, pues era uno de esos tipos rústicos, en la onda Harley, ya sabe, con tatuajes góticos y atuendos fantasmagóricos.

—¿De qué color era esa Harley?

—Negra.

—¿Cuántas veces lo vio?

—Bueno, pues no es que haya muchos de ellos en Nueva York, ¿no es así? Tres veces. Dos, al principio, cuando ella acababa de instalarse y, luego, creo que la semana pasada.

—¿Qué edad tendría, más o menos?

—Sesenta y cinco, tal vez un poco más.

—¿Dónde lo vio?

—La primera vez, saliendo del estudio, al mediodía. La siguiente, estaba afuera, en la calle, hablando con ella y, la última vez, no lo vi a él, pero su moto estaba afuera.

—¿Puede describirlo?

—Caucásico, ojos azules, pelo blanco, corto; barba corta, también blanca; robusto y de estatura media.

—¿Se fijó en la matrícula? ¿Letras, números, estado?

—No.

—Bien, si vuelve a verlo, anote la matrícula y llámenos. Evite el contacto.

—Eso haré, sí.

En ese instante reapareció Benton con un pósit en la mano. Walker miró su enorme reloj digital y le dijo que su superior estaba retrasado, pero no así el forense, que ya estaba llegando.

—Bien, señor Armstrong, eso es todo por ahora. En cuanto hayamos terminado, se lo haremos saber —le dijo.

Frankie subió por la escalera, entró al departamento y encontró a Maddie en la estancia. Ahora ella estaba en la silla, sin zapatos y con los ojos enrojecidos.

—Ya llegó el forense —le dijo Frankie, quitándose los mocasines.

—¿Lo viste?

—No. Dijo Walker que nos avisará cuando terminen.

—¡Qué horror! Son de las cosas que te dejan…

—Sí.

—Sin palabras.

—Sí.

—¿Qué habrá pasado?

—Ni idea. No hay más remedio que esperar.

—¡Qué pesadilla! Pobre Manuel, estaba lívido. Ve tú a saber desde cuándo estaba ahí la pobre.

—Quién sabe.

—¿Crees que pudo ser intencional?

Frankie miró a Maddie. Casi adivinó lo que pensaba:

—No lo creo. Le pregunté a Walker si había algún indicio, una carta; dijo que no, que no había nada a la vista.

—Claro, nos lo habría dicho.

—No necesariamente.

—¿No?

—No.

—Quizá… ¡Quién sabe! ¿Le contaste del tipo ese?

—Sí.

—¿Y qué dijo?

—Que si viene de nuevo, apuntemos la placa, que tratemos de evitarlo.

—Me dijo que van a poner un sello.

—Sí, en la puerta. Notificarán a su familia. ¡Pobres! Alguien tendrá que reclamar sus pertenencias y venir por ellas.

—Sí.

—Será mejor pedirle a Howard que se encargue de esto.

—¡A Howard! —exclamó Frankie—. Otra vez.

—¿Se te ocurre alguien más? Te ha estado ayudando.

—Por obligación, no es porque quiera.

—Tú lo expusiste.

—¿Yo? Él se expuso. Defendió a un traficante de armas; lo sabe y se siente culpable. Si quieres su ayuda, habla tú con él. Yo ya tengo bastante con el lío de Boston.

Maddie se cruzó de brazos y Frankie entornó la mirada. Howard, su hermano diez años mayor, era un abogado prominente del que se había distanciado por un asunto nada original en el género novelístico: el resentimiento de un ser querido porque sospecha que un personaje está inspirado en él. Frankie se hartó de dar explicaciones, alegando que su personaje no era Howard, pero, al introducir en su historia un litigio de la vida real, ganado por el propio Howard con «más artimañas a las usualmente empleadas en el colorido mundo de la abogacía», terminó por revelar las argucias de un personaje dudoso detrás de un escándalo nacional. Para empeorarlo todo, la novela, titulada *¡Que vivan las armas!*, se colocó en la lista de *bestsellers* del *New York Times* y propinó un golpe a los partidarios de la Segunda Enmienda, que ampara el derecho a la posesión de armas de fuego.

—No te preocupes, no te preocupes —contestó Maddie—. Hablaré yo con él. Cuando llegue el momento.

Maddie se levantó, caminó hacia la ventana y miró la penumbra iluminada con el forense destello de un flash disparando una y otra vez dentro de las paredes de madera del estudio.

—¿Qué pasa? —preguntó Frankie.

—Están tomando fotografías.

—¿Sí?

—Sí.

—¿Dónde la encontró Manuel?

—No se. En el suelo, supongo. Dijo que tenía los zapatos puestos.

—¿Puestos?

—Sí.

—Mejor apártate de la ventana, no querrás dar la impresión equivocada.

Maddie frunció el ceño y miró a Frankie.

—¿Equivocada?

—¿Los dos aquí, mirando? Parecerá que estamos demasiado pendientes de lo que pasa ahí abajo.

—Y lo estamos.

—Sí, pero pueden interpretar cualquier otra cosa. Voy por un té helado. ¿Todavía hay?

—Quedó un poco en el termo.

—Bien. ¿Quieres?

—No, gracias.

Frankie entró en la cocina. Maddie lo observó de un modo peculiar y caminó hasta la barra, delante de la estufa.

—¿Frank?

—¿Sí?

—Cuando subí por el teléfono, no encontré las llaves de Lauren.

—Vino por ellas, yo se las di.

—¿Cuándo?

—El miércoles en la noche.

—No me dijiste nada.

—Se me olvidó.

—¿Pero se lo dijiste a Walker?

—Sí. Tuve que hacerlo.

—O sea que el miércoles en la noche estaba bien o, por lo menos, viva.

—Sí.

—¿La viste bien?

—Sí, normal.

—¿Qué te dijo?

—Que dejó sus llaves en el estudio.

—¿Y ya?

—Sí.

—¿Eso fue todo?

—Bueno, dijo que se iba a Milford, que había un problema con el depósito del excusado y que prefería dejarlo arreglado antes de irse.

—¿Y?

—Bajé a echarle un vistazo y lo arreglé. El sello de goma estaba dejando pasar agua. Fue muy fácil, solo tuve que aflojar la cadena.

—¿Y ya?

—Sí.

—¿Nada más?

—Sí. ¿Por qué? Estás como Walker.

Maddie se dirigió a un librero junto a la ventana, alargó el brazo y regresó con un libro.

—Porque el viernes, cuando regresé, me encontré esto en la puerta.

Maddie colocó el libro sobre la barra. Adherido al forro estaba un papelito rosa con una cara sonriente dibujada en tinta roja. Frankie miró a Maddie, quien estaba observándolo como si fuera una rata en el laboratorio. Por un instante, estuvo a punto de arrancar el papel como si se tratase de una mala broma, pero se contuvo y bebió de su vaso para luego aclarar:

—*El poder del ahora.* Se lo di a Lauren.

—¿Cuándo?

—Hace como dos semanas.

—Es de Cindy, de la farmacia. Lo estaba buscando para devolvérselo.

—¿De Cindy? ¿Y cómo iba yo a saber que era de ella? Estaba en el carrito. Juré que lo ibas a regalar.

—¿Y se lo diste a Lauren?

—Sí, me la encontré en Zingone, lo vio y le llamó la atención.

—En Zingone.

—Sí. Comprando fruta.

—¿Y no te preguntaste por qué estaba ahí?

—¿Lauren?

—El libro.

—En ese momento, claro que no.

—¿Y le llamó la atención?

—Sí.

—¿*El poder del ahora*?

—Sí.

—Un libro de autoayuda.

—Así es.

—¿Estaba deprimida?

—No.

—¿Sumergida en el pasado?

—No lo creo.

—¡Ah! Quería vivir en el presente.

—Sintió curiosidad. ¿Cuál es el problema?

—¿No lo ves?

—No.

—¿De verdad no lo ves? —Maddie entró a la cocina y abrió el refrigerador—. Ahora quiero una botella de agua. Ahora quiero estar en paz un minuto. Ahora quiero que tengas un poco de sentido común, que te esfuerces y que no me molestes hasta que tu luz interior te permita entender de qué diablos estoy hablando.

—¡Maddie!

—¿De qué estoy hablando, Frankie? ¿Puedes decirme?

—Claro que sí: del libro.

—¡Del libro! ¡Santo Dios!

Maddie negó con la cabeza. Sonó el timbre, así que se dirigió al vestíbulo y abrió la puerta. Frankie, en la cocina, la escuchó intercambiar algunas palabras con el oficial Benton y se asomó por la ventana. La bolsa negra con el cuerpo de Lauren salía ya sobre una camilla. Momentos después reapareció Maddie.

—Era Benton. Ya terminaron. Dice que van a necesitar que firmemos una declaración.

—¿Ahora?

—Luego. Nos llamarán.

Maddie empujó la puerta de la cocina con el antebrazo,

pero se detuvo un instante, observando la mirada evasiva de Frank Armstrong, que se apoyaba en el fregadero.

—¿Frankie?

—¿Ahora qué?

—Dijo Manuel que, antes de llamar al 911, estuvo tocando el timbre, y nadie contestó. Pero tú estabas aquí. ¿Por qué no contestaste?

—Porque no lo oí. Estaba en el baño, ya te lo dije.

Maddie se dio media vuelta, y Frank Armstrong miró el papelito en el libro de Cindy, invadido por la impotencia. ¿Qué clase de pregunta era esa? ¿Qué diablos estaba insinuando? ¿Acaso que estaba mintiendo? ¿O, tal vez, que se estaba ocultando?

2

Tan pronto como Maddie salió de la cocina, Frankie subió a su estudio en el ático. En su escritorio, un enorme diccionario *Webster's* estaba abierto junto a una variedad de lápices, estilógrafos y cuadernos de dibujo de distintos tamaños. Junto a la ventana, había un gran sillón ergonómico, apto para sobrellevar los crueles días de escritura o las largas horas de lectura, ahora improbables. Apenas se sentó, tomó su celular y pulsó la pantalla. Instantes después, contestó una voz rasposa en medio de lo que parecía una fiesta bastante alborotada.

—Hola, Frankie, ¿qué hay de nuevo?

—Freddie, ¿dónde diablos estás?

—En el St. James Gate. Es el partido de los Yankees.

—¿Cuánto le falta?

—Quién sabe. Van en la quinta.

—Apenas la quinta. —Frankie se pasó la mano por la cabeza y miró por la ventana—. Escucha —le dijo—, necesito hablar contigo, ahora.

—¿Por qué? ¿Qué pasa?

—Voy para allá.

Frankie colgó, escribió una nota y la dejó frente a la habitación cuando se dirigía a la salida. No tardó más que un par de minutos en llegar al St. James Gate, situado en la esquina de Ámsterdam y la 80. La barra estaba sitiada por hombres y mujeres que reían y charlaban a un volumen abrumador. Tuvo que abrirse paso entre la multitud para encontrar a Freddie, quien se encontraba apostado frente a una gran pantalla, coreando lo que parecía ser la segunda anotación de los Yankees.

Pese a sus cincuenta y cuatro años, Freddie miraba la pantalla con la ilusión de un niño de ocho. Sus cejas rubias y abundantes, arqueadas bajo las líneas de la frente, eran la evidencia de que la sorpresa subsiste y la esperanza también. Tenía los ojos azules y el pelo claro, corto y rizado. No había duda de que la vida lo había tratado con munificencia. La barriga había empujado el cinturón por debajo de la cintura y desfajado su camisa de manga corta, a cuadros, de color vino y con líneas amarillas.

Frankie se acercó. Freddie, con la nariz enrojecida, dejó escapar una risilla que parecía festejar toda travesura, como aquella en California, dos décadas atrás, cuando a bordo de un trolero jugaron a hundir un clíper de tres mástiles atiborrado de turistas. En la cabina había un cañón de bronce de poco más de dos pies que amarraron al bauprés apuntalándolo con un chaleco salvavidas, para luego retacarlo con papel de escusado y pólvora casera. La guardia costera se lanzó tras ellos y acabaron presos durante el fin de semana, pues no disponían de los fondos para pagar la fianza.

Tras un apretón de manos, Freddie condujo a su amigo a las mesas del exterior. Una camarera con sonrisa encantadora se acercó a la mesa. Freddie miró el distintivo prendido en su camisa: «Vivian».

—¿Puedo ofrecer a los caballeros alguna bebida?

—Por supuesto que sí, encanto. Dos cervezas Guinness nos harán muy felices —dijo Freddie.

—En ese caso, tendrán sus Guinness en el acto.

—¡Vivian! —exclamó Freddie, observando a la chica en su trayecto hacia la barra—. Hacía tiempo que no oía ese nombre.

En cualquier otro momento, el comentario de Freddie los habría conducido a recuerdos interminables, pero el semblante de Frankie le llevó a preguntarle de inmediato:

—¿Y bien? ¿Qué pasa?

—No puedes imaginarlo.

—¿Qué?

—No puedes ni imaginarlo. Es terrible.

Freddie no tuvo más que verlo a los ojos menos de medio segundo para sentir un escalofrío.

—¿Pues qué pasa?

—¿Te acuerdas de aquella chica que alquiló el estudio de Maddie?

—¿La modelo?

—Sí, Lauren —dijo Frankie, aclarando su garganta—. Es horrible... Murió.

—¿Qué?

—Murió. Acaba de morir. Está muerta.

—¿Muerta?

—Manuel, el jardinero, la encontró muerta, hoy, en el estudio. Habló al 911 y llegó la policía. Apenas se marcharon. Acabo de verla salir en una bolsa negra. ¡En una maldita bolsa negra!

—¿Le hicieron algo?

—No lo sabemos aún. Espero que no. No lo creo. No lo sé... Están investigando. Estaba en el suelo... Creo. La puerta no estaba forzada. Tenía días muerta.

—¿Días?

—Sí. Días.

—¿Cuántos?

—Quién sabe...

—Qué barbaridad. Era muy joven. ¿Qué edad tenía?

—Treinta y cinco. Treinta y seis.

—¿Se habrá quitado la vida?

—Le pregunté a la policía si había una carta. Dijeron que no. Al menos, no a la vista.

—Quizá hubo un correo…

—No lo sé. No lo creo. Todo lo que sé es que estoy en un problema, grave.

—¿Tú? ¿Por qué?

—No lo vas a creer.

—¿Qué?

—Estuve con ella. La semana pasada. En su estudio.

—¿Y?

—¿Y? ¿Qué crees que pasó?

—¡No! —exclamó Freddie, echando la cabeza hacia atrás.

—Sí.

—¿Te acostaste con ella?

Frankie solo miró a su amigo y apretó los labios.

—No puedo creerlo…

—Yo menos. Todo fue… inesperado. Una locura… Un… No sé cómo explicarlo.

—¿Cuándo? ¿Qué día ?

—El miércoles pasado…

—Pero… No entiendo. Cenamos aquí, ¿no? El miércoles.

—Sí. Cuando volví… En su estudio…

—¿Cómo? ¿Cómo es posible, Frankie? ¿Y Maddie?

—Estaba en Connecticut. No sabe nada… todavía. Pero ya sabes cómo son las mujeres: lo huelen a kilómetros de distancia; son brujas.

—Es increíble. No puede ser, Frankie… ¡Por el amor de Dios! Podrías…

—¿Qué?

—Podrías estar envuelto en la más grande mierda.

—Muchas gracias, sí. Me queda claro.

—¿Y qué piensas hacer?

—Esperar, no hay remedio.

—¿Crees que puedan implicarte?

—Espero que no. No lo sé. Nada es lo que parece. De verdad. ¡Nada! Todo lo que hacía falta era un empujoncito, pero Lauren... me lanzó al precipicio. Fue... ¡el destino!

—¿El destino?

Vivian volvió con las cervezas. Freddie frunció el ceño y, con creciente aprehensión, comenzó a estudiar el rostro de su amigo. Su barbilla, finamente cincelada, era producto de una cirugía reconstructiva a la que fue sometido el invierno pasado después de que un individuo en una furgoneta robada lo embistiera a casi cuarenta millas por hora en la avenida de Lafayette, en Boston. Habían invitado a Frankie a dar una conferencia en Harvard. El Opera House ofrecía una función prenavideña de *El lago de los cisnes* para la que tenía un pase de cortesía. Era viernes. Buscando evitar tumultos, llegó temprano para alquilar un coche y conducir hasta New Haven el sábado en la mañana, en busca de un amigo llamado Theo, a quien le había comprado un obsequio extraordinario. Se trataba de una moneda rara, un dracma de la antigua Grecia; era una suerte de amuleto que, según Theo, le había salvado la vida durante la Segunda Guerra Mundial. Frankie tenía previsto dar la conferencia, asistir a la función, pasar la noche en Boston, y, al día siguiente, visitar a Theo. Nada salió según lo planeado.

Al empezar la función de *El lago de los cisnes*, lo asaltó un repentino dolor de garganta, por lo que decidió marcharse, entregar el coche en Hertz y tomar el primer tren de vuelta a casa. Esa fue su perdición. Esa misma noche, el sujeto que lo arrollaría se escapaba de un hospital psiquiátrico junto a otros cinco internos que doblegaron al guardia en turno, sacándole las llaves. Durante la huida, el recluso se separó del grupo y encontró un vehículo con el motor en marcha. Frankie, con el semáforo en verde, apenas había echado andar cuando recibió el impacto que le rompió el maxilar, la clavícula, tres costillas y el fémur izquierdo. Tras dos semanas en coma, inició un tratamiento de rehabilitación al que luego se le sumó una demanda por negligencia, primero contra la policía de Boston y luego contra el psiquiátrico, al descubrirse que el día de la fuga solo había un guardia en lugar de dos. La policía de Boston quedó eximida de los cargos, pero el psiquiátrico no. La moneda de Theo terminó perdida entre un montón de chatarra, la demanda se había vuelto una pesadilla, y su vida profesional estaba acabada.

—El destino —prosiguió Frankie, con la mirada perdida—. El destino. Ese día me fui de aquí directo a casa y, al cabo de un rato, sonó el timbre.

—Lauren.

—Sí. ¡Traía puesta una camisita de muerte! Yo le noté algo raro. Pero no sabía qué. Me dijo que había olvidado sus llaves adentro del estudio y que Maddie tenía un segundo juego. Así que las busqué, se las di y la invité a entrar.

—Directo.

—Directo, entre comillas. Hace dos semanas, cuando volvía de fisioterapia, me la encontré en Zingone comprando fruta. Venía del tenis. Ya la había visto salir un par de veces con su raqueta, pero no con faldita. Hice como que no la veía. Entonces ella me vio, empezamos a hablar y acabamos tomando café en una banca en Columbus, frente al museo. Yo sabía que era fotógrafa y que había sido modelo, nada más. Resulta que estudió arte en Hunter College. Había leído mis *Ensayos* y *¡Que vivan las armas!* ¿Lo puedes creer?

—Una admiradora secreta… tu vecina.

—Pues no sé si admiradora, pero muy perspicaz. Me dijo que le encantaba el tenis, que odiaba el yoga y que no podía entender a la gente que buscaba el Nirvana en una ciudad como Nueva York. Me cayó muy en gracia. Así empezó todo, de la manera más simple del mundo… con un estúpido libro… una estúpida casualidad… un estúpido chiste… No lo vas a creer. Después de eso, regresé a casa y, de pronto, entré a la cocina y me encontré con un libro de meditación, usado, que Maddie había echado en el carrito: *El poder del ahora.*

—¿Un libro de meditación?

—Sí, de autoayuda. Yo no sabía que era de Cindy, la chica de la farmacia. Resulta que se lo prestó a Maddie. A ella le dio pena negarse y lo dejó allí botado. Ya te imaginarás mi sorpresa.

—Un aviso. Una señal del universo.

—Por supuesto. Supe que tenía que dárselo a Lauren. Estaba decretado.

—No puedo creerlo.

—Claro. Escribí una tarjeta, sin firma, puse todo en un sobre y lo eché en su buzón. Me pareció divertido. Tan solo imaginarme su cara leyendo la dedicatoria me hizo pasar un buen rato. Lo gocé.

—¿Qué le escribiste?

—Una estupidez: «Para Lauren, seguro de que hallará en esta joya el camino de un alma empoderada».

—¡Qué idiota eres!

—Pues así me sentí, ¿sabes? Así me sentí.

—¿Por qué?

—Porque pasó la semana y no supe nada de ella. Se volvió misteriosa. No sabía qué pensar. Primero creí que no lo había visto. Después pensé que no le hizo gracia y, luego, que se estaba absteniendo de alentar tentaciones, era lo más lógico. De repente me sentí como un perfecto idiota, digno de ser castigado por mi completa falta de criterio.

—Pero subió por sus llaves.

—Sí.

—Un pretexto.

—Puede ser. Pero no lo pensé. Le di las llaves y me comporté como el más cabal de todos los caballeros del vecindario. Incluso cuando la invité a pasar, le ofrecí un té o un café; no una copa.

—Pero se tomó la copa, y un poco más.

—Sí. No la vi venir.

—No te creo.

—No, de verdad. Me dijo que ya era demasiado tarde para un café y muy temprano para una cerveza, pero que un gin-tonic estaría bien. Así que preparamos la bebida y, muy seria, empezó a hablar de los hombres. Me dijo que, después de nuestra charla del otro día, confirmó que yo no era el tipo de hombre que ella esperaba.

—¿Eso dijo?

—Sí. Dijo que durante años había tratado con todo tipo de hombres y que, si no eran imbéciles o depravados sexuales, terminaban considerándola un objeto sexual.

—Claro, la pesadilla de una modelo.

—Precisamente. Me habló de su pasado, de lo que tuvo que hacer para emanciparse. Una historia fenomenal. Era brillante, ocurrente.

—¿Y todo esto fue el miércoles?

—Sí. Estaba feliz. Feliz. Perfectamente bien.

—¿Y entonces?

—Bueno, ¿qué puedo decir? Acabé rendido. Te digo: solo necesitaba un empujoncito, pero Lauren me lanzó al precipicio. De pronto me dijo: «Ya te conté mi vida, ahora quiero saber de la tuya». Me quedé como idiota. Le dije: «Pues no sé ni por dónde empezar. Tú, con todo en contra, saliste adelante, radiante, y yo, con todo a favor, estoy hundido». Se rio. El caso es que terminé hablando del accidente. Una vez más, el accidente. Hablamos de las terapias, ella también estuvo en terapias; de los ansiolíticos, ella también había tomado ansiolíticos. Fue increíble. Nos compenetramos. Era como si su vida y la mía corrieran sobre dos rieles que tarde o temprano habrían de colisionar.

—Y colisionaron. Un poco.

—Un poco, sí. De repente me pone la mano en la pierna y me dice: «Frankie, te voy a confesar algo». Pero no creas que me lo dijo jugando, a lo tonto. No, me lo dijo en serio; honesta. «Me encantaría...», me dijo. «Me encantaría divertirme contigo y que tú te diviertas conmigo hoy. Al máximo. ¿Te animas?».

—¿Te dijo eso?

—Sí. ¿Qué le respondes? Ah, porque, además, me aclaró: «Tú estás en una situación, y yo en otra, distinta. ¿No es así? Tenemos poco tiempo. Es ahora o nunca. ¿Te animas?». Le dije que sí.

—¡Santa madre! ¿Y entonces?

—Me dijo que pusiéramos un poco de música y que nos tomáramos un último gin. Al cabo de un rato, empecé a sentirme raro.

—¡No jodas!

—Sí. La trampa estaba en la bebida. «Ahora sí vas a ver lo que es el poder del ahora», me dijo.

—No lo puedo creer. ¿Qué te puso?

—No sé... De pronto me sentí respirando, feliz.

—¡Wow! Qué locura...

—Sí.

—¿Y luego? ¿Qué pasó?

—Pues, luego te cuento algo que estuve conjeturando. El caso es que no tiene nada que ver con los viejos tiempos, nada. Empecé a sentirme en una especie de longitud de onda intermedia, una dimensión liminal. Era como si las barreras mentales se desplomaran; como si lo captaras todo con los sentidos. Ella estaba ahí y yo estaba ahí. ¿Qué era? Goce. Puedes profundizar y flotar. De repente me agarró la mano y me dijo: «Te reto a que me digas dónde acaba tu mano y dónde empieza la mía». No se lo pude decir; no pude.

—Increíble.

—No. No sabes. «Espera un poco», me dijo. «Porque se pone mejor todavía». Estábamos en el sofá.

—No puedo creer lo que estoy oyendo, Frankie. ¿Dónde está Vivian? Necesito otra cerveza. —Freddie se levantó de golpe y se giró haciendo señas a Vivian para pedirle un par de cervezas. El alboroto en el St. James lo obligaba a subir la voz—: ¿Sabes qué? Yo tenía muchas ganas de ver ese partido, pero lo que me estás contando es insólito. Sigue, están en el sofá.

—Sí, de repente se levanta, sube el volumen y dice que quiere salir a caminar. Le dije: «Perfecto, a dónde me lleves voy».

—A caminar. Qué desperdicio.

—No, hombre, para nada. Ya no queríamos estar ahí. Nos subimos a un taxi y fuimos a Bleecker y la Sexta. Me dijo que había un lugar nuevo, el Aquarium, con buena música, sobre todo los miércoles.

—¿Es un bar?

—Sí, un bar tipo *lounge* con dos peceras enormes, pero no cursis, sino modernas, bien puestas y con bancos de peces marinos pequeños, muy ágiles y de colores fantásticos. Llegamos y había un grupo de jazz. Bastante bueno. Pedimos una cerveza, me tomó de la mano y se puso a moverse, como serpiente, discreta, pero muy excitante y muy excitada, ¿sabes?

—¿Cuánto tiempo estuvieron allí?

—Como hasta la una y media de la mañana. Terminó el grupo, nos fuimos a su estudio y nos tumbamos en la cama. La sensación de euforia empezaba a bajar, pero los sentidos estaban a flor de piel. Lauren estaba poniendo música. En eso dijo: «Listo», y se me subió encima. Hubieras visto cuando se quitó la camisa.

—¡Uf!

—Impresionante. Todo lo que te diga es poco. Mira, solo te voy a contar una cosa para que te hagas una idea. —En este punto Frankie se inclinó y bajó la voz—. Empezó a besarme, a succionarme la lengua con todo. Luego me puso un pezón en los labios y me dijo: «Chúpalo fuerte, no pares». Así empezó.

—No, no, no, no.

—Sí. Y luego nos enfocamos en el otro. Se estaba entregando. De repente, bajó mi mano y con esa voz dulce me dijo: «Toca, mira qué lista estoy».

—Basta, basta, Frankie. Ya no sé si quiero que me cuentes más.

—Pues mira, eso fue solo el comienzo, porque, además, esa cosa tiene otro efecto.

—¿Cuál?

—Retarda el orgasmo. O por lo menos a mí porque ella no paró: uno tras otro. Ya ni te digo cómo acabó todo.

—¡Qué bárbaro! ¡Qué aventura! ¿Y luego?

—Pues ahí nos quedamos, en su cama, durmiendo o, mejor dicho, intentándolo, porque tu cuerpo descansa, pero tu mente sigue encendida, como una llama serena. Su torso y el mío eran casi lo mismo, como cuando juntamos las manos. Ahí nos quedamos toda la mañana, hasta que

Lauren se levantó con ganas de tomar un jugo de naranja recién exprimido. Pero no tenía naranjas, así que decidimos darnos un baño y salir.

—¿A dónde fueron?

—Al MOMA.

—¡Santo Dios! Después de la fiesta, coger y dormir a medias, ¿fueron al MOMA?

—Pues sí. Después del jugo y un desayuno nada frugal, me pidió que la acompañara. No iba a negarme. Fue toda una experiencia. Me dijo: «Tienes que vivirla». Y tenía razón. Es como si estuvieras en un museo por primera vez en tu vida. En serio. Éramos seres de otro planeta que de pronto llegan y ven todo aquello. Estábamos absortos, no dedicamos demasiado tiempo a ninguna obra en especial hasta que nos sentamos. Las pinturas no estaban allí colgadas como cosas inertes: las entendías o creías entenderlas por más abstractas que fueran. Eso me enloqueció; me enloqueció por completo. No importaba si la pintura te gustaba o no, si era de fulano o mengano: te transmitía algo preciso, en su propio leguaje.

—Un estado de percepción más profunda, ¿dirías tú?

—Para nada. Era al revés. Era ver la pintura en su forma más básica o, incluso, rudimentaria. Lo que menos importaba era pensar, sino tan solo captar lo que te inspiraba determinada parte de la obra o el todo. Eran sensaciones nítidas, muy claras, pero fugaces. Ondas de radio que jamás captarías si no estás en la frecuencia precisa. Me dijo Lauren: «Hacer esto me encanta porque parece que observas todo, pero no con esto», y me agarró la cabeza. «Sino con esto», y me puso la mano en el pecho. Ahora el que necesita otra cerveza soy yo. ¿Dónde está Vivi? ¿Quieres otra? Allí está. Pídeselas, ¿sí? Tengo que ir al baño.

—Espera, voy contigo.

Frankie se levantó de su silla con una punzada en la tráquea y un súbito deseo de aislamiento, pero Freddie caminó tras él y se puso a su lado en el baño, en un acto de usual camaradería.

Los Yankees no habían vuelto a anotar. El marcador se mantenía tres a uno en lo que, a todas luces, era un duelo de lanzadores. Los ánimos en el St. James se habían enfriado. Ambos volvieron a la mesa, y Vivi apareció con las cervezas. Frankie había comido en el parque, pero se percató de que tendría que comer algo tarde o temprano, y ordenó una hamburguesa para llevar. Su relato había traído a Lauren de vuelta a la vida y se resistía a meterla de nuevo en la bolsa.

—No puedo creer que le haya pasado esto. El miércoles estaba bien. El jueves, de hecho. Estaba perfecta.

—¿Perfecta? Y no crees que todo eso tuvo...

—No. Para nada. Estaba bien. Yo estoy bien, mírame.

—Sí, pero ¿cómo lo sabes?

—Porque lo sé. Estoy seguro. Estaba estupenda. Estaba a punto de irse a Milford.

—¿A Milford?

—Sí. Ya te lo dije.

—No. No lo dijiste.

—Claro que sí. Ese era todo el punto de su... Olvídalo.

—Okey, ya capté. Cálmate.

—Disculpa.

—Es terrible. Ya lo sé.

—Sí.

—Así que la viste por última vez el miércoles.

—El jueves.

—El jueves, sí. ¿A qué hora volviste a casa?

—Como a las seis.

—¡Uf!

—¿Qué?

—Estás en la cuerda floja.

—Ni me lo digas.

—Y ahora, ¿qué?

—No sé. Hay que esperar y ver qué pasa. No hay otra.

—No hay otra, sí, pero cuáles son las probabilidades.

—¿A qué te refieres?

—Ella es joven, muere, y tú estás bien. Vamos... ¿Cómo saben que no hay una carta?

—No, Freddie, no. Lo tengo muy claro. Ya te dije que lo pasó mal, pero salió de eso. Estaba feliz.

—Okey, entonces alguien pudo hacerle algo.

—No lo sé. Solo sé que no quiero jugar al detective.

—Claro.

—Había un tipo raro. Eso sí. Venía a verla.

—¿Qué tipo?

—Un tipo agreste, ya sabes, de esos que andan en Harleys. Se lo dije a la policía.

—Un *dealer*.

—Quién sabe. Más allá de eso, no sé.

—Bueno, si andaba en ese tipo de cosas... Nunca sabes.

—Ya lo sé, pero me pesa. No puedo evitarlo.

—Pues evítalo.

—Acepté el pacto y, si su muerte fue por eso, sería igual de culpable.

—No lo creo. No te adelantes. Es lo peor que puedes hacer. ¿Fue una locura? Sí. ¿Algo extraordinario? También, pero es algo que no podías haber visto venir y no puedes culparte por eso. Ella te tendió la trampa, no lo olvides.

En ese instante Vivi, con su voz melodiosa, se acercó a la mesa y recogió los vasos.

—Disculpen, ¿todo bien por aquí?

Freddie miró a Frankie y lanzó una carcajada nerviosa.

—No te preocupes, Vivian. Nada podría estar peor.

—Ah, lo siento.

—Es broma. La cuenta por favor.

Vivi se retiró acelerando el paso. El escándalo en el St. James se apagaba en la quietud vacía de un domingo por la noche. Ya no había risas ni bullicio. La barra estaba casi desierta. Solo se escuchaba el aburrido análisis de dos comentaristas en el monitor, a espaldas del barman que metía vasos en el lavaplatos.

—No te perdiste de mucho, Freddie. Al menos me alegro por eso.

—Ni te preocupes. Tu primera temporada estuvo mejor. Lástima del desenlace, caray. ¿Y qué piensas hacer ahora?

Frankie no quería parecer un imbécil lamiéndose las heridas delante de su amigo, así que respondió con laconismo:

—Esperar, no queda de otra.

Momentos después, reapareció Vivi con la cuenta y el pedido para llevar. Freddie sonrió y alargó el brazo, pero Frankie se adelantó y tomó la nota, casi arrebatándosela:

—Dámela a mí, Vivi, yo voy a invitar a mi amigo. Aquí tienes, el resto es para ti. Eres muy amable.

—¡Wow! Gracias. Que tengan una excelente noche.

—Tú también.

Ambos salieron a la calle. Freddie alzó la mano para detener un taxi, mientras Frankie, en la acera, escuchaba con dificultad un último consejo que no le hacía gracia y que se relacionaba, de un modo sutil, con la psicoterapia que suspendió hace tiempo.

—Háblame en cuanto sepas algo —agregó, estrechando su mano.

El taxi se puso en marcha, Freddie se acomodó en el asiento y miró a Frankie, ahí, de pie, con las manos en los bolsillos y su cicatriz. Cualquiera que fuera la realidad tras el insólito relato, el hecho era que Frankie estaba siempre metido en algún tipo de aprieto. Puede que su accidente, sin duda el corolario, fuese atribuible a la mala fortuna, pero las más de las veces se trataba de situaciones que podrían haberse evitado. Pues, si en apariencia Frankie era un hombre respetable, en el fondo siempre había sido propenso a circular en sentido contrario, a volver cuando todos van, a dudar cuando se atreven o atreverse cuando dudan. ¿Sería este el fuego que Lauren atizó con ese encuentro o todo se reducía a una atracción sexual que podría descarrilar a cualquier persona en una situación semejante? La duda le bastó para visualizar la escena en todo su esplendor. A su lado izquierdo, los edificios iluminados sobre la autopista Joe DiMaggio; a su lado derecho, el costado ribereño del Hudson y el reflejo de la luna menguante; en su cabeza, Lauren sin su camisita de muerte, inclinada sobre Frank Armstrong. Un chasquido, detonado por un mal presentimiento, se escuchó en la oscuridad del taxi que, de pronto, desapareció en un túnel.

3

Frank Armstrong se despertó con un sobresalto. Buscó a tientas en la mesilla de noche y miró la hora en su celular. Eran las siete de la mañana. Maddie seguía dormida, pero no tardaría en despertar. Se levantó sin hacer un solo ruido, entró al baño y se miró en el espejo. Tenía los ojos hinchados y ojerosos.

Necesitaba una tregua, pero sabía que no iba a tenerla bajo la lupa de Maddie y menos después de su absurda pregunta sobre por qué no le contestó a Manuel. Esas eran las típicas preguntas de Maddie que le perturbaban. Ese afán de mantenerlo en observación. Pero esta vez se pasó de la raya. Ya su terapeuta lo había puesto en guardia contra los episodios de paranoia, las manías persecutorias. Lo último que necesitaba era que Maddie atizara ese fuego, así que decidió desayunar en el café de la esquina, marcharse a la biblioteca y dejarle una nota. Se lavó la cara, se mojó el cabello, se puso ropa cómoda y salió del departamento. Al fondo del estrecho pasillo, adherido al marco y a la puerta, estaba el precinto policial de «Muerte al Arribo», verde fluorescente, con grandes letras impresas bajo el emblema de la policía de Nueva York.

ESTA PROPIEDAD HA SIDO PRECINTADA POR EL DEPTO. DE POLICÍA DE N.Y. DE CONFORMIDAD CON LA SECCIÓN 435 DEL CÓDIGO ADMINISTRATIVO. QUEDA PROHIBIDO EL ACESSO A TODA PERSONA A MENOS QUE CUENTE CON LA AUTORIZACIÓN DEL DEPARTAMENTO DE POLICÍA O DEL ADMINISTRADOR PÚBLICO.

PARA INFORMACIÓN CONTACTAR A:
DIST., 20 TEL. (212) 580-6411 COMP. NO. ----

Frankie se acercó y observó el distrito y el número telefónico escritos a mano, así como el uso raro de las abreviaturas y los acrónimos. Cualesquiera que fueran los hechos, le resultaba abominable que su aventura con Lauren culminara de semejante manera.

Invadido por la impotencia, caminó hacia la avenida Columbus, pensando en lo que le dijo Freddie sobre volver a la psicoterapia.

—¡Con el loquero! —exclamó Frankie—. Es lo mismo que dice Maddie. Tengo mis dudas. Él dice que el inconsciente me está poniendo a prueba, que lo que pasa es que hay dos Franks. Según él, yo mismo me puse delante de la furgoneta el día del accidente.

—¿Y tú que piensas? —preguntó Freddie.

—Que está igual de loco que ese recluso. Cómo iba yo a saber que pasaría por ahí en ese segundo. Además, por muy loco que estuviera, no era un asesino; intentaba esquivar a un peatón para pasarse el alto. No. Prefiero que un ángel haya salvado mis huesos.

—Bueno, pues piénsalo bien —le respondió Freddie. Fue entonces cuando se marchó en el taxi.

Minutos después de que Frankie se fuera, en casa, Maddie salió de la recámara con el pelo revuelto y su desgastada camiseta de *Cats*. Antes de acostarse, había tomado una píldora del frasco de Frankie que la había dejado noqueada. Tomó un café, casi de golpe, y rellenó la taza. La silenciosa salida de su esposo era la señal de que la estaba evitando. El libro de Cindy seguía sobre la barra, pero ya sin la papeleta. ¿Qué se supone que debía hacer ahora? ¿Meter la mano en lo profundo del pozo o dejarlo pasar, una vez más? No lo sabía. Todo lo que sabía era que necesitaba ejercitarse en el parque y luego darse una ducha, pero tan pronto como salió de la cocina sonó el timbre y accionó el altavoz.

—¿Diga? —preguntó.

—¿Señora Wells?

—¿Sí?

—Policía de Nueva York. Soy el detective Leszek Bronowski.

—¡Ah! Sí... ¡Claro!... Un momento, por favor. Tardaré un par de minutos.

Maddie corrió a la habitación y se puso unos pants negros con vivos en rojo; luego entró al baño, se recogió el cabello, se cubrió las ojeras con maquillaje y se aplicó un poco de lápiz labial. Tan pronto como se calzó unos tenis flamantes, comprendió que su mañana estaba arruinada. «¡Qué lío!», pensó mientras accionó el portero automático y le dio paso a los dos sujetos que se cubrían de una llovizna repentina bajo el umbral. Uno de ellos era robusto, cercano a los cincuenta y de un poco más de un metro ochenta de estatura. Tenía el cabello color castaño, canoso, abundante y lo llevaba echado para atrás. El bigote y la barba, a modo de candado, contrastaban con los ojos oscuros. Su semblante era el de una persona afable, propensa a congraciarse con las miserias humanas. Su acompañante era un poco más robusto, de edad y estatura similares, pero con el cabello negro, corto y rizado, la mirada sosa y las mejillas infladas como las de un saxofonista. Al cabo de unos instantes, el detective Bronowski alargó su mano grande y fofa para estrechar con pudor los delicados dedos de Maddie.

—Buenos días, señora Wells. Lesek Bronowski y mi colega, Steven Guzmán.

Con un gesto casi automático, ambos mostraron sus intimidantes placas junto a sus identificaciones plastificadas.

—Buenos días —respondió Maddie con la mirada consternada tras sus anteojos.

—Lamentamos molestarla a esta hora de la mañana —dijo Bronowski—, pero es necesario que nos ayude respondiendo unas cuantas preguntas sobre su inquilina, Lauren McKellen. No le quitaremos mucho tiempo.

Maddie miró a Bronowski. Luego le extendió la mano a Guzmán y le sonrió apretando los labios.

—Claro, pasen, por favor. Estaba por salir a ejercitarme un poco —explicó, mientras escuchaba las pisadas húmedas de los detectives sobre la duela.

—No tardaremos demasiado —agregó Bronowski, al tiempo que Maddie se percataba de que las llaves de Frankie seguían colgadas en el vestíbulo.

—Bien, ¿puedo ofrecerles agua o café?

—Gracias. De momento estoy bien —contestó Bronowski. Guzmán hizo un gesto indicando que se encontraba bien así.

—Traeré un poco de agua por si cambian de opinión.

Maddie entró en la cocina y sirvió tres vasos de agua. La mano le temblaba. Bebió de su vaso un par de tragos grandes y colocó todo sobre una bandeja plateada. Entretanto,

Bronowski y Guzmán miraban a su alrededor como si estuvieran siguiendo a una golondrina.

El departamento era amplio, estaba bien distribuido y tenía buena luz gracias a dos grandes ventanas. Junto al vestíbulo, la escalera seguía su camino al piso intermedio, donde estaba el dormitorio principal, una habitación de invitados y una salita para la televisión junto al pequeño cuarto de la lavadora. En el piso superior estaba el estudio de Frankie. A mano izquierda estaba el baño de visitas y, del lado derecho, un pasillo que conducía al estudio de Maddie. La atmósfera era cálida pero exuberante, sobre todo por el mobiliario, que era una mezcla de estilos de diferentes décadas.

—Parece que estamos en un túnel del tiempo —susurró Guzmán—. Mis padres tenían una lámpara como esa.

La puerta de la cocina se abrió y Maddie los condujo al comedor. La mesa situada entre ellos parecía darle cierta seguridad o, por lo menos, la consideraba adecuada para una ocasión que no tenía el menor carácter de reunión social. Sentarse en el comedor, sin comida, dejaba claro cuál era el carácter del encuentro.

—Bien, detectives, ¿en qué les puedo ayudar?

Bronowski apoyó los antebrazos sobre la mesa y cruzó las manos. En una de ellas llevaba un anillo dorado grande decorado con arabescos.

—Bien —le dijo—, antes que nada, le agradecemos su ayuda. Lamentamos lo sucedido.

—Gracias.

—¿Hay algo que le preocupe en este momento? —preguntó Bronowski, lo que la tomó por sorpresa.

—Bueno, qué puedo decir... La incertidumbre, para empezar, ¿no? Era una persona muy joven. Es triste, muy inesperado.

Maddie apretó los labios. Guzmán inclinó el torso hacia delante y preguntó:

—¿La incertidumbre?

—Claro. No son muchas las razones por las que una joven muere de pronto, y su presencia aquí no creo que sea una buena señal. ¿O sí?

—Es el procedimiento —repuso Guzmán, con una sonrisa cortés.

—Así es —prosiguió Bronowski—. Hasta el momento no parece haber mucho de qué preocuparse. Todo es cuestión de establecer lo ocurrido.

—Comprendo.

—Excelente. Es importante aclararle que esto es solo una charla, ¿okey? No tiene de qué preocuparse.

—Okey —respondió Maddie, con la cabeza llena de dudas, pero decidida a despejarlas sin tregua—. Solo necesito saber si, en el caso de que la propiedad o yo misma nos viéramos implicadas de alguna manera, esta charla podría tener alguna repercusión.

—Me alegra que lo pregunte, señora Wells. En lo absoluto. Como le he dicho, esta no es más que una charla. Si llegado el momento necesitáramos que hiciera una declaración, tendría que prestarla, con ayuda de un abogado si así lo requiere. Solo entonces dicha declaración podría tener algún efecto. ¿Está claro?

—Sí —contestó Maddie, pasando ambas manos sobre sus muslos.

—Bien, antes de comenzar tengo que preguntarle si hay alguna razón por la que usted piense que esta charla podría perjudicarla.

—No. De momento no. Yo solo le alquilaba el estudio a Lauren McKellen. Lo que hiciera u ocurriera dentro de él era responsabilidad suya. Todo eso está estipulado en el contrato.

—Bien, en ese caso podemos continuar.

Guzmán sacó una libreta negra y un bolígrafo del interior de su chaqueta y los apoyó sobre la mesa.

—Bien —continuó Bronowski—, solo por saberlo: ¿la gente cercana suele llamarla...?

—Maddie. Familiares y amigos me llaman Maddie.

—Muy bien. Tengo entendido que es editora.

—Sí. Trabajo por cuenta propia.

—¿El nombre de sus hijos?

—Maxwell y Katherine.

—¿Edades?

—Veintidós y veinticuatro.

—¿Dónde residen?

—Max vive en Los Ángeles y Kate, en Australia.

—¿La última vez que los vio?

—Durante las vacaciones de primavera.

—Su hijo, Max, ¿a qué se dedica?

—Es cineasta. Acaba de terminar la universidad.

—¿Y sus padres?

—Fallecidos, ambos.

—Además de José Manuel Cruz, el jardinero, y Nadja Widerko, la señora de la limpieza, ¿alguien más ha tenido acceso al inmueble en el transcurso de la semana pasada?

—No.

—Indicó usted al agente Walker que a menudo venía un chico a visitarla. Además de ese chico, ¿recuerda usted a alguna otra persona en especial?

—Sí. Tenía una amiga que venía a visitarla de vez en cuando. Llamó a nuestro timbre un par de veces. Le dije que, si Lauren no contestaba, era porque no estaba. Ahora que pienso en ello siento un escalofrío.

—¿Hace cuánto fue eso? —retomó Bronowski.

—No más de tres semanas.

—¿Sabe el nombre de esa amiga?

—No.

—¿Alguien más que llamara su atención?

—No.

—Bien. Voy a pedirle que vea unas fotografías y nos diga si reconoce a ese chico, a esa chica o quizá a alguien más. Tómese su tiempo.

Guzmán colocó sobre la mesa una primera fotografía, luego otra y después varias más. Maddie sospechó que se trataba de estudiantes, compañeros de Lauren. No tardó más que unos instantes en señalar con el dedo la imagen de un joven de pelo castaño corto, facciones angulosas y ojos claros. Guzmán tomó nota y Bronowski hizo una seña con los ojos.

—Bien, en lo que respecta a Lauren McKellen, ¿en algún momento le pareció notar algo raro en su aspecto o comportamiento?

—¿Raro?

—Sí. ¿Estaba deprimida, quizás?

—No, para nada.

—¿Podría indicarnos qué tipo de relación tenía con ella?

—Claro. Yo era su casera. Nada más.

—¿La señorita Lauren pagaba el alquiler a tiempo? ¿Era una inquilina cumplidora?

—Sí, muy cumplidora. Pagó los primeros seis meses por adelantado.

—¿Visitas amistosas, cafés, juntas de vecinos? Suele pasar.

—Suele pasar, sí, entre los inquilinos, pero nosotros procuramos entrometernos lo menos posible, y las juntas, cuando las hay, son en mi casa.

—¿Y el contacto de su esposo con Lauren McKellen era similar al de usted o diferente?

—Diferente.

—¿Diferente cómo?

Maddie desvió la mirada, recordando los encuentros casuales de Lauren y Frankie. Sí eran molestos, pero ¿diferentes? ¿Acaso ella misma no se había pasado de la raya con aquel intelectual uruguayo que la encandiló con la magia del divino verbo durante una fiesta de disfraces? El eminente profesor, titular en Columbia, era fanático del tango, y ella, tras una candente lección de baile, se rindió al hechizo.

—Similar, básicamente.

—¿Básicamente?

—Pues sí —repuso Maddie percatándose de que su respuesta no era muy atinada. Bronowski pareció notarlo y vio que sus dedos estaban crispados. El silencio inclinaba la balanza a su favor, así que clavó la mirada en los ojos de Maddie como si le estuviera diciendo: «Creo que sé a qué se refiere con eso de *básicamente,* solo estoy esperando a que me lo diga».

—La diferencia es que yo soy quien administra la propiedad. Eso es todo.

Guzmán desvió los ojos hacia Bronowski con una casi imperceptible expresión de sarcasmo. Ambos sabían que las posibilidades de que un familiar, en condiciones normales de armonía, incriminara a otro eran casi nulas.

—Bien —prosiguió Bronowski—. Indicó usted al oficial Walker que estuvo fuera de casa la semana pasada, es decir, del martes 7 al viernes 10. ¿Es correcto?

—Sí. Estuve en Connecticut, visitando a una amiga.

—¿Cuál es el nombre de su amiga?

—Amanda Holmes.

—¿Y el señor Armstrong? ¿Se quedó en casa?

—Sí.

—¿Notó algo diferente en él cuando regresó?

—¿Diferente? No, para nada. ¿Por qué?

—¿Se sentía bien, cansado, nervioso, dormía bien?

Maddie frunció el ceño y asintió, pero aseguró que esa había sido la dinámica habitual durante los últimos ocho meses y dedicó los próximos veinte minutos a relatar a los detectives el accidente de Frankie, las terapias de rehabilitación y las prescripciones médicas. Al terminar, bebió el resto de agua que le quedaba en el vaso y preguntó:

—Detective Bronowski, me parece que he respondido a todas sus preguntas, ¿verdad?

—Por supuesto, ha sido usted de mucha ayuda.

—Muy bien. En este caso, solo necesito que algo me quede claro.

—Adelante.

—¿Puede decirme por qué parece estar interesado en mi esposo? —Tan pronto como Maddie escuchó las primeras palabras de Bronowski, supo que no tendría respuesta a su pregunta.

—Me alegra que lo pregunte, señora. No se preocupe. No hay una razón en especial. El cuerpo de la señorita McKellen fue encontrado sin vida, en el estudio que usted le alquilaba, por un empleado suyo: Manuel. ¿Correcto? La causa de muerte no ha sido establecida. Es necesario que los hechos queden claros y eso incluye cualquier conexión con terceras personas o testigos que pudieran haber visto algo. Eso es todo.

—Bien —repuso Maddie—. Si ese es el caso, puedo asegurarle que mi esposo estaría dispuesto a cooperar, pero no creo que sepa mucho más que yo.

—Magnífico. En caso de ser necesario, nos pondremos en contacto con él. ¿Sabe cuándo estará de vuelta?

—Para la cena. Es lo más probable.

—Okey. Podemos llamarle mañana si llegara a ser necesario. No hace falta que les arruinemos la cena. No se preocupe.

—Muy bien —agregó Maddie—, espero que hayamos terminado.

—Así lo espero yo también, señora Armstrong... Disculpe: señora Wells. Tenemos más que suficiente. Nos damos cuenta de que está pasando por un momento difícil, así que haremos todo lo posible para no molestarla de nuevo. Solo le llamaremos si necesitamos su declaración. Aquí tiene mi tarjeta. Contácteme para cualquier cosa que necesite.

Maddie acompañó a los detectives a la puerta y la cerró con firmeza. Guzmán desvió la mirada hacia Bronowski.

—Astuta la mujer, ¿eh?

—Astuta —replicó Bronowski—. Ahora solo falta oír lo que tiene que decir su esposo.

4

Eran poco más de las cinco. Frank Armstrong, en la Biblioteca Pública de Nueva York, apoyó los codos sobre la mesa, invadido por la impotencia.

Alrededor del mediodía había recibido un mensaje de Maddie. Dos investigadores se habían presentado sin previo aviso. «Acaban de marcharse», decía.

Frankie tuvo que salir del salón de lectura y llamarle para sondear las aguas.

—Parece que solo se trata de establecer lo ocurrido. Dijeron que hablarán contigo si es necesario —agregó.

Frankie volvió a su mesa, absorto en los magnos murales celestes y su imponente ebanistería. Pensaba en Maddie, en Lauren, en su accidente, y no podía quitarse de la cabeza las ominosas palabras del doctor Carter al respecto de que él mismo era su peor enemigo.

—Supongamos que está en lo cierto —le dijo Frankie, barriéndolo con la mirada—. Supongamos que, en efecto, hay un segundo Frank, y lo que quiere es hundirme. ¿Qué se supone que debo hacer? Acostarme en ese diván, ¿verdad? Sentarme a conversar con él. Pedirle una lista de las razones por las que está haciendo eso. ¿No es así?

Carter frunció el ceño, arqueó sus cejas pobladas y miró a Frankie con un gesto indescifrable. En el fondo parecía que lo que le estaba diciendo era «Exacto», o bien «Me importa un bledo lo que usted haga». Tal vez esperaba que el segundo Frank tomara la palabra y respondiera. Pero no lo hizo. Se quedó callado observando cada gesto del doctor en medio de un largo silencio que ninguno de los dos tenía la intención de romper. Finalmente, Frankie se llevó una mano a la barbilla pasando el pulgar por la cicatriz como si quisiera alisarla o hacerla más profunda. Parecía despreocupado, pero su tono de voz, cuando empezó a hablar, reveló lo contrario.

—Mire, doctor, creo que he estado en este mundo lo suficiente como para saber que la vida, tarde o temprano, responde a todas nuestras preguntas. Tal vez usted prefiera llamarlo *el inconsciente*, pero yo prefiero decir *la vida*. Nada ni nadie responde a nuestras preguntas con la claridad brutal de la vida. El problema está en que no nos atrevemos a escuchar sus respuestas o...

—O que demoran demasiado —interpuso el doctor, que ya no parecía indiferente, sino comprensivo—. Permítame detenerme en dos de sus palabras —agregó—: *tarde* o *temprano*. Todo lo que hacemos aquí es tratar de que las respuestas no sean peligrosas, que no lleguen demasiado tarde o que, al menos, se comprendan lo antes posible. Tal vez *la vida* no ha terminado de responderle o tal vez ya lo hizo, y usted se rehúsa a escucharla.

El segundo Frank no titubeó; le devolvió la mirada a Carter, llevándose la punta del dedo índice a los labios, en señal de que tenía muy claro lo que iba a decirle.

—Mire, doctor, no dudo que mi seguro médico podrá cubrir sus honorarios durante al menos seis meses más. De modo que no es cuestión de ahorro. ¿No le parece que haber estado al borde de la muerte es una respuesta bastante audible?

—No sabe cuánto me alegra que sea usted el que lo diga —repuso Carter—. Ahora es cosa de que decida si quiere recorrer el camino que todavía le falta con ayuda o si prefiere terminarlo solo.

Aquella fue la penúltima sesión; la última resultó catártica y terminó hablando con su neuróloga para que le recetara más píldoras. La palabra *solo* se le había metido en el cerebro como una barrena y, ahora, con la muerte repentina de Lauren McKellen, comenzaba a oprimirle como un maleficio.

Freddie tenía razón. Su única opción era volver con Carter, recuperar la cordura y, sobre todo, a Maddie.

Sin pensarlo más, recogió los libros, salió de la biblioteca y subió a un taxi que lo dejó en la 81 y Columbus. Entró a una floristería, compró unos tulipanes y se dirigió a su calle. Estaba a punto de llegar al edificio cuando observó que dos tipos corpulentos bajaban de un Chevrolet Impala negro: uno con barba de candado; el otro de cabello negro.

Tras la obligada acreditación de la autoridad policial, Bronowski lo exhortó a que fuera con ellos voluntariamente, «pues en este punto», le dijo, «todavía es una opción». Frank Armstrong comprendió la indirecta: si ahora no iba por la buena, acabaría yendo por la mala. La llovizna se tornó en densa lluvia. Dejó los tulipanes al pie de la puerta y subió al asiento trasero del auto.

A solo dos cuadras, el Impala dio vuelta sobre la 82, pasó junto a la Catedral Ortodoxa Ucraniana de Saint Volodymyr, tan gris como un invierno soviético, para luego detenerse frente al Distrito Policial No. 20, un lóbrego edificio de tres pisos, de ladrillo prefabricado, concreto y con ventanas polarizadas negras.

—Bien, venga conmigo —dijo Guzmán, conduciendo a Frank Armstrong por una escalera y un largo pasillo, en donde abrió una puerta—. Espere aquí, por favor. Puede tomar asiento en esta silla.

Frankie se sentó con las manos sobre los muslos. Frente a él, había una mesa en la que percibió un inconfundible olor a cloro. En la esquina superior del techo había una cámara.

Entretanto, Bronowski estacionó el auto junto a una camioneta Tahoe plateada. Luego entró al edificio, pasó junto a la vitrina en honor a los oficiales caídos y avanzó por el pasillo. La brigada de detectives se hallaba tras los cristales de una amplia oficina con múltiples escritorios de acabado imitación madera, archiveros, computadoras y sillas tapizadas en azul. Los oficiales Walker y Benton hablaban con un sujeto del que apenas se percató debido a la corpulencia de ambos. Tan pronto cruzó por la puerta, alzó la voz:

—Muchachos, ¿tendrían la bondad de averiguar quién diablos dejó mal estacionada una Tahoe allá abajo? Está invadiendo dos lugares de estacionamiento.

Guzmán desvió la mirada. Benton se dio media vuelta y Walker miró a Bronowski. Entre ambos apareció un hombre con el cabello blanco y el bigote recortado. Usaba lentes cuadrados y tenía amplias entradas en ambos lados de la frente.

—¡Jefe! ¡Perdóneme! No sabía que era usted.

—Hola, Leszek —dijo el jefe de la Brigada de Detectives de Manhattan, alzando sus blancas cejas—. Discúlpame por la Tahoe. —Benton y Walker intercambiaron miradas maliciosas. Guzmán apretó sus mejillas de saxofonista y abrió los ojos como si hubiera escuchado una blasfemia.

El jefe John R. Cox era casi una leyenda en el Departamento de Policía y acababa de asumir el cargo más importante de su carrera después de casi treinta años de servicio. Su experiencia en las calles y su astucia institucional le habían permitido tratar con toda clase de sospechosos, y había efectuado más de mil arrestos sin disparar un solo tiro con su Smith & Wesson que llevaba enfundada a un costado.

—Debemos tener mucho cuidado con esto —le dijo, agitando un expediente.

—Armstrong —dijo Bronowski.

—No solo Armstrong: es el *New York Times*, la CBS y el bufete Armstrong & Goldman.

Para el Departamento de Policía de Nueva York, el historial de Frank Armstrong no se limitaba a la broma de abrir fuego de salva contra un buque atiborrado de turistas en California ni a los chismes desatados tras la publicación de *¡Que vivan las armas!* Había que agregar las demandas contra la Policía de Boston y el hospital psiquiátrico.

—No queremos tener ningún problema —dijo Cox, mirando a Bronowski por encima de la montura de sus lentes—. ¿Ya está todo listo?

—Todo listo, jefe —intervino Guzmán, haciéndole señas a Walker.

Bronowski y Guzmán entraron con Cox a un privado y cerraron la puerta. El oficial Walker caminó hacia la sala de interrogatorio, abrió la puerta y le indicó a Frank Armstrong que sus colegas vendrían enseguida.

—¿Quiere agua o necesita pasar al baño? —le preguntó.

El escritor aceptó el agua, y Walker se retiró. La luz fluorescente y la rejilla de ventilación emitían un ruido perturbador. Le sudaban las manos y, al pasarlas sobre el bolsillo de su pantalón, palpó su teléfono. Por un momento pensó en llamar a Maddie, pero, al ver la cámara en la esquina del techo, descartó la idea.

Frank Armstrong sabía de sobra que no debía hablar con la policía sin un abogado presente, pero su abogado era Howard y no quiso agitar las aguas antes de tiempo. La demanda contra el psiquiátrico era una cosa muy diferente y, sobre todo, libre de escándalos.

En medio de estas deliberaciones, la puerta se abrió dando paso al detective Guzmán, ahora sin chaqueta. Traía un expediente en su mano izquierda.

—Discúlpenos por la espera, tenemos bastante trabajo ahí afuera —le dijo, cerrando la puerta y comenzando a hablar como si hubiera dejado de hacerlo hace un par de minutos—: Así que, como le dije en el coche, solo necesito repasar con usted... Eemm... Todo lo que pasa aquí está siendo grabado en audio y vídeo. Está de acuerdo con eso, ¿verdad?

—Sí, no tengo objeción —respondió Frank, con una naturalidad no menos forzada.

—Estupendo, el detective Bronowski vendrá enseguida. Entonces, como le decía, solo necesito repasar con usted un par de formalidades para el registro, ¿de acuerdo?

—Sí.

—¡Bien! —exclamó—. Mi nombre es Steven Guzmán, detective de primer grado, activo en la Brigada de Narcóticos, Unidad de Investigación de Crímenes. Nos conocimos hace un momento, a la puerta de su domicilio, en la calle 80. El detective Leszek Bronowski y yo hablamos un momento con usted. Le comentamos que estamos a cargo de la averiguación previa relativa a la muerte de su inquilina, Lauren McKellen; le dijimos que usted es una persona de interés en dicha averiguación, y lo invitamos a tener esta conversación con nosotros, a lo que usted accedió voluntariamente. ¿Es correcto?

—Correcto.

—Bien. Como dije, podría haber cargos penales derivados de la investigación. Entonces, dejando eso en claro, si desea usted hablar con un abogado en cualquier momento no queremos que lo dude. Es su derecho. ¿Está claro?

—Muy claro.

—Si necesita tomar un descanso o pasar al baño, nos lo hace saber.

—Okey.

—¿Tiene alguna pregunta?

—Sí. En caso de que estemos aquí más tiempo del previsto, quisiera avisar a mi esposa.

—Ah, claro, por supuesto. Puede usted llamarla cuando desee, puede hacerlo ahora mismo o después. No queremos preocupar a nadie antes de tiempo.

—Bien, en ese caso prefiero esperar.

—Como guste. Si cambia de opinión solo dígalo y le daremos privacidad.

—Entendido. Vamos a dejar las cosas así por ahora.

—De acuerdo. Por último, solo para completar el registro, ¿puede indicarme, por favor, su nombre completo?

—Claro. Francis John Spencer Armstrong.

—¿Puede, por favor, deletrear su apellido?

—Sí. A-r-m-s-t-r-o-n-g. Como el hombre de la luna.

—¿Como el qué, disculpe?

—Como el hombre de la luna. El primero que la pisó.

—¿La luna? Disculpe, no sé si... ¡Ah, claro! Espere… Sí. Ese Armstrong, por supuesto.

—Sí.

—Sí. ¿Cómo se llamaban los otros dos? Nunca logro recordar sus nombres.

—Casi nadie lo recuerda. Es el precio de no haberla pisado primero.

—Cierto, muy cierto, claro.

—Fueron Neil Armstrong, Edwin *Buzz* Aldrin y Michael Collins. Buzz fue el segundo que la pisó.

—¡Ah! ¿Sí? ¿Y el último Collins?

—No. Collins nunca la pisó y lo lamentó en grande.

—¡Wow! Cuántas cosas no sabemos, ¿verdad? Pero veo que tiene buena memoria. Excelente.

—Pues con ciertas cosas parece que sí, pero hay muchas otras en las que...

—Bien. Hablaremos de eso más adelante.

En ese momento el detective Bronowski abrió la puerta, colgó su chaqueta en el respaldo de la tercera silla y se sentó sin decir una palabra.

—Bien —prosiguió Guzmán, volviendo la mirada hacia su colega—, pues, hemos terminado con las formalidades y estaba por decirle al señor Armstrong que estamos aquí debido a cierta información que recibimos en las últimas horas.

—Así es —dijo Bronowski.

—Sí —retomó Guzmán—. Antes de entrar en detalles, quisiéramos saber un poco más sobre usted, comenzando por su carrera profesional. ¿Qué puede decirnos sobre eso?

Bronowski examinó a Frank Armstrong, que estaba reclinado sobre el respaldo, con una pierna cruzada y las manos entrelazadas. Todo lo que le importaba al detective en ese momento era el perfil psicológico de ese hombre; su lenguaje verbal y corporal; escucharlo expresarse con libertad sobre cuestiones familiares y no comprometedoras.

Al otro lado de *la caja*, en un monitor, el jefe John R. Cox observaba a Frank Armstrong resumiendo su trayectoria, desde el inicio de su carrera como estudiante de filosofía, su profesorado en la universidad y su trabajo como columnista hasta convertirse en figura de la televisión. Ya no estaba reclinado sobre el respaldo, sino que ahora tenía las manos tensas sobre los muslos. De modo natural, la libre asociación de ideas lo había llevado a concluir el resumen de su carrera con el relato de su accidente.

—Bien —dijo Bronowski—, es evidente que ha pasado por una etapa difícil. Ahora, nos gustaría que nos hablara de la naturaleza de su relación con la señorita McKellen, desde el momento en que la conoció hasta el día en que la vio por última vez.

—Por supuesto —respondió Frank, mientras la mirada de Bronowski se clavaba en la suya—. La chica le alquilaba el estudio a mi esposa desde hace más o menos seis meses. Desde que se instaló, nos cruzábamos de vez en cuando, en la puerta. Ya sabe, charla de vecinos.

Frank ocultaba su nerviosismo. No iba a decir que Lauren llegó a su casa con una «camisita de muerte». Confesar que ambos recurrieron al uso de sustancias representaba un riesgo mayor, y no iba a admitirlo a menos que fuera ineludible. Para Bronowski y Guzmán, en cambio, era esencial que Armstrong continuara concatenando los acontecimientos de principio a fin.

Armstrong se percató de que su silencio se estaba haciendo más largo de lo razonable y necesitaba justificarlo. Por una fracción de segundo, se concentró en Lauren sin dirigir la mirada a los detectives. Movía la cabeza de un lado a otro y terminó diciendo:

—Era una linda chica; no puedo creer que le haya pasado esto. ¿Ya saben cuál fue la causa de su muerte?

Bronowski disimuló su asombro y dirigió una corta mirada a Guzmán.

—Ya tenemos el informe preliminar, pero lo que necesitamos ahora es su cooperación. Dice usted que se cruzaba de vez en cuando con ella y tenían una «charla de vecinos».

—Así es, charla de vecinos.

—¿Podría usted asegurar que esas charlas —agregó Guzmán— pudieron dar pie a más charlas o quizá a algún otro tipo de encuentros amistosos?

—Era una chica atractiva —agregó Bronowski, lanzando la primera piedra—. Sería natural.

—Estaba interesada en que escribiera algo para un proyecto que tenía en mente, pero nunca lo discutimos debido a mi...

—El informe señala que la chica tenía un problema con el inodoro y que usted pasó a echarle un vistazo. ¿Es correcto? —preguntó Guzmán.

—Sí, es correcto.

—¿Solo eso?

Frank Armstrong apretó los labios.

—Señor Armstrong —insistió Bronowski—, como dijimos hace un momento, tenemos cierta información que podría indicarnos algo más de lo que usted nos está diciendo. Si esa información contradice o agrega algo que usted no señale ahora, las cosas podrían complicarse, ¿comprende?

—Lo comprendo —respondió Armstrong, mientras se preguntaba cuál podría ser esa endemoniada información de la que presumía el detective.

En la sala contigua, el jefe Cox no retiraba la mirada del monitor.

En ese preciso momento, Frank Armstrong no tenía ni idea de que, en el bolsillo trasero del pantalón de mezclilla que Lauren llevaba puesto ese día, había un pase de entrada al MOMA que condujo al equipo a obtener grabaciones de video de las cámaras de circuito cerrado del museo. En dichas grabaciones, la chica aparecía deambulando con el crítico del *New York Times* un día antes de la hora estimada de su muerte. Frank ignoraba que habían recuperado de la basura una servilleta de papel con el logotipo del

Aquarium, lo que a su vez llevó a los detectives a ese bar, donde miembros del staff confirmaron haber visto a la pareja la noche anterior. Tampoco sabía que el técnico forense había tomado de la escena una prenda que le prestó a la chica.

—Todo lo que digo —dijo Frank— es que los encuentros con la chica fueron casuales.

—¿Quiere decir que después de revisar su baño no volvió a verla? ¿Que esa es la historia completa? —insistió Bronowski.

—Pues solo la vi una vez más y esa es la única historia que conozco.

—Bien. Lo mejor que puede pasar en este momento es que usted nos cuente esa historia.

—Pues bien —prosiguió Frank—, la última vez que la vi fue el miércoles por la noche, alrededor de las nueve. Llamó a mi puerta para pedir un duplicado de llaves que mi esposa le guardaba a petición de ella. Me dijo que había dejado las suyas dentro, así que de inmediato le entregué el duplicado. Charlamos un rato, en la puerta, y me pareció descortés no invitarla a pasar y ofrecerle un café. Estaba muy interesada en mis libros y me hacía toda clase de preguntas. También parecía interesada en que escribiera algo para ella. Fue una charla agradable. Después sugirió que saliéramos a tomar algo y accedí. Tengo que aceptar que la pasamos bien al principio, pero luego no me sentí bien y regresamos a casa. Luego, al día siguiente, a medio día, me preguntó si quería acompañarla al MOMA. Le dije que sí. Estuvimos ahí un par de horas, y eso fue todo. Esa fue la última vez que la vi. Me dijo que iba a irse de la ciudad.

—Entonces, ¿la última vez que la vio fue el jueves? —preguntó Bronowski

—Sí, cerca de las seis.

—Dice usted que la noche anterior, el miércoles, salieron a tomar algo.
—Sí, fuimos a un bar.
—¿A qué hora?
—Alrededor de las diez y media.
—¿Dónde?
—En el West Village.
—¿Qué bar era ese?
—El Aquarium. Es un bar con buena música y grandes peceras.
—Es correcto: peces de agua de mar, pequeños, de muchos colores. Cuéntenos ahora lo que pasó en ese bar. ¿Llegaron, tomaron algo...?
—Sí. Pedimos un par de copas, estuvimos un rato y nos fuimos.
—¿Eso es todo?
—Sí.
—¿Ha estado antes en ese bar?
—No.
—¿Hasta qué hora estuvieron allí?
—Más o menos hasta la una y media de la madrugada.
—¿Y después?
—Regresamos a casa.
—¿Quiere decir a su casa o al estudio de la chica?
—Primero la acompañé a su estudio y luego me fui a casa porque no me sentía bien.
—¿Qué sentía?
—Dolor de cabeza, un poco de mareo. Las bebidas alcohólicas no me sientan bien por mis medicamentos, como le conté hace un momento.
—¿Hasta qué hora estuvo con ella?
—Un rato nada más.
—¿Cuánto? ¿Una hora, dos, tres?

—Un par de horas diría yo.

—¿Y luego?

—Nos despedimos. Me dijo que había una exposición en el MoMA que quería ver antes de irse. Me invitó a ir con ella y me pareció buena idea.

—Y cuando volvieron del MoMA, ¿pasaron más tiempo juntos?

—No. Me fui a casa. Me dijo que tenía que hacer el equipaje. Esa fue la última vez que la vi.

—¿Cómo iba vestida cuando se despidió?

—Camiseta negra y pantalón de mezclilla.

—¿Y el calzado? ¿Recuerda qué tipo de calzado?

—Sí. Unos tenis.

—¿De qué color?

—Rojos.

—¿Esa fue la última vez que la vio?

—Así es.

A estas alturas Bronowski y Guzmán se habían percatado de que su entrevistado se resistía a seguir una secuencia en la narrativa. Había lagunas, omisiones y preguntas abiertas en las que evitaba explayarse de manera normal.

—Bien, vamos a volver al momento en que está en ese bar. Dice que ordenaron un par de bebidas.

—Sí.

—¿Solo eso? ¿La chica y usted no compartieron algo que pudiera hacer la noche más divertida?

Armstrong frunció el ceño y miró a Bronowski clavando la mirada en la suya.

—¿Se refiere a una droga?

—Señor Armstrong, como ya le dijimos, tenemos información. Lo mejor para usted en este momento es que aclare si durante su encuentro con la chica tuvo usted en sus manos algún tipo de sustancia, aunque ni siquiera la haya probado.

—No. Por supuesto que no.

—¿Nunca?

—Nunca.

—¿Y la chica? —preguntó Guzmán, sabiendo que la posibilidad de obtener una confesión era cada vez más remota—. ¿Tampoco estuvo la chica en contacto con alguien que se la ofreciera, ya fuera dentro del bar o en algún otro lado?

Por un instante, Frank Armstrong se sintió tentado a decir la verdad pura y simple, pero su verdad era dudosa y, una vez soltada esa carta, no habría marcha atrás.

—No, detective. No que yo sepa.

—Bien, señor Armstrong —retomó Bronowski sin quitarle la mirada de encima—, pues siento decirle que su versión de los hechos no está completa. Permítame mostrarle algo.

El detective abrió la carpeta, alargó el brazo y colocó sobre la mesa una fotografía.

—¿Puede decirnos lo que ve en esta imagen?

—Sí. Es mi rompevientos.

—Su rompevientos.

—Sí.

—Estaba en el estudio de Lauren McKellen.

—Así es. Se lo presté.

—¿Cuándo?

—Cuando me fui.

—¿La noche del bar o el día del museo?

—La noche del bar, cuando nos fuimos. Estaba lloviendo y se lo presté.

—¿Y cómo fue eso? ¿Ella se lo pidió?

—No. Yo se lo ofrecí. Salimos, estaba lloviendo y por eso se lo puse.

—Se lo puso.

—Sí, en los hombros.

—Y no se lo devolvió.

—Está claro que no.

—¿Y puedo preguntarle por qué razón no ha dicho absolutamente nada al respecto?

—Porque no le di ninguna importancia. Lo olvidé por completo.

—¿Lo olvidó?

—Desde luego. Con todo lo que ha pasado, es lo último en lo que pensaría.

—Así que a usted se le olvidó el miércoles, y ella tampoco se lo devolvió el jueves.

—Así es.

—¿Y no intentó recuperarlo en otro momento?

—No.

—Dice que la chica le pidió el duplicado de llaves.

—Sí.

—¿Y se lo devolvió?

—No.

—Okey. ¿Ahora puede decirnos qué es lo que ve en esta imagen?

—Sí. Una pluma y una libreta.

—¿Son suyos?

—Sí. Estaban en mi rompevientos.

—Entonces, si entiendo bien, dice que no tuvo en sus manos algún tipo de sustancia, ni dentro ni fuera del bar, ¿correcto?

—Así es. No la tuve.

—Ya veo. ¿Puede explicar entonces cómo es que nuestro equipo encontró esto en un bolsillo de su rompevientos?

Guzmán abrió la carpeta. Frank Armstrong miró a Bronowski y se inclinó sobre la mesa.

—¿Qué diablos es esto?

—¿Qué es lo que ve?
—Espere un momento...
—Solo díganos lo que ve, señor Armstrong.
—Píldoras. Pero puedo jurarle que…
—¿Qué tipo de píldoras?
—No lo sé. No son mías.
—Las consiguió en ese bar, ¿no es así?
—Claro que no. Por supuesto que no.
—¿Las compartió con Lauren McKellen, o ella las compartió con usted?
—No tengo ni idea. Oficial, esto no tiene nada que ver conmigo.
—Escuche, señor Armstrong —presionó Guzmán—, todo lo que tenemos que hacer, y es muy probable que lo hagamos, es aplicarle un examen toxicológico para saber si consumió esta sustancia durante su encuentro con Lauren McKellen. Si esos resultados son positivos y usted se empeña en negarlo, se pondrá en una situación muy complicada. ¿Comprende?

Frank Armstrong se cruzó de brazos, y Bronowski prolongó el silencio. Tenía a su entrevistado donde quería y no había razón para apresurarse. El aire de cordialidad, de confianza; el incentivo de ser tratado como un ciudadano virtuoso que acepta cooperar con la ley; todo eso había desaparecido. La entrevista se había convertido en interrogatorio, y Frank Armstrong, en sospechoso. La dinámica había cambiado y, ahora, era acusatoria.

—Vamos a considerar las cosas desde otro ángulo —dijo Bronowski—. Tenemos el informe preliminar, y hay un par de cosas de las que estamos bastante seguros. Primero, que la muerte de Lauren McKellen parece haber sido inducida por sobredosis de un cierto tipo de metanfetaminas que la Brigada de Narcóticos tiene bien identificada y, segundo, que su muerte tuvo lugar dentro de las últimas veinticuatro horas a partir de la tarde del jueves, cuando usted estuvo con ella por última vez. Todo parece indicar que usted fue la última persona que la vio con vida.

—Escuche, detective...

—Permítame terminar, por favor, permítame terminar —enfatizó Bronowski, buscando una respuesta emocional del entrevistado—. No hay duda de que usted es un ciudadano comprometido, un escritor reconocido, una figura pública. ¿No es así? Pero el hecho es que tenemos una chica muerta. Lauren McKellen está muerta por culpa de criminales a quienes no les importa la vida de nadie y que piensan que, si las personas mueren, es porque se lo buscan. Pero lo cierto es que sus drogas terminan en manos de chicos y chicas que ni siquiera han empezado a vivir. Chicas como Lauren McKellen. ¿Tiene usted alguna idea de cómo se sienten los padres de Lauren en este momento? ¿Cómo se siente usted en este momento? ¿Está dispuesto a cooperar con nosotros o prefiere cruzarse de brazos? Vamos a tomar un descanso de cinco minutos. ¿Quiere más agua o necesita pasar al baño?

—Solo otra botella de agua, por favor.

Los detectives salieron de la sala, entraron a un cubículo y observaron el lenguaje corporal de Frank Armstrong. Caminaba de un lado a otro, con las manos detrás. Minutos después estaban de vuelta.

—Bien, señor Armstrong —retomó Bronowski mientras Guzmán alargaba el brazo con la botella—, antes de terminar, debo decirle que no estamos aquí para perjudicarlo, sino todo lo contrario, ¿de acuerdo? En este momento tiene usted dos opciones: aceptar que sabía que las sustancias estaban en su rompevientos, aunque ni siquiera las haya probado, o negarse a ayudarnos y enfrentar cargos muy serios, un juicio costoso y una posible sentencia de hasta veinticinco años. Podemos ayudarlo, pero es decisión suya.

—Solo puedo decirles dos cosas con toda certeza —respondió Armstrong con una frialdad inusual.

—Excelente.

—Primero, que esas sustancias, o como quiera que las llame, solo pudieron llegar al bolsillo de mi rompevientos en cuanto dejó de estar en mi poder, y eso fue desde que llegué a ese bar, lo dejé en el guardarropa y se lo presté a Lauren McKellen. Segundo, que si piensa aplicar un análisis toxicológico a mi persona, tendrá que hacerlo siguiendo los cauces legales y respetando mis derechos. No pienso aceptar que mi integridad física se vea comprometida sin una orden judicial de por medio y solo motivado por una corazonada. Así que ahí lo tiene. Ya basta con esto.

—Lo entiendo y no tenemos el menor problema con ello —contestó Bronowski, al tiempo que Guzmán se levantó y abrió la puerta disimulando su molestia—. Para eso estamos aquí. Estaremos de vuelta en un par de minutos.

Los detectives salieron de la sala y se encontraron a Cox en el pasillo. Entraron a un privado y cerraron la puerta.

—¿Y bien? —preguntó Cox con las manos en los bolsillos—. No esperaban eso, ¿verdad?

—Es cuestión de sentido común —dijo Bronowski, alegando que Armstrong no necesitaba saber del paradero de ese rompevientos para haber consumido. Luego continuó—: Se drogaron juntos o él la drogó a ella. Sea como sea, hay que imputarlo, conseguir la orden y realizarle ese análisis pronto.

—¿Y si sale negativo? —preguntó Guzmán.

—Ay, por favor. ¿A quién le importa eso ahora? Estuvo con ella: tenemos grabaciones, testigos y causa probable. ¿Qué más quieres? —preguntó Bronowski.

—¿Con qué cargo? —preguntó Guzmán—. Él no tenía el rompevientos.

—Posesión constructiva: no necesita llevar las drogas consigo para cometer el delito, solo saber que estaban ahí; igual que en un auto. Reconoció que la prenda era suya; la encontramos en la escena del crimen; tuvo acceso a las sustancias, al estudio y a la chica. ¿Qué más necesitamos? ¿Una firma? Ya la tenemos.

—Escuchen, muchachos —respondió Cox, reclinado sobre el escritorio—. Todo lo que tenemos es ese rompevientos, el preliminar del forense y un cartucho de dinamita a punto de estallar en los noticieros. Un error aquí y terminamos multando autos mal estacionados en Broadway. Lo único que importa es si Armstrong sabía que las drogas estaban ahí, lo cual ya negó y va a seguir negando. Así que, ¿cuál es el cargo? ¿Posesión constructiva? ¡Con un maldito rompevientos! ¡Santo Dios!

Los detectives reingresaron al cuarto y observaron a Frank Armstrong, que había colocado los antebrazos sobre la mesa.

—Bien, señor Armstrong —le dijo Bronowski—, lamentamos decirle que no puede marcharse. Encontramos que existe causa probable para detenerlo. Las sustancias fueron encontradas dentro de su rompevientos, es decir, en una prenda de su propiedad, hallada en la escena y utilizada por ambos, usted y McKellen, durante el lapso de un probable delito. Tenemos testigos y grabaciones. Por favor, tome asiento, señor. Vamos a imputarlo.

Guzmán volvió a abrir su carpeta y extrajo una hoja impresa con la odiosa, pero imprescindible letanía nunca escuchada demasiadas veces cuando se trata de los derechos de la persona arrestada, pero, tan popular y ordinaria que, cuando Frank Armstrong comenzó a leerla, maldijo la realidad. No se trataba de un policía de película recitando sus derechos. Solo era Guzmán, mirándolo leer ese texto en voz alta.

Más por evitar un escándalo que por mera benevolencia del jefe, no condujeron a Frank Armstrong al Complejo de Detenciones, sino que lo ficharon en el Distrito Policial No. 20. Sus pertenencias fueron confiscadas. Le dieron permiso para hacer una llamada en el teléfono de la pared contigua a su celda, leyendo el número que tenía apuntado en la palma de su mano. Del otro lado de la línea respondió una voz aflautada y risueña, acompañada por lo que parecía un cuarteto de cuerdas entre vasos de cristal y platos de porcelana.

—¿Aló?

—¿Howard?

—¿Frankie? ¿Dónde diablos estás?

—Ni te imaginas.

5

La tetera emitió un silbido cuando el teléfono inalámbrico sonó en el comedor. No la tomó por sorpresa. La visita de los detectives no era una buena señal. Frankie tenía que haber llegado para la cena o, por lo menos, ya debía haber llamado. No respondió a sus mensajes de texto; no contestó a su llamada; el aparato volvió a mandarla al buzón, y, una vez más, olvidó el cargador en casa. Maddie apagó la tetera y corrió al teléfono. Frankie fue directo al grano:

—Maddie, escúchame por favor y no digas nada. Estoy bien, pero la policía me detuvo cuando iba llegando a casa. Howard ya está en camino. Es por lo de Lauren...

—¡Howard! —interrumpió Maddie—. ¿Pues que está pasando?

—Pues... es un desastre...

—¿Estás detenido?

—Sí. Bajo custodia.

—¡Cómo es posible! ¿Por qué?

—Es una locura. Escucha, no puedo hablar mucho. Incautaron mi celular. Estoy en un teléfono fijo...

—¿Dónde?

—En el distrito 20, en la 82.

—Te llamé. Hace más de dos horas.

—Lo sé, pero escúchame: si no salgo hoy mismo, Howard te llama, ¿okey?

Maddie cerró los ojos, respiró hondo y se presionó las sienes con una mano.

—¿Maddie?

—Sí, estoy oyendo.

—Todo se va a arreglar, estoy seguro. Aunque te parezca absurdo, trata de no preocuparte. De verdad. Es un desastre, pero se va a arreglar. Espero salir y, si no, Howard te llama.

—Okey.

—Va a estar bien. En serio.

—Sí.

—Bueno, pues calma. Espera unas horas.

—De acuerdo.

—Te quiero. Voy a colgar.

—Yo también.

Frankie colgó el auricular. Maddie buscó su celular. Quería llamar a Howard, pero comprendía que no era el momento y se desplomó en el sofá.

Entretanto, Howard Armstrong pasaba en su Bentley verde botella frente a la Catedral Ortodoxa Ucraniana de Saint Volodymyr para estacionarse a unos cuantos metros del lóbrego edificio policial. Howard medía al menos un metro ochenta y cinco, y pesaba alrededor de ciento diez kilos, así que bajó del auto con cierta dificultad. Vestía un traje ligero de color gris Oxford. A excepción de las patillas, que eran blancas, tenía el cabello negro, peinado a la perfección. Su bigote era del mismo color y parecía recortado con regla. Daba la impresión de ser una persona seria, pero en la convivencia revelaba un ingenio humorístico que le permitía congraciarse con el prójimo.

A la entrada le esperaban dos individuos no menos singulares. Uno vestía traje negro y corbata amarilla; era de estatura media, tenía la cabeza calva y un profuso bigote rubio con las puntas afiladas a la inglesa. De sus ojos castaño oscuro emergía una mirada inquieta, contenciosa. Reía con estridencia contenida y, cuando hablaba, un velo de frases correctas y buenos modales disimulaba el efluvio de subtextos tras cada palabra que articulaba. Su portafolios negro descansaba entre sus piernas. Respondía al nombre de William Campbell.

El otro sujeto era casi lo contrario: fornido, nariz tosca, cabello negro, ya canoso y peinado de lado. No parecía requerir de ninguna estrategia para aplastar a quien fuera necesario, y todo en él era una nube de humo, comenzando porque le llamaban el Capitán, aunque nadie podía precisar qué clase de pelotón había estado a su mando. Su nombre era Samuel Nock. Era algonquino de estirpe y un hombre de pocas palabras.

Tras un apretón de manos, Howard Armstrong ingresó con sus colegas al edificio. Un impávido oficial corpulento los condujo a un cuarto blanco en el que solo había cuatro sillas y una mesa.

Luego de un par de minutos, la puerta se abrió dando paso a Frankie. Howard se puso de pie, mirándolo con incredulidad. En múltiples ocasiones había tratado con clientes bajo custodia, pero nunca habría imaginado encontrar a su hermano en semejante escenario.

Desde niños, Frankie había sido el favorito de su madre. El niño consentido, listo y seguro de sí mismo. Frankie siempre había hecho lo que le venía en gana; incluso se dio el lujo de tener su etapa hippie y estrellar el auto de papá contra un montículo de nieve.

Ser el primogénito diez años mayor le dio a Howard la ventaja de ser acaparado por su padre. Juegos de béisbol, adecuaciones para un Shelby Cobra estacionado en la cochera y partidas de ajedrez los domingos. Cuando mostró aptitudes para estudiar derecho, su padre se impuso la tarea de convertirlo en el heredero legítimo y merecedor del imperio Armstrong & Goldman, creado por el abuelo Howard, un jurista prominente que tuvo la astucia de asociarse con un judío liberal llamado Ezequiel Goldman.

Pese a sus diferencias, el amor mutuo entre los hermanos se había mantenido en pie hasta que un día Howard atendió un caso que abriría una brecha entre ellos. Cuando Howard padre ya batallaba contra el Alzheimer, un joven psicótico de diecinueve años abrió fuego con un arma semiautomática en el interior de un centro comercial en Connecticut. Dejó un saldo de cuatro muertos y cinco heridos. El arma, puesta a su alcance por un amigo de veintiún años, había sido comprada en una sucursal de tiendas de campismo en Vermont con requisitos mínimos de control. El dueño de la cadena, que era amigo de Howard, lo convenció para aceptar el caso. Frankie se enteró de ello al leer el periódico y lo reprendió, alegando que estaba traicionando todos los principios que su padre encarnaba. Le dijo: «Harías mucho mejor representando a las verdaderas víctimas y no a ese empleado de la muerte amparado por la Asociación del Rifle». Para empeorarlo todo, Howard logró que a su cliente solo se le revocara la licencia para la venta de armas de fuego a costa de una sentencia de cadena perpetua para el joven más dos años para el amigo que puso el arma en sus manos. A Frankie le importaba poco que Howard tuviera la razón jurídica. Los responsables seguirían cenando con sus colegas en Washington, y el dueño de la tienda vendiendo «los productos de calidad que demanda nuestra clientela».

Para Frank, *¡Que vivan las armas!* era algo más que la novela en la que retrató el engaño y la manipulación tras un derecho constitucional. De manera inconsciente, encarnó la impotencia colectiva en sus personajes, retratando una realidad política que habría «avergonzado a nuestros padres fundadores».

Aplicando la filosofía a un caso emblemático, Frank demostró que, cuando el joven apretó el gatillo, no estaba solo, sino que estaba siendo secundado por miles de personas manipuladas por un puñado de supremacistas lunáticos. «Desde el momento en que pones un arma de fuego en manos de alguien que reclama el derecho a tenerla», declaró en una entrevista, «ese alguien es libre de privar a otros del derecho a la vida con solo apretar un gatillo. Ese es el problema».

El escritor nunca imaginó que lo que había comenzado como un pleito familiar desataría un fenómeno mediático. Más allá de Howard, tenía un papel ante la opinión pública y, resuelto a no defraudarla, emprendió la cruzada desde su columna, haciendo alusiones continuas en la televisión. A escasos dos meses del escándalo, una primera tienda rindió cuentas por un doble homicidio en Wisconsin, lo que desató demandas similares en Indiana, Nueva York, Pensilvania y Florida. «El litigio es uno de los mejores caminos para salvar vidas, y esperamos que con esta victoria el movimiento se inspire y cobre aún más fuerza», declaró el abogado portavoz del Centro para la Prevención de la Violencia con Armas de Fuego.

—¡Howard! —exclamó Frankie, sujetándolo del antebrazo—. Me alegro de verte.

—Te apuesto a que sí. Vamos a sacarte de aquí rápido. Aunque, como te dije al teléfono, no entiendo por qué diablos no me llamaste. Si lo hubieras hecho, no estarías aquí. Te lo aseguro.

Frankie miró a Howard como lo que siempre había sido para él: su hermano mayor, su consejero, su aliado.

—Por idiota —repuso—. Por idiota.

—Bien, hablaremos de eso después. Te presento a Will Campbell, tu ángel de la guarda, tu sacerdote, tu confesor. Se lo contarás todo, ¿de acuerdo? Este hombre aquí es el Capitán Nock, Samuel Nock, nuestro *solucionador*. Si hay un cabo suelto, Sammy lo ata. Si hay algo torcido, Sammy lo endereza. Si hay una pista perdida, Sammy la encuentra. Ya lo verás.

El Capitán Nock, esbozó una sonrisa mientras levantó su monolítico cuerpo de la silla para estrecharle la mano. Sus ojos grises revelaban una mirada penetrante, severa.

—Estoy aquí para ayudar —le dijo.

—Bien, pues sentémonos y que empiece la película, Frank —dijo Will Campbell mientras sacaba de su portafolios un bloc amarillo al tiempo que el Capitán extraía de su chaqueta una libreta estampada con el logotipo de un proveedor de llantas Goodyear.

Por tercera vez en setenta y dos horas, Frankie relató su aventura con Lauren McKellen. Esta vez invadido por una sensación de pudor. Por mucho que hubiera compartido cosas con Howard en el pasado, de la vida privada no se hablaba más que con indirectas. El acuerdo tácito era no entrar en detalles ni hacer preguntas; solo sacar la conclusión. Pero ahora era diferente. Y, a medida que Frankie avanzaba en su relato, se veía obligado a responder a cada pregunta de Will Campbell delante de su hermano, para quien la historia entrañaba la constatación de lo mucho que se había apartado de él, aun a pesar de su accidente. Para el Capitán Nock y para William Campbell, en cambio, las interrogantes del caso planteaban un escenario sombrío.

—Todo esto es extraño —dijo Will Campbell, retorciendo la punta de su bigote mientras observaba sus apuntes—. El cargo de posesión constructiva es improcedente. No estamos hablando de un vehículo o de un inmueble. Parece un pretexto legal burdo. ¿No te parece, Sammy?

El Capitán Nock, con los antebrazos apoyados sobre la mesa, miró a Frankie para luego agregar:

—Todo indica que necesitan buscar un culpable, y rápido. No es normal. La cuestión es por qué.

Al oír estas palabras, una sombra cruzó por la mente de Frank Armstrong. Desde la muerte de Lauren hasta la caída de su reputación, nadie podría sacarle tanto jugo a su destrucción como un titiritero de la Segunda Enmienda.

6

Ya era martes. Maddie, hecha un manojo de nervios, recibió noticias de Howard pasadas las diez. Intentó persuadirlo de que la pusiera al tanto de todo, pero no lo logró.

—Hay cosas que será mejor que Frankie te cuente directamente —le dijo—. Como abogado suyo, puedo decirte que la situación es complicada. Por supuesto que es inocente de los cargos que se le imputan. Saldrá mañana después de la audiencia; lo dejaremos libre bajo fianza. Ya veremos qué pasa después.

Maddie no pudo evitar insistir:

—Howard, ¿qué diablos pasó con Lauren McKellen? Dímelo, por favor.

Howard titubeó. Sabía que Maddie se enteraría por otro medio, y lo mejor que podría hacer por ella era prepararla. Resumió el caso lo mejor que pudo sin entrar en detalles.

—Frankie salió a tomar una copa con la chica y a partir de ahí se complicó todo.

Maddie captó el mensaje, se quedó helada, y Howard tuvo que preguntar dos veces si seguía al teléfono.

—Sí, Howard, sí —repuso—. Sigo aquí.

En ese instante, oyó la voz de Will Campbell dirigiéndose a Howard: «Dile que no conteste el teléfono, que no hable con reporteros y que evite salir de casa».

—¿Maddie?

—Sí, Howard, ya escuché a Will.

—Bien, si tienes que salir o necesitas algo, hablas a mi oficina con Linda y ella se encargará de todo, ¿de acuerdo? Silencio radial. Te llamaremos mañana.

Maddie se recogió el cabello con una liga, puso a hervir agua para el café y bajó de inmediato por la edición impresa del *New York Times*. La recogió, destrabó el cerrojo y se asomó a la calle. No vio nada fuera de lo normal, pero cuando bajó la vista encontró los tulipanes y alargó el brazo con incredulidad.

—¿Y esto? —se preguntó, descartando que se tratara de un servicio de entrega—. Solo pudo ser Frankie. ¡Santo Dios!

Maddie cerró la puerta ayudándose con el codo, subió por la escalera, dejó las flores junto al perchero y desdobló el periódico.

Frank Armstrong
bajo sospecha en muerte por sobredosis

Por Sheila Swan

Nueva York, martes 14 de agosto. El escritor, productor, comentarista televisivo y autor de *¡Que vivan las armas!* se encuentra bajo custodia de las autoridades y podría ser acusado de homicidio culposo por la muerte de la exmodelo y fotógrafa Lauren McKellen, de 36 años, originaria de Nueva Jersey, luego de aparecer muerta en su estudio en el Upper West Side de Manhattan la tarde del domingo.

Las primeras versiones policiales indican que una sobredosis por el consumo de metanfetamina pudo causar la muerte de la fotógrafa, cuyo cuerpo sin vida fue encontrado por un empleado de los Armstrong alrededor de las 17:20 horas.

(Sigue en la página 12)

Maddie apoyó el diario sobre la barra, limpió los lentes en su playera y dio vuelta a las páginas hasta localizar la primicia.

Frank Armstrong en custodia

(Viene de la 1)

El reporte del Departamento de Policía de Nueva York (NYPD) indica que la exmodelo alquilaba el inmueble a su propietaria, Madeleine Wells, esposa del escritor y editora de profesión, y que fue su empleado, José Manuel Cruz, residente extranjero de origen mexicano, quien llamó al 911 desde su teléfono celular poco después de terminar con su trabajo de jardinería. Al arribo de la policía a la escena, Cruz declaró haber percibido «un olor raro, como de animal muerto», lo que lo llevó a constatar desde una ventana que el cuerpo de McKellen yacía sin vida.

Miembros de la Oficina del Médico Forense de Nueva York retiraron el cuerpo de la occisa, en el que se encontró una combinación de distintas drogas, entre ellas metanfetaminas.

Fuentes cercanas a McKellen aseguraron haberla visto en compañía del escritor y productor de 53 años, en un club nocturno del West Village, poco antes de la medianoche del pasado miércoles, lo que fue corroborado por miembros del staff del establecimiento y mediante las cámaras de seguridad ubicadas en la entrada. Así mismo, cámaras del circuito cerrado de televisión del Museo de Arte Moderno de Nueva York (MOMA) revelaron que la fotógrafa y el escritor visitaron el museo al día siguiente, cerca del mediodía, de lo que ya había indicios en los pases de entrada que fueron encontrados en el bolsillo de la occisa. Al registrar el departamento de McKellen, la policía encontró una prenda y diversos objetos propiedad del detenido, entre los cuales se encontraba una pequeña bolsa con metanfetaminas.

John R. Cox, supervisor de la Brigada de Detectives de Manhattan, declaró que existe causa probable para la detención y que es el objetivo de la investigación determinar la responsabilidad del detenido «en este triste y trágico desenlace».

Armstrong, quien estuvo a punto de perder la vida en un accidente automovilístico el año pasado, es también colaborador de este diario y no ha comentado el reporte. La audiencia y lectura de cargos tendrá lugar el día de hoy, a las 9:00 horas, en el Tribunal Penal de Manhattan.

Maddie se apresuró a la recámara. Tenía que prevenir a Kate y a Max. Entonces recordó que en Brisbane era casi las ocho de la mañana siguiente y decidió comunicarse con Max. Marcó el teléfono, pero su hijo no contestó. Terminó sentada en la cama escribiendo un largo mensaje de texto en el que les decía que tendrían que estar preparados. Tan pronto como terminó, pulsó otro nombre. En la pantalla apareció «Leslie», pero entró el buzón. Estaba a punto de volver a probar suerte con Max, cuando Leslie le devolvió la llamada. Maddie fue al grano:

—No puedes imaginar lo que está pasando. Deja lo que estés haciendo, entra al *New York Times* ahora mismo y ve la primera plana. Es Frankie. Llámame cuando termines.

Cuando Leslie volvió a comunicarse le dijo que estaba en camino. Maddie ya se había lavado la cara y se había puesto sus pants deportivos. Kate no había llamado, pero logró hablar con Max.

—Ayúdame llamando a tu hermana —le pidió.

Minutos después sonó el timbre. Era Leslie.

A pesar de los descalabros y de haber perdido la esbelta figura de su juventud, los años de Leslie no parecían haberle cobrado una cuota más cuantiosa de lo esperado. Era una mujer práctica, realista y de intelecto sobresaliente que lucía cómoda en la redondez de su cuerpo que no llegaba a la obesidad. Su torso parecía mantener su forma recta y erguida gracias al poder de absorción de sus glúteos, que daban la impresión de engullir cada kilo con un entusiasmo que se volvía notorio cuando caminaba. Tenía el cabello negro, lacio y con un corte de casquete. Cuando hablaba, una voz fuerte y clara inundaba la habitación. En ese momento, sus caderas trabajaban a marchas forzadas mientras subía por la escalera. En una mano traía una bolsa con *bagels* y, en la otra, dos cafés grandes sobre una base de cartón.

—Ampárame, Santísimo Padre, con estas escaleras. ¡Maddie, no sé cómo le vas a hacer para pasar tu vejez en este lugar! Si me haces el favor de ayudarme con los cafés, te lo voy a agradecer: estoy a punto de tirarlos.

—Dámelos —repuso Maddie, alargando los brazos—. ¿Hay alguien ahí fuera? —preguntó, llevando los cafés a la cocina.

—¿Ahí fuera? ¿Te refieres a la prensa? No, para nada. Está más solitario que de costumbre. Pero ya está en la televisión, ¿eh? Mira. —Leslie abrió su bolso, sacó su laptop y la puso sobre la mesilla—. Veamos aquí... No. A ver aquí... No. ¡Ja! Nuestro brillante presidente. Vamos a dejarlo aquí y dime por favor cómo diablos ha sucedido todo esto. —Leslie bajó el volumen y se acercó a la ventana—. El lugar de los hechos. No lo puedo creer. ¿Cuándo te enteraste de todo?

—De todo, hoy —respondió Maddie señalando el periódico—. De la muerte de Lauren, el domingo.

—El domingo. ¿Y me llamas hoy? Creí que éramos amigas.

—No sabía qué hacer. Preferí esperar. Ya me conoces. El caso es que estaba con Frankie en el parque y luego desapareció. Lo esperé un rato, pero no regresaba, así que recogí todo y volví a casa. Cuando abrí la puerta me lo encontré sentado ahí. Según él, había venido a recoger su bloc de dibujo y se sintió mal. Ahora estoy sospechando otra cosa, ¿sabes? Salí un momento de compras y, cuando volví, la policía ya estaba ahí abajo. Resulta que Manuel la encontró muerta en el estudio y avisó al 911. Llevaba varios días muerta.

—¿Cuántos?

—No lo sé. Pero ahora me entero de que todo pasó cuando yo estaba en Connecticut.

—¿Y luego?

—La policía habló con nosotros. Se llevaron el cuerpo, y Frankie salió. Dijo que iba a ver a Freddie, pero me estaba evitando, lo sé. Luego vinieron dos detectives ayer en la mañana. Frankie había salido desde temprano y quedó de volver para la cena, pero no regresó. Cuando por fin se comunicó conmigo, ya estaba detenido. Después... —Maddie se detuvo en seco. Estaba punto de romperse y no le salía la voz—. No lo entiendo, Leslie. Frankie tomó sus cosas y se fue a la biblioteca; de lo más normal, como si nada hubiera pasado. Ya no sé qué pensar. A lo mejor ni siquiera estuvo ahí y ya estaba metido en este lío. Después llamó Howard.

—¿Y qué te dijo?

—No entró en detalles. Solo dijo que Frankie salió a tomar unas copas con Lauren y todo se complicó. Dijo que es inocente de los cargos.

—¿Y cuáles son los cargos?

—Posesión de drogas, para empezar. Ahora resulta que se fueron a un antro y luego al MOMA, al día siguiente. Un antro, Leslie. Hazme el favor. Frankie en un antro. Eso no es salir a tomar copas. Te apuesto a que pasó la noche con ella, allí abajo.

—¿Y lo de las drogas? ¿De dónde viene eso de las drogas? —preguntó Leslie, con creciente consternación.

—Ya viste lo que dice ahí —agregó Maddie, señalando el periódico—. Aparecieron drogas en una prenda suya. Vete tú a saber qué prenda. ¿El pantalón? ¿La camisa? Se quitaron la ropa, evidentemente.

—Pero Howard te dijo que es inocente. ¿Crees que lo está encubriendo?

—Es su hermano. Ahora resulta que nadie se imagina a Frankie metiéndose drogas. Max, acabo de hablar con él, no lo puede creer.

—Pues no es nada fácil de creer. A ver, todos conocemos las excentricidades de Frankie, pero las drogas no parecen ser lo suyo, y menos en las condiciones en las que está —repuso Leslie alzando las cejas detrás de sus enormes anteojos.

—Pues ya no sé qué pensar. Pero te voy a contar algo que no le he dicho a nadie.

—¡Cielos! —exclamó Leslie, reclinándose en el respaldo—. Más revelaciones.

—Sí, más revelaciones. Hace unas tres semanas, en la madrugada, me levanté al baño y vi que Frankie no estaba en la cama. Desde hace algún tiempo, a eso de las cinco sube a su estudio. Casi dirías que es el Frankie de siempre, pero no. El olor a marihuana era evidente.

—¿Mota? ¿A las cinco de la mañana?

—Mota. Frankie no fumaba desde hace siglos. Tú lo sabes.

—Vaya que lo sé.

—Pues resulta que leyó un artículo donde decía que eso podía ayudarle con la ansiedad. ¿Sabes cómo me lo encontré?

—¿Cómo?

—En calzones, con una vela, tumbado en su sillón.

—Qué raro —murmuró Leslie.

—Rarísimo. Lo peor que puede hacer.

—¿Y qué le dijiste?

—Nada, no me vio, pero luego bajó por su café. Le pregunté por qué había subido tan temprano, ¿y sabes lo que me contestó?

—¿Qué?

—Que había subido a hacer un ejercicio de introspección. Que lo que tiene que hacer es enfocarse en la regeneración, en el cambio de piel, en la importancia de darle vida a un nuevo yo.

—Un nuevo yo.

—Sí. Temo que ya no lo conozco, ¿sabes? ¿Es este su *nuevo yo*? —preguntó Maddie, empujando el periódico sobre la mesa.

—Esperemos que no. Pero sigue con la psicoterapia, ¿verdad? Dime que sí, por favor.

—Ah, esa es otra. Ya no va con Carter. No sabes el pleito que tuvimos. Dice que la última sesión fue catártica y que con eso tuvo más que suficiente; dice que su ciencia es limitada, que es dogmático, que todo lo que le cuenta va a parar a un gran embudo y luego a una botella con la etiqueta «Extracto de Frank Armstrong». Así que, si me preguntas, no me sorprendería que se hubiera drogado con Lauren y que las cosas salieran mal.

—¡Cómo! —exclamó Leslie—. No creerás que se drogaron, que las cosas salieron mal y que la dejó allí, muerta.

Maddie miró a Leslie a los ojos.

—Espero que no.

—¿Esperas? No lo digas ni en broma. Eso no puede ser.

—Pues todo lo que sé es que ya no puedo más. ¿Tienes idea del lío en el que está metido? ¿A dónde va a ir a parar? ¿A dónde voy a parar yo? Si por lo menos estuviera haciendo algo, algo de verdad para salir adelante, pero no. No quiere. Ya ni siquiera dibuja.

—¿No?

—No. Dice que no es más que un imitador de Edward Hopper.

—¿De verdad? Yo no diría eso.

—Pues eso es lo que dice, que no es más que un pasatiempo. Ahora anda con el cuento de que ya no soporta Nueva York. Cada día me da más pánico. Ah, y mira lo que dejó en la puerta ayer, no sé cómo ni por qué —agregó Maddie, señalando las flores.

—Tulipanes.

—Tulipanes. Ahí los dejó, en algún momento, antes de acabar encerrado. ¿Tú entiendes algo? Ya perdió la razón. Por un lado, la peor noticia de todos los tiempos y, por el otro, los tulipanes. Te juro que no podré volver a ver tulipanes en los días que me resten de vida.

Leslie miró a Maddie. Estaba por decir algo reconfortante cuando la cápsula informativa apareció en el monitor de su laptop.

—¡Ahí está ya! —exclamó, subiendo el volumen.

Maddie miró la pantalla sin decir una palabra. Una comentarista rubia daba la noticia cuando enlazaron la transmisión al exterior del Tribunal Penal de Manhattan.

—La audiencia de Frank Armstrong está por comenzar en cualquier momento —dijo la reportera de CNN—. En cuestión de minutos sabremos si Frank Armstrong se declarará inocente o culpable de los cargos presentados por la fiscalía. Casi con toda seguridad, se declarará inocente y la defensa solicitará la libertad bajo fianza. Como han informado ya los medios, es Howard Armstrong, director del bufete Armstrong & Goldman, quien tendrá como cliente nada menos que a su hermano. Y comienzan ya las especulaciones sobre las implicaciones de este caso, que podría ser demoledor en más de un sentido para el autor de *¡Que vivan las armas!*

Al escuchar las palabras *demoledor en más de un sentido* Leslie desvió la mirada hacia Maddie, con la certeza de que ella, mejor que nadie, ya conocía la respuesta.

7

En el tribunal, mientras tanto, Frank Armstrong se declaraba inocente de los cargos. Al escuchar el importe de la fianza, fijada en noventa mil dólares, sintió un espasmo en la tráquea. La juez, una mujer madura, negra, con voz potente y un peculiar sentido del humor, barrió a Frankie con la mirada mientras Will Campbell se le aproximaba con una solicitud. Frankie no logró oír lo que decía Will, pero vio que ella se reía con sarcasmo, negando con la cabeza para luego exclamar:

—¡No, señor; no, señor; no, señor! No, a menos que quiera salir con su cliente por esa puerta.

Con resignación evidente, Will tomó los documentos de manos de la juez y se acercó a Frankie:

—Bien, paso a la caja y nos largamos de aquí —le dijo, ondeando los documentos.

Minutos después, Frankie apareció por una puerta y miró a Howard sentado en el pasillo. Llevaba meses sin generar ni un centavo y, aunque había sido cuidadoso con los gastos, sus ahorros habían ido disminuyendo. La demanda contra el psiquiátrico estaba empantanada, y temía que este lío acabara con su economía. Howard pareció adivinarlo. Le explicó la mecánica de la fianza para luego aclarar que todos los gastos, exceptuando los honorarios de Will, entrarían como pasivo en el despacho.

—Tenemos que resolver el lío de Boston lo antes posible —le dijo— y ya luego haremos las cuentas.

Frankie intentó conservar lo que le quedaba de orgullo, pero, como no era mucho, se quedó parado con las manos en los bolsillos. De pronto regresó Will.

—¡Ya está la prensa ahí afuera! —exclamó.

—Lo sé —repuso Howard—. Sammy ya está listo con el auto. Frankie, ninguna declaración.

Frankie asintió. Salieron por la puerta y apretaron el paso entre el pelotón de reporteros que lanzaba preguntas tras la valla.

—¿Inocente, señor Armstrong?

—¿Se declaró inocente, señor Armstrong?

—¿Algún comentario, señor Armstrong?

Al final de la acera, el Capitán bajó del Bentley con sus lentes oscuros. Abrió la puerta trasera y extendió el brazo. Una joven implacable se acercó al auto, interpuso el micrófono entre los hermanos y lanzó una pregunta mientras un policía preventivo le ordenaba que se alejara del vehículo.

—Señor Armstrong, ¿cuál es su opinión del bufete Armstrong & Goldman ahora que usted es el acusado?

Frank Armstrong clavó los ojos en la joven y, sin proponérselo, le dio el encabezado para su reportaje.

—¡Carne de cañón! Eso es de lo que se trata todo esto: carne de cañón.

—La familia apoya a la familia. Eso es todo —agregó Howard mientras empujaba a su hermano por la espalda para que entrara, se callara la boca y cerrara la puerta.

Al ver que Howard y Frankie ya estaban en el auto, Will Campbell se detuvo. Pensó que no debía ignorar a la prensa y que ese era el momento de dar una respuesta ante la opinión pública.

—Como abogado de Frank Armstrong, tengo que decir que todo esto es absurdo —declaró—. Estamos ante una situación en la que un ciudadano impecable no ha sido más que una víctima de las circunstancias. Los cargos son improcedentes y lo vamos a demostrar.

—Señor Campbell —insistió la reportera implacable, acercando el micrófono—, ¿estaba teniendo su cliente un *affaire* con Lauren McKellen?

—Lo único que puedo asegurar —respondió Will— es que la chica era una tremenda admiradora suya. La visita al MOMA no solo prueba que sus intereses fueron siempre ejemplares: demuestra que la chica estaba en perfectas condiciones cuando la vio por última vez. Todo lo que haya ocurrido después, no está en lo absoluto vinculado con mi cliente. Insisto, es absurdo.

—¡Ejemplares! ¡Sí, cómo no! —exclamó Maddie, bajando el volumen, mientras el noticiero se volcaba de lleno en los deportes y Leslie mordía su *bagel*—. Ejemplares. Hazme el favor.

—Pues sí es muy raro eso de que hayan ido al MOMA, ¿eh? Discúlpame, pero, con una mujer como esa, lo último que se te ocurre es ir al MOMA.

A Maddie no le hizo gracia la imprudente lascivia de Leslie y la miró furiosa.

—No, si ya te comiste ese *bagel*, Leslie. Estoy segura de que se acostaron y luego fueron al museo. Te lo apuesto.

—Puede ser, aunque estarás de acuerdo en que uno tampoco se droga para ir al MOMA, ¿verdad? Comprendo que te drogues para irte de fiesta, pero ¿a un museo? No tiene sentido.

En ese instante sonó el celular de Maddie.

—¡Es Howard! —exclamó, tomando la llamada—. Sí, Howard... Estoy bien. Leslie está conmigo. No, no, para nada. Dile que no quiero hablar con él... Dos está bien, gracias... De acuerdo, aquí te veo. —Maddie colgó—. Ya vienen para acá. Dice que van a pasar por unas hamburguesas a Shake Shack, que Frankie no ha comido más que un sándwich de mortadela y un cuarto de leche que le dieron en la cárcel.

Entretanto, el Bentley de Howard avanzó por la calle Centro hasta llegar a Houston Oeste. El Capitán se detuvo y miró a Howard por el espejo retrovisor.

—Bien, señor Armstrong, si no tiene inconveniente, yo me bajo aquí.

—Gracias, Sammy, nos salvaste de la jauría.

—¿A dónde vas ahora? —preguntó Will.

—Directo al Aquarium. Dejé el auto estacionado a un par de cuadras de aquí.

—¡Bien! —exclamó Will—. Averigua todo lo que puedas y nos vemos en el despacho. Llámame en cuanto termines.

Howard abrió la puerta, se dio la vuelta y descargó su peso en el asiento del conductor. El viento lo había despeinado, así que abrió la guantera, sacó un peine y se arregló ante el espejo.

—Bien, vamos por las hamburguesas.

—A mí, por favor, me dejan lo más cerca posible de Times Square —dijo Will, retorciendo su bigote—. Les queda de paso. De ahí camino al despacho.

—Hombre sabio, Will, hombre sabio —dijo Frankie—. No creo que un almuerzo con los Armstrong sea lo más ameno para usted en este momento. Mi esposa no estará de muy buen humor.

—¡Maddie! —exclamó Howard, enfilando hacia la Octava Avenida—. Estaba a punto de bajarme con Will y dejarte a solas con ese balón. Pero no te preocupes, te lo voy a poner en la cuenta. Eso sí, te anticipo que no será nada barato.

Al cabo de unos minutos, Howard se detuvo en la 77. Frankie se trasladó al asiento delantero. No había dormido y tenía el estómago vacío. Tampoco tenía buen aspecto. Necesitaba una ducha y una buena afeitada. Su aspecto desaliñado contrastaba con la suntuosidad del vehículo, que lo hacía sentirse aún más miserable. No había duda de que a Howard le estaba yendo bien. Había trabajado duro y ahora se permitía todo lo que el dinero podía comprar. Le entró sueño y quiso reclinar el asiento. Presionó un botón, pero recordó que debía encender el auto y no encontraba la llave. «Claro», pensó. «Esto no tiene llave». Buscó el botón de encendido y, tras varios intentos fallidos, por fin logró reclinarlo.

Minutos después, Howard salía del restaurante. En una mano llevaba las hamburguesas y, con la otra, tocó en la ventanilla. Frankie despertó sintiéndose como si viniera de otro planeta. Howard subió al coche y se dirigió a la avenida Ámsterdam, para dar vuelta en la 80. Estaba empezando a estacionarse cuando oyó un ruido ensordecedor. Al instante, volvió la cabeza y Frankie saltó del asiento. Junto a la puerta derecha del coche, había un sujeto en una Harley Davidson. Llevaba casco negro, gafas oscuras y daba violentos acelerones.

—¡Howard! ¡El tipo ese! —exclamó Frankie.

Howard miró a ese hombre y puso la marcha atrás, pero no podía maniobrar.

—¡Sácale una foto! —exclamó.

—¡No tengo celular, lo incautaron!

Howard se esforzaba por sacar el suyo del bolsillo. El hombre seguía ahí, acelerando, solo que ahora señalaba a Frankie con el dedo índice de su mano enguantada. Frankie empujó la puerta con violencia, pero el sujeto eludió el golpe, y él cayo con el codo sobre el pavimento.

—¡Qué haces! —exclamó Howard.

—No lo sé, ayúdame. ¡Acabo de partirme el codo por la mitad!

—¿Qué rayos hiciste? —preguntó Howard mientras alargaba el brazo para acercar el celular.

—No lo sé. No importa. ¿Le sacaste la foto?

—Creo que sí. ¿Estás bien?

—Eso espero —repuso Frankie frotándose el codo.

—¡Cómo se te ocurre hacer eso! ¿Estás loco? Te lastimaste, ¿verdad? ¡No puedes perder la cabeza así!

—Ya lo sé, ya lo sé.

—No, no lo sabes.

—Fue instintivo. ¿Viste cómo me amenazó? Te lo dije. Se lo dije a Will. Se lo dije a los policías. Se lo dije a los detectives.

—¿Y si el tipo saca un arma? ¿Qué harías?

—Bueno, ya, basta. Tienes razón. Déjame ver la foto.

Howard presionó el ícono de fotos y apareció su esposa.

—¡Georgette! ¡No queremos ver a Georgette! ¿Dónde está la foto? ¡No salió!

—Presiona «Cámara»; estás en un álbum.

—Cámara, cámara. ¿Por qué no aparece la cámara?

—Porque estás en un álbum. Préstamelo. —Frankie le quitó el celular y cerró el álbum—. Es aquí.

—¡No está la foto! —exclamó Howard, quitándole a Frankie el aparato—. ¡Malditos celulares!

—Sí, sí está. Aquí, en el recuadro de abajo —repuso Frankie con una mueca de dolor.

—A ver… —Howard amplió la imagen. La luz trasera de la motocicleta destellaba junto a la placa—. ¡Apenas se ve! ¿Qué es eso? ¿Un ocho?

—No —repuso Frankie—. Es un tres.

—¿Un tres? No. Parece un cinco, fíjate bien.

—¿Un cinco? —Frankie tomó de nuevo el teléfono y miró la pantalla con un aire de frustración—. No está claro.

—No, no está claro, pero es mejor que nada. Ya veremos qué se puede hacer con esto. ¿Cómo está tu codo?

—Creo que mal.

—No puedo creerlo. Arriba lo revisamos.

—Vamos.

—¿Y las hamburguesas? —preguntó Howard.

—¡Las hamburguesas! —exclamó Frankie.

—Están en el pavimento, ¿verdad?

Frankie empujó la puerta y miró al suelo.

—Sí, en el pavimento, pero la bolsa está intacta. Mira.

—Menos mal. Dámelas. Ahora solo nos falta enfrentar el tercer round.

—Maddie.

—Maddie.

8

Con encomiable estoicismo, Howard Armstrong descargaba su peso sobre cada peldaño en la escalera. En una mano llevaba las hamburguesas y con la otra se apoyaba en el barandal. Frankie subía tras él. La puerta estaba abierta y se oyó la voz de Maddie al teléfono.

—Sí, sí. Ya están aquí. —Howard se detuvo y Maddie lo tomó del hombro, ignorando casi por completo a Frankie, a quien fulminó con la mirada alargando el brazo con el aparato telefónico—. Es tu hija, quiere hablar contigo —le dijo, dando media vuelta para regresar a Howard, estirarse de puntillas y darle un beso—. No sé qué haríamos sin ti.

Howard le pasó la mano por la espalda. Se sintió incómodo. Los saludos de costumbre resultaban inoperantes, y terminó por decir:

—Ni yo. Sin ustedes no tendría trabajo

En ese momento, Leslie salió de la cocina:

—¡Howard! —exclamó—. Ya están aquí. Qué gusto verte. Hacía siglos que no te veía. Bueno, acabo de verte en la televisión. ¿Cómo estás? ¿Cómo está Georgette?

—Muy bien, gracias —contestó Howard, viendo que Frankie subía por la escalera en dirección al estudio—. ¿Tú cómo estás, Leslie? ¿Qué cuentas de nuevo?

—Todo igual. Todo igual. Dame eso, más vale empezar a comer ya.

—Por favor. Me muero de hambre.

—Siéntense, voy por unos platos —intervino Maddie y abrió la puerta de la cocina mientras Leslie y Howard se sentaban en el comedor.

—¿Sigues con tus clases? —preguntó Howard, evitando entrar en el tema.

—Sigo —respondió Leslie, acomodándose el cabello tras la oreja—. Sigo. En Columbia. Sí. Creo que me van a enterrar ahí. ¿Y tú? ¿Cómo vas con el despacho?

—Uf, el despacho —respondió Howard al tiempo que Maddie volvía con los platos y los colocaba sobre la mesa.

—Cómo han crecido —prosiguió Leslie—. Ya se cambiaron a Times Square.

—Sí, es una pesadilla. El peor error que he cometido en mi vida.

—¿Qué quieren de tomar? —preguntó Maddie, colocando el último plato en el lugar vacío de Frankie.

—¿Tienes cerveza?

—Claro. ¿Y tú, Leslie?

—Yo soy el colmo, acabo de comer un *bagel* y ya estoy aquí de nuevo, con una hamburguesa. Siéntate, Maddie, siéntate. Yo le traigo a Howard su cerveza. ¿Qué quieres tú?

—A mí francamente no me entra una hamburguesa. ¿Podrías poner mi *bagel* en el tostador y poner agua para un té, por favor?

—Claro. Aprovecho para poner mi hamburguesa en el microondas. Howard, ¿quieres que ponga la tuya también?

—No, gracias, Leslie, o ¿sabes qué? Sí. Pon mi segunda hamburguesa mientras empiezo con esta.

Leslie se dirigió a la cocina. Howard miró a Maddie, que estaba sentada a su lado con la vista perdida hacia la ventana.

—Todo va a estar bien —le dijo, bajando la voz—. Todo va a estar bien. Ahora te explico cómo están las cosas.

Leslie, en la cocina, encendió la tetera fingiendo que no había oído. Maddie giró la cabeza, y Howard apretó los labios.

—Qué horror, Howard. Qué horror.

—Lo sé, pero vamos a salir adelante, ya lo verás.

—No lo sé —repuso Maddie, desviando la mirada—. No lo sé. Es tu hermano, y sé que lo quieres, pero creo que yo no voy a poder con esto. Es demasiado.

En ese instante, Frankie bajó del estudio y colocó el teléfono en la mesa.

—Kate quiere hablar contigo.

Maddie se levantó, tomó el teléfono, subió a la habitación y cerró la puerta.

—¡Frankie! —exclamó Leslie cuando iba saliendo de la cocina—. No te saludé. Vaya mañana, ¿verdad?

—Ni te acerques, Leslie. Mira cómo vengo. Me urge afeitarme y tomar un baño.

—¿Cómo? ¿No quieres comer primero?

—Para nada. Primero voy a darme un baño. Tengo que cambiarme de ropa.

Frankie subió a la habitación y vio a Maddie, de espaldas, hablando por teléfono, así que entró en el baño, cerró la puerta y abrió la llave de la regadera. El codo dolorido le impedía quitarse la camisa con facilidad, así que tiró de ella con la otra mano. No había raspón, pero estaba inflamado. Sentía el cuerpo pegajoso. Tenía los calzoncillos incrustados en la ingle y los calcetines adheridos a la planta del pie como si tuvieran pegamento. Se miró en el espejo y entró a la ducha para percatarse de que no estaba su champú, su crema de afeitar ni su navaja. Salió de la regadera y abrió su cajón. Estaba vacío. Estuvo a punto de salir a comprobar de qué se trataba todo, pero no quería hacer una escena con Howard y Leslie allí afuera, así que registró de nuevo el mueble y abrió un paquete con tres rastrillos rosas. «Usaré su champú y su desodorante», pensó.

Mientras tanto, en el comedor, Howard y Leslie hablaban en voz baja. Howard estaba a punto de contarle lo ocurrido con el tipo de la moto, pero se interrumpió al ver a Maddie.

—Pobre Kate —les dijo—. Está aterrada. Me pide que la mantenga informada de todo. ¡Informada! ¿Qué se supone que le voy a decir? ¿Cuál es la situación, Howard? ¿Qué diablos hizo Frankie?

—Es una situación delicada.

—¿Delicada? Desde ayer en la noche mi alma pende de un hilo. Le doy vueltas y más vueltas a las cosas, y no entiendo nada. ¿En qué lío está metido Frankie? Dímelo, por favor, en cristiano. Todos esos términos jurídicos no me sirven para nada. Solo quiero saber qué está pasando. ¿Qué diablos le sucedió a Lauren? ¿Qué es todo eso de las drogas? ¿A qué tipo de antro se fue a meter?

Maddie hizo una pausa. Howard se levantó, se quitó la corbata y la lanzó al sofá. Era obvio que la respuesta que esperaba Maddie no era la del abogado, y eso lo hacía todo aún más complicado. No sabía por dónde empezar, así que regresó a la mesa, mirando el lugar vacío de su hermano:

—Estoy tan confundido como tú. Me estás pidiendo una respuesta que no puedo darte. Me preocupa. Su situación es complicada... laberíntica.

—¿Laberíntica cómo? —preguntó Leslie desde el otro lado de la mesa.

—Laberíntica —prosiguió Howard—, extraña. Es inocente o, al menos, eso dice. Está metido en un lío que tiene todo lo que se necesita para hundirlo. Su arresto fue prematuro, apresurado. No tenemos idea todavía. Parece ser que esta chica puso algo en su bebida.

—¡Lo drogó! —exclamó Leslie.

—Parece que sí.

—¿Y para qué diablos haría eso? —preguntó Maddie—. ¿Para acostarse con él?

—Es raro —dijo Leslie—. Muy raro.

—A ver... Les explico, pero si quieres detalles se los preguntas a él, ¿okey? Esta chica vino a recoger un duplicado de llaves, Frankie le abrió, platicaron un rato, la invitó a pasar y le ofreció algo de beber. Siguieron charlando, se les subieron las copas, y a esta niña, en algún momento, se le ocurrió ponerle algo. Parece que fue una especie de juego.

—¿De juego? ¡Por el amor de Dios!

—Lo sé. Es difícil de creer. Pero Frankie juró que no lo sabía. Dice que fue una suerte de trampa.

—¡De trampa! No puedo creer lo que estoy oyendo. Howard, por favor, te pido que me digas las cosas tal como ocurrieron. No creo que a Lauren le hiciera falta ningún tipo de trampa para tener sexo con alguien, mucho menos con Frankie. Te apuesto lo que quieras a que ella lo propuso y él accedió. Así de simple.

—Eso es lo que parece, sí.

—Y acabó en un antro.

—Y acabó en un antro. Esa es la parte de Frankie que nos preocupa.

—¿Y luego? ¿Se acostó con ella?

—¿Quieres saber eso? Pregúntaselo a él, no a mí. Todo lo que me importa es que regresaron a casa. Frankie nunca imaginó que ella le había puesto una droga en su copa.

—¿Nunca? ¿Y cómo entonces encontraron las drogas en una prenda suya? ¿Qué prenda era esa? ¿Unos calzoncillos, una camisa, un calcetín?

—Es un rompevientos. Dice Frankie que cuando salieron del antro estaba lloviendo y se lo prestó.

—Ah, todo un caballero. En drogas, pero todo un caballero. Te lo dije, Leslie.

—¿Y no te parece —interpuso Leslie—, dado el estado de Frankie, que esas drogas las compraron juntos?

—Ya se los dije: Frankie jura que no.

—¿Y le crees? —preguntó Maddie.

—Pues, todo es muy raro. Dice que al llegar al antro entregó el rompevientos en el guardarropa y, desde ese momento, no volvió a tenerlo en sus manos.

—Entonces, ¿las compró ella?

—Es posible. De ella no sabemos nada, todavía.

—Tú no, pero yo sí.

—¿A qué te refieres?

—Hacia fiestas. Pagó la renta de golpe. Seis meses por adelantado. Así nada más. ¿De dónde sacaba el dinero?

—Pues eso no sería lo mejor para Frankie en este momento. Su defensa pende de un hilo.

—¿Cuál?

—Que no puedan demostrar que él sabía algo sobre esas drogas. Pero, si logran crear la más mínima duda al respecto, lo hunden.

—¡Cielo santo! —exclamó Maddie—. No paramos con Frankie. No paramos. El accidente, la rehabilitación, el lío de Boston…

—La novela —agregó Leslie, interrumpiéndose demasiado tarde.

—Bueno, ese es otro tema, Leslie —le espetó Howard, moviendo la cabeza de un lado a otro—. ¡Ah! ¿Y saben qué? Ya no les dije nada, pero no saben lo que acaba de pasar.

—¿Ahora qué? —preguntó Leslie, abriendo los ojos como platos.

—Justo ahora, allá abajo, cuando estaba estacionando el auto, apareció ese tipo, el de la moto. Amenazó a Frankie.

—¡Qué! —exclamó Maddie.

—Se detuvo dando acelerones. Señaló a Frankie con el dedo y luego se arrancó. Lo amenazó.

—Se lo dijimos a la policía. Lo dijimos desde el primer momento. Con razón oía yo ese escándalo cuando estaba hablando con Kate.

—¿Qué tipo? —preguntó Leslie—. Perdón, pero creo que me he perdido de algo.

—Ya ni te dije —aclaró Maddie—. Es un tipo que venía a ver a la niña esta. Ya sabes, de esos que andan en Harleys.

—Ja. ¿De dónde rayos salió? ¿Iowa?

—Nueva York. Le saqué una foto con el celular, pero no salió bien.

—A ver... Déjame verla.

—Ahora te la enseño, está en mi saco. Sale la matrícula, pero no muy bien.

—¡Cielos, Howard!

—Tenemos que investigarlo.

—Frankie no puede salir a la calle, ¿se dan cuenta? —dijo Leslie.

—Claro que no. No por ahora. Es un riesgo. Puede hacer cualquier cosa —repuso Howard.

—No lo dudo. Ya lo amenazó.

—Hablo de Frankie.

—¿A qué te refieres?

—Yo estaba tomando la foto y, de pronto, Frankie abrió la puerta como loco, con una violencia que no te imaginas. Trató de darle un portazo, ¿lo pueden creer? Por suerte el tipo se arrancó, pero, si le pega, imagínate. Se cayó de bruces sobre el pavimento. Se dio un golpazo en el codo.

Maddie asintió y miró a Howard.

—¿No te lo dije? Ese es el problema con Frankie. Ya ni él sabe lo que hace. Se ha vuelto impredecible y cada vez está peor. Está tomando vino, cerveza y, ahora, qué más, ¿drogas? Estoy aterrada con él. Aterrada. Lo dejamos solo por un segundo y mira lo que pasa. ¿Sabes lo que hizo aquí hace unos días? Se subió al estudio en la madrugada. Se puso a fumar mota.

—¿Mota?

—Sí. A primera hora de la mañana. En su estado, ¿te imaginas? Dice que vio un artículo en internet sobre el cannabis y la ansiedad.

—¡Santo Dios! Esto no puede salir de aquí —musitó Howard.

—¿Cómo?

—Que eso no puede salir de aquí. Leslie, que quede claro, por favor.

—No me singularices, Howard. No me singularices, que no soy idiota ni chismosa.

Howard miró a Maddie. Leslie se percató de su reacción y se justificó añadiendo:

—Nada más para poner las cosas en claro, sin ofensas para nadie.

—Okey, Leslie, ya nos quedó claro, ahora déjame ir al punto —dijo Maddie—. Y el punto es que tienes que hablar con Frankie, hacerlo entrar en razón si se puede. Si es necesario, hay que pedirle a Carter que nos ayude.

—Ni se te ocurra.

—¿Por qué?

—Carter es testigo en el lío de Boston y, en este caso, podría serlo. Es mejor que no sepa más de la cuenta. Frankie tiene cierta reputación...

—Tenía —interrumpió Maddie—. Está perdido con esto.

—Por eso. Es mejor que lo manejemos entre nosotros. El accidente lo ha cambiado, sí...

—Te has alejado de él.

—Lo sé. Tengo mucho trabajo. No me imaginé que estuviera tan mal.

En ese momento, Frankie había salido ya de la ducha y comprobado que Maddie había vaciado todos sus cajones. No había una sola prenda suya en el clóset. Tampoco vio alguna maleta. Sabía que el tema de conversación ahí abajo era él, pues estaba de pie junto a la escalera, escuchándolo todo. Estar enterado de lo que se decía tenía una ventaja que no iba desaprovechar, así que bajó a la estancia y caminó descalzo hacia el comedor. Howard, Maddie y Leslie lo vieron aparecer sin nada más que una toalla blanca atada a la cintura y una venda en el codo. Al llegar a la mesa preguntó disimulando:

—¿Cómo? ¿No han empezado a comer?

—Esas hamburguesas ya están heladas —dijo Howard—. ¿Podrías calentarlas?

Frankie tomó las hamburguesas sin decir una palabra, se dirigió a la cocina y encendió el microondas, calentando de dos en dos. Todos en el comedor intercambiaron miradas en medio del ruido del aparato. De lo más campante, Frankie abrió el refrigerador, sacó una cerveza y se apoyó contra el fregadero. Nadie quería romper el silencio, y Frankie decidió prolongarlo tanto como pudo, dando un gran trago a su cerveza. Maddie y Leslie comprendían el juego, pero Leslie optó por el silencio y Maddie, por la confrontación.

—No hay duda —dijo Frankie colocando el plato sobre la mesa— de que el comportamiento de uno puede resultar intrigante cuando desconocemos las razones. Seguro se estarán preguntando por qué no me visto, pero, esta vez, hay una explicación que a mí no me corresponde dar.

Howard y Leslie miraron a Maddie, que estaba apoyada con el codo sobre la mesa y descansaba la mano en la barbilla.

—Ah, es de lo más simple, querido. Todas tus cosas están en el cuarto de visitas. Ahí vas a dormir hasta que recuperes la cordura. Eso si no acabas antes en la calle, con todo y tu maldito sillón.

—¡Ey, ey, ey! —exclamó Howard—. Este no es el momento de una guerra. Ni Leslie ni yo tenemos por qué presenciar sus problemas matrimoniales. ¿Estás de acuerdo, Leslie?

—Por supuesto. Maddie, no caigas en ello, por favor.

—Está bien, no lo haré mientras Frankie no me ataque. Parece olvidar que estoy en el ojo del huracán.

—¿Tú estás en el ojo del huracán? ¿Tú?

—Claro. ¿Quién más?

—Tienes toda la razón, porque el ojo del huracán es de completa calma. Soy yo quien anda en la periferia arrastrado por el vendaval. No tienes ni idea de lo que he pasado las últimas veinticuatro horas.

—Está atacando, Leslie, ¿lo ves? Está atacando. Si tuvieras idea de lo que yo he tenido que pasar por ti, ni siquiera harías esa comparación. Tú, al menos, lo sabes todo. Vaya que si lo sabes. Yo me entero por el *New York Times*, por la CNN y por tu hermano. Pero tienen razón, lo único que les falta a los dos es presenciar una escena, así que me voy a quedar callada y que Howard te explique cómo está tu situación. Por ahí podemos empezar, ¿estás de acuerdo?

—Sí. Estoy de acuerdo. ¿Les importa que coma en toalla?

—A nadie le importa eso, Frankie, por favor —dijo Leslie, para luego añadir—: A mí ya se me quitó el hambre.

—Gracias. Yo ya no aguanto.

—Yo tampoco —agregó Howard, acercando su plato—. Estábamos hablando de tu situación. Nos preocupas. Estás fuera de control.

Frankie volteó a ver a Maddie:

—Ya les contó lo que pasó allá abajo, ¿verdad?

—Sí, acaba de contarnos. ¿Estás de acuerdo en que fue una reacción descabellada?

—Instintiva. No del todo descabellada.

Howard entornó los ojos.

—¿No del todo? Fue totalmente descabellada. Descabellada, por instintiva. Mira tu codo.

—A ese codo hay que aplicarle hielo —dijo Leslie, poniéndose de pie—. Voy a ponerte una bolsa. Sigan hablando.

—Me niego. Déjenme comer, por favor.

—¡Frankie! —exclamó Maddie, asegurándose de captar su atención—. Escucha lo que tu hermano te está diciendo.

—Ya lo escuché, Maddie. Dice que es una reacción descabellada.

—¿Y lo aceptas?

—Acepto que fue instintiva, pero no descabellada.

Howard empujó su plato hacia delante y se puso de pie. Conocía a Frankie demasiado bien y no tenía ánimo para entrar en disquisiciones.

—¡Frankie! —exclamó—. Si ese tipo saca una pistola, ¿qué haces? ¿Qué hace tu instinto con una pistola delante?

Frankie dejó su hamburguesa en el plato, observó la corpulencia de Howard y se limpió la boca.

—Está bien, está bien, pero escucha. Escuchen, por favor.

En ese momento regresó Leslie y colocó la bolsa de hielos sobre la mesa.

—Aquí, querido, aquí. Apoya tu brazo sobre la bolsa.

—Gracias, Leslie. Eres un encanto.

—Déjalo así. No lo muevas.

—De acuerdo. No lo muevo. Ahora, por favor, escuchen.

Leslie se quedó de pie junto a Frankie. Howard se sentó y Maddie se apoyó sobre la mesa, con la mano en la frente.

—Comprendo lo que están pensando, ¿okey? Sé muy bien que están desconcertados o, bueno, Maddie, elige la palabra que te guste.

—Aterrados.

—Aterrados. Está bien.

—Confundidos —dijo Leslie.

—Confundidos, está bien. Sé que hago cosas que les parecen inexplicables, impredecibles.

—Peligrosas, Frankie. Peligrosas para ti y para los demás. ¿Estás de acuerdo? —preguntó Howard.

—Estoy de acuerdo. Sí.

—Vaya, por lo menos es un avance —murmuró Maddie.

—Bueno, pues no es mi intención preocuparlos más. El problema es que, para ustedes, no soy el mismo de antes. Parece que soy un extraterrestre, ¿verdad?

—Un poco —dijo Leslie, frotándole la espalda—. Un poco.

—Bueno, pues como dije, no quiero preocuparlos más, pero les voy a decir la verdad. Y la verdad es que nunca, hasta ahora, me había sentido más yo... desde ese accidente. Sí, así es. No se espanten. Déjenme terminar. Para todo lo que ha pasado, ¿sí?, para todo, hay una explicación. Y una explicación clara. Por supuesto, no estoy hablando de Lauren. Eso es otra cosa. Otra cosa que nadie va a entender. Howard la entendió, creo, porque logramos hablar, ¿no es cierto?

—Bueno, si me permites, estamos tratando de entender —interpuso Leslie.

—Así es, me doy cuenta y no los culpo. Apenas yo estoy empezando a entender, ¿okey? No sé cómo explicarlo.

La semana pasada, en la biblioteca, estuve consultando un breviario de filosofía.

—Bien, un buen paso —murmuró Leslie.

—Para nada. Intenté leer dos entradas: Kant y Platón. Todo lo que veía es una estatua de mármol y un hombre con peluca. No me interesaba. Solo necesito que entiendan que no soy el mismo y no quiero volver a serlo. Ni siquiera recuerdo lo que yo mismo escribí.

—¿Y recuerdas lo que dijo la doctora Duncan? —preguntó Maddie.

—Sí, pero ese no es el punto. El tema no me interesa.

—¿Desinterés o problemas con la memoria? —preguntó Leslie ante la mirada impaciente de Maddie.

—Las dos cosas. Mis primeras columnas, por ejemplo: Maddie las recortó y las colocó en una carpeta. Ahí están, pero no me acuerdo de ellas ni me interesan. No me importan. Es más, me doy cuenta de que perdí el tiempo con eso. Es la verdad.

—¿Y tu novela? —preguntó Leslie mientras le pedía paciencia a Howard con una mirada furtiva.

—De eso me acuerdo, sí.

—Se agitaron conciencias. Deberías alegrarte por eso —prosiguió Leslie al tiempo que Howard se sujetaba los nudillos y miraba hacia la ventana.

—Mientras, yo defiendo el *statu quo*.

—Nadie está diciendo eso, Howard —interpuso Maddie.

—La razón jurídica estaba con mi cliente. El problema fueron sus empleados. ¿Cuántas veces tendré que repetirlo?

—Y él también, como responsable de sus empleados —murmuró Frankie.

—De eso sí te acuerdas. Escribiste toda una novela sobre eso. No hace falta que digas nada más. Me clavaste un puñal. A mí, a tu hermano.

—Han hablado de eso hasta el cansancio y no se ponen de acuerdo. Espero que algún día puedan sentarse a tratar de entenderse y no a discutir. Ahora no es el momento.

—Estoy de acuerdo con Maddie, ahora no es el momento. ¿Por qué no dejamos que Frankie termine de hablar? —preguntó Leslie—. Es importante lo que nos está diciendo.

Frankie le dio un último bocado a su hamburguesa, un tanto a la fuerza. Dejó el resto en el plato y lo empujó mientras Leslie lo miraba, para luego preguntar:

—¿Frankie, de todo lo que nos has dicho, hay algo, además de la novela, que recuerdes con entusiasmo, o todo está perdido? Ahí están tus otros libros. Tu monografía de Hopper, tu colección de ensayos.

—Sí. ¿Sabes qué? Recuerdo el día que conocí a Maddie, contigo, en ese bar.

—Con Amy, sí. Te bautizamos con un Martini.

—Sí. Recuerdo cuando nacieron Kate y Max, desde luego. Recuerdo mi viaje con Freddie en el *New Zealand Albatross*. En ese barco, en ese mar, mi vida me pertenecía, y no se me olvida. Recuerdo las navidades con mamá y las partidas de ajedrez con Howard.

—Me ganó.

—Sí. Tres veces, pero le gané.

—¿Recuerdas cuando estrellaste el Shelby Cobra contra la nieve?

—Qué curioso que lo digas. Sí. Cuando me subieron a la ambulancia se me apareció papá, junto a ese Shelby Cobra.

—¿Querías irte con él? —preguntó Leslie, mientras Maddie se limpiaba una lágrima con su servilleta.

—Jamás se me ocurriría pensar eso, Leslie, pero no dudes que Carter te daría la razón. Yo no lo creo. Si me quisiera ir con papá, no tendría por qué ir a Boston para ver si me arrolla un lunático. Hay mejores formas de viajar al otro mundo. ¿No crees? Lo único que sé es que Maddie tiene razón. Yo ya no soy la persona que ustedes creen. Salvo esos recuerdos, no me importa nada más. No me importa el *New York Times*. No me importa la CBS y dejó de importarme la universidad. Es más: me molesta lo que está pasando con las universidades. Ni me hables de la *Ivy League*. No volveré a la televisión. Es el peor error que he cometido. Para colmo de males, y sé que esto va a preocupar a Maddie, ya no soporto estar en esta ciudad. Todo es una molestia, un fastidio.

—Bueno, pues es lo que es —musitó Maddie.

—Sí, pero la cuestión es que estoy harto. El tipo de la moto. Tú lo viste. No pienso vivir con miedo ni bajo la amenaza de nadie. Le hubiera dado uno y mil portazos a ese individuo y, si hubiera tenido un arma, ahora me doy cuenta, habría tenido que usarla, porque no puedo más. Se acabó, y por favor, no pongan cara de tragedia.

—Todo para acabar en lo mismo —murmuró Maddie.

—¿Cómo dices?

—Todo para acabar en lo mismo. Estamos hablando de tu impulsividad, ¿y qué es lo que haces? ¡Justificarla!

—¿Te lo parece?

—Por supuesto que sí. ¿No lo ves? Invitaste a pasar a esa mujer a esta casa. Te tomaste unas copas con ella, te fuiste a un antro, consumieron drogas: en tu estado, por el amor de Dios.

—Sí, Maddie, en mi estado. Yo no lo sabía. Si lo hubiera sabido no lo habría hecho. No estoy loco. Estoy dañado, pero no tanto.

—Pero te divertiste, ¿verdad? Lo gozaste, y te apuesto a que no solo fuiste al museo. ¿Todo eso es parte de tu nuevo yo? ¿Dónde está mi viejo yo en todo esto? ¿Dónde está todo lo que otros hacemos por ti? ¿Cuándo te importé yo? Dices que no te importan más que esos recuerdos. ¿Dónde estuvieron esos recuerdos mientras estuviste con ella? ¿Dónde?

—¡Maddie! —exclamó Howard para recordarle que no estaba cumpliendo con lo acordado.

—Perdóname, Howard, ya es demasiado tarde para eso. Estamos hablando de la salud mental de tu hermano, de mi esposo. Es un asunto que nos concierne a todos, salvo a Leslie, por obvias razones. Tú y yo no tenemos escapatoria.

—¡Ahora resulta! —exclamó Frankie, poniéndose de pie y dando media vuelta para ajustarse la toalla—. ¿Y dónde estaba yo cuando te enredaste con don Corleone? Howard lo sabe bien. ¿Te lo eché en cara?

—No es comparable.

—¿No es comparable?

—Para nada. Yo no me acosté con él, y lo sabes. Además, nunca dijiste nada hasta que... Olvídalo. Ya no quiero saber más.

—Ese no es el punto, Maddie. El punto es que no estabas en tus cabales, y yo lo entendí. Me costó, pero lo entendí.

—¿Y qué diablos tiene que ver eso?

—Todo.

—Me permiten intervenir —dijo Leslie, intercambiando miradas con Howard.

—Por favor. Di lo que te dé la gana —le dijo Frankie, sentándose.

—Gracias, sí. Ya saben todos aquí que son como mi familia...

—Sí.

—Ya por favor, Leslie —interrumpió Maddie, empujando su silla—. Di lo que tengas que decir, que tengo que ir al baño, me estoy haciendo pipí.

—Bien, pues a mí me queda claro, aunque te enfades conmigo, que lo que Frankie está queriendo decir es que él tampoco estaba en sus cabales cuando pasó todo esto. ¿Estoy en lo cierto?

—Así es, Leslie. Gracias. Si ella, con unas copas de más, se dejó seducir por don Corleone, imagínate yo, con Lauren delante y drogado. Maddie quiere que saque el álbum de los buenos recuerdos justo en ese momento.

—Bueno, Leslie, ya aclaraste el asunto. Voy al baño.

Maddie se dirigió al baño de visitas, pero miró a Leslie antes de abrir la puerta.

—Ahora tú muy comprensiva con Frankie. Se me olvida que a los dos les encantaba la chica.

Maddie cerró la puerta, y Leslie se volvió hacia Frankie:

—Está furiosa, tienes que entenderla.

—Y la entiendo, Leslie, pero ella también tiene que entender. Su aventura con don Corleone nunca salió de estas cuatro paredes. La mía ya está por todos lados. Ahí afuera hay un individuo que me amenaza, y tengo encima a la policía de Nueva York.

—Yo necesito un escocés. Me importa un bledo la hora —dijo Howard.

—Abre esa puerta junto al librero. Ahí está una botella que me regaló Freddie… El año pasado. No me la dio ayer.

—Está bien.

—Sírvete lo que quieras.

Howard entró a la cocina para buscar hielo cuando vibró su celular.

—Howard —dijo Leslie—. Tu teléfono.

Howard dejó el vaso sobre la barra, se apresuró a la sala y sacó el teléfono de su chaqueta.

—Es Will. No hablen... Sí, Will, ¿qué hay de nuevo? Claro, claro... Se lo diré... Sí... Sí, Will, se lo diré… El tipo de la Harley lo amenazó aquí afuera... No, no pasó a mayores... Yo estaba en la calle con él. Tengo una foto... Sí... No es muy clara, pero puede servir… Sí... Sí... Ahora mismo, sí. Está bien… Claro... Sí, me lo supuse... De acuerdo... Infórmame en cuanto tengas algo... Sí, estoy hablando de eso con ellos... Bien, encárgate de eso. Hasta luego.

Howard terminó la llamada, buscó en su celular, envió la fotografía y se dirigió a la cocina. En ese momento Maddie salía del baño.

—¿Qué pasa? —preguntó.

Howard suspiró. Maddie, Leslie y Frankie lo miraban desde el comedor.

—Pues tenemos una noticia buena y una mala.

—La buena, por favor —imploró Maddie.

—La buena es que Sammy ya estuvo en el bar y tiene las grabaciones.

—¿Sammy? Perdón, pero ¿quién es Sammy? —preguntó Leslie.

—Nuestro investigador.

—Ah.

—Si lo que dijiste es cierto —le dijo a Frankie—, podemos tener pruebas de que le cediste el rompevientos.

—¿Eso es todo?

—Sí. No es mucho, pero es positivo.

—¿Y la mala? —preguntó Maddie.

—La mala es que Will cree que no lograremos impugnar el análisis que le hicieron a Frankie.

—¿Análisis? ¿Qué análisis? —preguntó Maddie.

—Me hicieron un análisis toxicológico.

—Se movieron a toda velocidad —señaló Howard—. Consiguieron la orden media hora antes de que llegara yo con Will. No me huele nada bien.

—¿Por qué? —preguntó Maddie.

—Imposible saberlo. Es demasiado pronto. Frankie, no puedes salir solo a la calle y necesito saber si contamos contigo.

—Sí. No te preocupes.

—Bien, si no hay nada más que tratar, les voy a pedir que hablen con Will. Tiene que trazar el plan de acción con ustedes. No hablen del tema con nadie. Frankie solo acompañó a la chica al antro ese. No hubo nada entre ellos más que una amistad. Y tú, Maddie, escúchame bien, estabas al tanto de esa amistad. Una amistad de vecinos, nada más. La chica te caía de maravilla, te parecía hermosa, joven, con la vida por delante, y lamentas mucho su muerte.

—Pues sí la lamento, aunque no lo parezca.

—Perfecto. Pues la seguirás lamentando. Dime una cosa, Frankie. Will te preguntó si la chica tomó un baño antes de ir al MOMA, y le dijiste que sí, ¿verdad?

—Sí. Se dio un baño.

—Menos mal. Esperemos que haya sido a conciencia.

—¡Qué horror! —exclamó Maddie—. Ya sé lo que te preocupa.

Howard pulsó la aplicación Notas y, bajo el nombre Will, escribió: «Consulta forense, Frankie».

Leslie miró a Maddie con el rostro desencajado, y Howard prosiguió:

—Dice Maddie que has estado fumando marihuana. ¿Quién te la dio? ¿Lauren?

—Para nada. Fue Freddie… antes del accidente. Fue en un viaje de pesca. Están a punto de legalizarla, ¿cuál es el problema?

—A punto, pero aún es ilegal. ¿Todavía la tienes?

—No. Solo la probé y no me sirvió de nada.

—Está bien. ¿Te das cuenta de que, encima de todo, está en juego tu indemnización? Si eso trasciende, se van a complicar las cosas. Te lo advierto. ¿Qué sabe Freddie de todo esto?

—Hay tres llamadas suyas en mi celular —intervino Maddie.

—Algo.

—¿Algo? Pues le marcas de inmediato, le dices que me llame y que no abra la boca con nadie.

—Okey.

—Es posible que Will tenga que preparar con ustedes una declaración a los medios y, si es necesario, la van a dar juntos, ¿entienden?

—¡Diablos! —exclamó Leslie, apoyada en el sofá—. Eso no me lo esperaba.

—Por supuesto. En cualquier momento sale la madre de Lauren llorando a su hija en la CNN y nos hunde. Tenemos que adelantarnos. Frankie, haz una lista de todas las exalumnas con las que hayas tenido una buena relación. Chicas que hayas asesorado con la tesis y cosas por el estilo.

—Pero eso fue hace siglos.

—No importa. Admiradoras, todas las admiradoras que se te ocurran.

—¡Uf! Le salen hasta por las orejas —dijo Maddie, entre dientes.

—Estupendo. Haces la lista. Necesitamos resaltar que no tienes ninguna necesidad de modelos, que no eres ningún pervertido y que a todas las ayudas sin ningún interés. Ellas podrán confirmarlo. Estudiantes, hombres también. Reputación, tienes a favor tu reputación…

—Como dice Shakespeare —agregó Leslie—: «No habéis perdido ninguna reputación hasta que vos mismo os reputéis perdido».

—Así es, Leslie, así es. No dudes de que eso puede

resultar decisivo. Dime una cosa: dices que ella quería enseñarte sus fotos, pero no lo hizo, ¿verdad?

—No, nunca las vi.

—Bueno, pues entras a Google y las ves. Tiene que tener un blog o una página web.

—Seguro tiene eso y más —añadió Leslie—. Ya ni Otelo mata a Desdémona sin verla con Casio en Facebook. Es un horror.

—Y eso puede jugar a tu favor. Esta chica, ansiosa de fama, te busca para que escribas algo, el prefacio de un libro, de su página, qué sé yo. Ella se acercó a ti, así empieza todo. Maddie, si hacen esa declaración, bajo ningún concepto puedes aparecer demacrada.

—¿Me veo demacrada? Gracias por la flor.

—Pues eres una flor y tienes que lucir cada pétalo. Un bombón. Te pones algo sugerente, pero respetable.

—Howard, me estás acabando.

—Te pones algo un poco escotado. Muestra los frutos de tu belleza, tu encanto natural. La idea es que Frankie no necesita voltear a ver a nadie. Pase lo que pase, tienen que ser ustedes. No actúen. Frankie es el autor de *¡Que vivan las armas!*, nada más y nada menos. Ahora no solo las armas están cobrando vidas de ciudadanos estadunidenses: las drogas también, el fentanilo. Cifras, Maddie, entérate de las cifras. Piensa en las vidas que cobran las drogas cada año.

—¡Qué horror! Demagogia pura.

—Llámalo como quieras. No eres una víctima de las drogas, mucho menos de Lauren McKellen: eres su defensor. Tienes que estar indignado. No hay lugar para la culpa cuando tú eres el agredido.

—Con razón trae un Bentley —murmuró Leslie.

Howard recogió su chaqueta del sillón, tomó la corbata y la guardó en el bolsillo:

—Bueno, pues yo creo que ya tuvimos de sobra con la terapia familiar. Tenemos que ver a Will. Tengo que hablar con Sammy, llegar al fondo de todo esto.

—Howard —dijo Maddie, poniéndose de pie—. Hay algo que me preocupa. Si este tipo de la moto estaba involucrado con Lauren, emocionalmente, quiero decir, en cualquier momento pudo hacer algo.

—¡Celos! —exclamó Leslie—. ¡Venganza! Lauren muere de sobredosis luego de haber estado con Frankie.

—Así es, y por culpa de Frankie. Eso es lo que se deduce del reporte de la policía —aclaró Maddie.

—Y luego lo amenazan después de salir del tribunal —añadió Leslie.

—Por eso acudiremos con Will a la policía. Presentaremos la denuncia y adjuntaremos la foto. Yo seré tu testigo, así que sube a vestirte y te espero en el auto. Ojalá que no haya moros en la costa.

—El moro de Venecia —murmuró Leslie—. Cuidado con el moro de Venecia. Lo digo en serio.

Howard se dirigió a la puerta, pero Maddie lo detuvo.

—Howard.

—¿Sí?

—Estamos en deuda contigo.

—No te preocupes. Frankie va a pagar hasta el último centavo, y esta tertulia le va a salir carísima. Ya se lo dije.

Howard dio media vuelta y cerró la puerta. Frankie subió por la escalera sujetando la toalla. Maddie se dejó caer en el sofá, mirando a Leslie.

—El moro de Venecia, Leslie. Jamás pensé en eso.

9

En el piso 39 del Condé Nast, saliendo de los elevadores, estaba una recepción con vista a Manhattan. Una chica a cargo del conmutador entonaba el nombre de la firma con cada llamada:

—Armstrong & Goldman… Lo transfiero. Armstrong & Goldman… Espere, por favor. Armstrong & Goldman… Lo comunico con su asistente.

Al final de un largo pasillo estaba un lúgubre despacho sin vista a la ciudad. Parecía una oficina de usos múltiples, pero no lo era.

Sammy, recargado en su silla, pulsaba el ratón de una computadora que solía guardar bajo llave junto a objetos tales como micrófonos inalámbricos, cámaras diminutas, dispositivos de rastreo GPS y una libreta con nombres y claves de acceso escritas con jeroglíficos. Una reliquia peculiar era su placa de agente especial de la DEA, que pertenecía al tiempo en que la reportó como extraviada durante un operativo en El Paso, Texas.

En esos momentos, Sammy ya había constatado que, en efecto, Armstrong había entregado su prenda en el guardarropa a las 23 horas con 2 minutos, instante en el que la empleada la recibió, entregando a cambio una ficha. McKellen solo aparecía en la imagen unos instantes.

Ahora se disponía a localizar el momento en que la recogieron. Dejó correr la grabación a partir de la 1:15 horas. Luego de un par de minutos, vio que la empleada salía del guardarropa y aparecía un individuo, quien abrió el tablón del guardarropa y se metió. Supuso que se trataba de un empleado que estaba tomando su turno, pero, en cuestión de segundos, el sujeto salió de ahí en dirección a la calle y no regresó.

Sammy se incorporó y volvió a correr la secuencia. El hombre aparecía casi de perfil y llevaba puesta una gorra de béisbol. En su mano izquierda destellaba una luz. Dos minutos después, la empleada volvió a su puesto y, luego, a la 1:28 horas, Armstrong y McKellen recogieron la chaqueta para dirigirse a la salida.

Sammy cambió a la cámara exterior. En efecto, la chica aparecía con la prenda sobre sus hombros. Debía seguir revisando el material, pero Will Campbell llamaba a la puerta.

—Sammy —le dijo—, está oscuro aquí adentro.

Sammy encendió la luz, y Will se sentó en una de las sillas, llevaba la camisa remangada y el nudo de la corbata aflojado.

—Pues ya revisé la matrícula de la moto en la base de datos del Departamento de Vehículos Motorizados —le dijo colocando sobre la mesa una hoja impresa—. La foto que nos envió el señor Armstrong solo nos deja una posibilidad. No existen matrículas con números en esta posición, así que deduje que no se trata de un tres ni de un ocho, sino de la letra *B*.

—¡Bien! —exclamó Will—. Veamos que tenemos aquí.

—Harley, 2005. Está a nombre de una mujer.

—¿Una mujer? ¿Con una Harley? ¿Quién rayos es? ¿Melissa McCarthy?

—Ljudmila Blatnik, 1699 avenida Hampton, Brooklyn.

—Brooklyn —dijo Will con creciente interés—. Ljudmila Blatnik. ¿De Croacia? ¿De Hungría?

—De Eslovenia.

—¿Ciudadana estadunidense? ¿Residente?

—Nacionalizada. Obtuvo la ciudadanía en 1997. Aquí está la foto de su licencia de conducir. —Sammy pulsó la imagen, y apareció una mujer madura con cabello castaño, pómulos afilados, ojos de gato color café, y de un metro setenta de estatura. Parecía que había dejado atrás sus mejores años, pero su semblante, eslavo, conservaba un aire de esa belleza otoñal indicativa de una beldad codiciada en su juventud.

—No precisamente una amante de las Harleys —repuso Will Campbell, acariciando apenas la punta de su bigote—. ¿Quién pondría semejante armatoste a nombre de una mujer así? Alguien que requiere de otro propietario.

—Tal vez.

—Hay que averiguar quién está detrás de ese registro. ¿Qué más tenemos?

—Las grabaciones del Aquarium y las solicitudes de empleo de todo el personal. Hablé con el administrador y uno de los empleados. Se mostraron muy cooperativos. El lugar está en perfecto orden. Los cinco canales en el DVR de las cámaras de seguridad funcionan bien; el área de los baños está monitoreada, como marca el reglamento. Tienen dos guardias de seguridad con licencia vigente. El registro de clientes expulsados del establecimiento parece estar al día. Salvo un par de borrachos, no hay nada fuera de lo común. El registro del personal eventual también está al día. Lancé un par de anzuelos en la Unidad de Cumplimiento Civil: todo está en orden. Es un escenario complicado.

—¿Complicado? Como dice Howard, es un caso laberíntico y tenemos que salir de él lo más pronto posible;

evitar un juicio, no tenemos opción. Lo que más me preocupa ahora es ese examen toxicológico. Si Frank Armstrong no sale limpio, todo será cuesta arriba. Howard tiene la esperanza de que salga negativo, pero puede que no.

—Es una moneda al aire.

—Así es. Ese cóctel de ansiolíticos que está tomando podría hundirnos antes de beneficiarnos. Las probabilidades de que resulte positivo son del cincuenta por ciento; acabo de verificarlo. De modo que sí. La moneda está en el aire.

—Bueno, tal vez tengamos una esperanza —dijo Sammy, girando la pantalla de la computadora.

—¿Las grabaciones?

—Quizá. Tengo que terminar de revisarlas, pero creo que hay algo interesante.

—¿Aparece la chica con el rompevientos?

—Así es.

—Menos mal, al menos corrobora que Frank Armstrong no mintió en su declaración; que cedió la posesión de la prenda.

—Pues sí, pero no creo que eso sea de gran utilidad.

—¿Y por qué no? Le dejó la prenda cuando salieron del antro.

—Es correcto, pero temo que no sea una prueba suficiente para la fiscalía.

—Puede que no, pero es una prueba. Se la dejó, y ella puso ahí la droga.

—¿Y a ella se le olvidó sacarla?

—Así es. Un descuido. Un simple descuido. Hasta ahora no hay mucho más. A ella se le olvidó sacarla y punto. Frank Armstrong le dejó esa chaqueta y punto. Es de lo más simple. ¿Por qué no ha de ser suficiente si ellos no...?

—Bien —interrumpió Sammy, esbozando una sonrisa escéptica—, pues vamos a suponer que es un descuido; que la chica compra la droga para su consumo personal, la guarda en la chaqueta y se le olvida sacarla, ¿de acuerdo? Armstrong, a su vez, olvida pedirle el rompevientos, ella aparece muerta, y está en problemas, ¿verdad? Existe esa posibilidad, es poco probable, pero es una posibilidad.

—¿Y por qué es poco probable? —preguntó Will con un dejo de impaciencia.

—Porque, si compras drogas para tu consumo, no creo que las guardes en una prenda prestada, a menos que temas que te caigan encima y optes por arriesgar a otro. Si ese fuera el caso, no te pones esa prenda.

—Y qué más da si ellos no tienen pruebas de que él la recuperó. Ese es el punto, Sammy. Un descuido, nada más. Ya se los expliqué a los detectives con peras y manzanas. El cargo de posesión constructiva es improcedente. Lo están usando para cubrirse las espaldas. Aunque la prenda sea propiedad de Frank Armstrong, la posesión la tenía la chica, no él. Y ella nunca dejó de tenerla porque la prenda fue hallada en el interior de un inmueble del que ella también tenía la posesión. Más claro, ni el agua. Ese magistrado firmó la orden como si fuera una tarjeta de Navidad. En todo caso, era ella quien tenía posesión constructiva, no solo sobre la droga, sino sobre la chaqueta de Armstrong. Los vamos a demandar por arresto injustificado. Se lo advertí a ese Bronowski, y tú viste lo que respondió. Se lavó las manos. Dijo que eso ya era asunto de la fiscalía.

—Así es —respondió Sammy, apoyándose—, lo que significa que van a rebatir ese argumento.

—Sí, porque están esperando el resultado del análisis. Si sale positivo, tendrán elementos para argumentar que Armstrong sabía que la droga estaba ahí. Ya no importa lo que demostremos. ¿En qué nos basaremos para argumentar que no compartieron esa droga? En las prescripciones médicas de Armstrong y un perito experto, nada más. Va a ser un desastre. Si ese resultado sale negativo y probamos que le dejó la prenda a la chica, vamos por buen camino, pero si no es así nos veremos en el tribunal, y ese puede ser el primer acto de su ruina. Si nos hubiera llamado antes, esto no habría pasado. Parece como si quisiera hundirse a sí mismo. Más vale que estemos preparados. Espero que esa no sea la esperanza a la que te refieres, ¿o sí?

—No —dijo Sammy, pulsando una tecla de su computadora—. En efecto, Armstrong dejó su chaqueta en el guardarropa, y ella se la puso al salir. Llegaron a las 23:02 horas y se fueron a la 1:28. Ahora mira lo que pasa a la 1:17 —subrayó Sammy, señalando con un dedo el monitor—. Este es el acceso y aquí está el guardarropa, ¿de acuerdo? Hacia este lado, fuera de cuadro, está la empleada. Voy a correr la grabación.

—¿Solo son once minutos antes de que Armstrong salga de ahí con la chica? —preguntó Will, aflojando aún más el nudo de su corbata.

—Así es. Mira: ahí aparece la empleada.

Will observó la pantalla retorciendo su bigote. Luego rompió el silencio:

—¿Se va?

—Se va. Pero mira lo que pasa ahora: entra otra persona. Ahí está, ese hombre. No entra para sustituirla.

—¿No?

—No.

—¡Qué raro! —exclamó Will sin retirar la mirada de la pantalla.

—Raro, pero mira: entró por aquí; viene de la calle. Ahora observa por dónde va a salir.

Will observó la escena.

—¿Lo ves?

—Se marcha por donde entró. Es como si estuviera al acecho.

—Así es. Viene del exterior del establecimiento, entra en el guardarropa, sale a la calle y no vuelve.

—Sale con las manos vacías.

—Eso parece.

—¿Y la empleada?

—La empleada regresa como si nada. ¿Coincidencia?

—Once minutos antes de que Armstrong salga con la chica, parece algo más que una coincidencia. Alguien tiene que saber quién es ese hombre. Los guardias de seguridad y esa empleada, para empezar. No puedes mejorar la resolución, ¿verdad?

—No más que esto.

—Pues urge que averigües de quién se trata. Él pudo haber puesto esa droga en el rompevientos.

—Existe esa posibilidad.

—¿Con qué fin? ¿Para entregársela a la chica?

—Es posible, pero no lo creo.

—¿Por qué? Qué casualidad que se le pide prestado el rompevientos a Frank Armstrong justo en ese momento. Si es un repartidor, todo está claro.

—¿Y a ella se le olvidó sacarlas? —preguntó Sammy—. Lo veo difícil. Hay formas mucho más fáciles de recibir droga. No me convence.

—Y si la empleada estuviera coludida —agregó Will—, tampoco habría necesidad de esperar a que deje su puesto. Es muy extraño.

—Lo es.

—Pues urge averiguar quién es ese tipo y qué hace ahí, Sammy. Todo lo que importa es saber cómo fue a parar esa droga a la chaqueta de Frank Armstrong. ¿Qué más tenemos?

—La chica. Parece limpia. No tiene antecedentes penales ni casos abiertos. Acabo de verlo en la base de datos. Su historial crediticio es perfecto, sus impuestos están al día. Estudió Arte en Hunter College y era dueña de un inmueble en Nueva Jersey, una casa. Aún tengo que averiguar cómo obtuvo ese inmueble, quién va a heredarlo y si tiene contratado un seguro de vida.

—¿Tenía dinero?

—Aún no lo sé. Supongo que algo. Fue una modelo bastante exitosa.

—¿Exitosa?

—Sí.

—¿Qué hay de ella en las dichosas redes sociales?

—Nada.

—¿Nada? ¿Una modelo? ¿Cómo es posible? Era fotógrafa, ¿no? Mis sobrinas, mis hermanas, hasta mi madre no saca ni las orejas de ahí, y ¿Lauren McKellen no tiene nada?

—Nada —repuso Sammy negando con la cabeza—. Pero tiene una página web, aquí está.

Will Campbell se acercó a la computadora, pulsó la galería virtual y comenzó a curiosear en la sección de autorretratos. Un formidable despliegue de fotografías mostraba a Lauren McKellen en diversos escenarios, situaciones y estados de ánimo. Su poderosa sexualidad cobraba vida tras los vestuarios exuberantes o emanaba en los desnudos que revelaban más por lo que cubrían que por lo que mostraban. Una de ellas en particular llamó su atención. Era en blanco y negro, estaba tomada en un estudio y mostraba a Lauren sentada sobre un banquillo de madera, con la cabeza inclinada, mirando hacia abajo. El cabello negro azabache caía con efluvios de luz contorsionados sobre sus senos incontenibles; tenía las piernas abiertas y, entre las manos, cubriendo el sexo, sostenía una antigua botella de leche a la que le estaba quitando el tapón; los músculos de sus piernas lucían tensos sobre sus talones levantados y sus pies arqueados sobre los dedos.

—Esta foto es extraordinaria —dijo Will—. Mírala. Parece que la leche acaba de llegar a su puerta y que tiene especial debilidad por los lácteos. Imposible juzgar a Frank Armstrong por haberse enredado con ella. ¿Y esta otra? ¡Mira esta!

—Parece una hechicera —murmuró Sammy.

—Una hechicera. Es impresionante. Y mira el escenario, parece una especie de misa negra. Quiero revisar bien esta página. Dime una cosa: ¿te parece que Frank Armstrong podría estar ocultando algo?

—Tiene poderosas razones para hacerlo: su esposa, sus hijos, su hermano, su reputación —dijo Sammy lanzándole a Will una mirada inquisitiva.

—Pues más vale que hable con Howard sobre este tema —murmuró Will, apuntándolo en su bloc amarillo—. Tengo entendido que Armstrong no ha estado muy cuerdo que digamos. Desde que sufrió ese accidente, de hecho. Si ya logró complicarlo todo en una entrevista policial, ¿te imaginas qué pasaría si lo ponen en el banquillo?

—Tiro al pichón.

—Tiro al pichón. Quizá sabía de la droga y no quiere decirlo. Piénsalo. La chica compra la droga, lo pasan bien, pero olvida la chaqueta. ¿No te parece probable?

—Si fuera una cantidad mínima —respondió Sammy, reclinándose sobre su silla—, juraría que así fue, pero tengo mis dudas. Estamos hablando de seis dosis. Si llevas eso encima es porque compras para tus amigos, porque estás organizando una fiesta o porque eres algo más que un aficionado. No creo que ese sea el caso de Armstrong; de la chica, tal vez, pero no de él.

—Es un buen punto —repuso Will sin dejar de tomar notas—. Armstrong, un tipo en absoluto aficionado a las drogas anda por la vida, no con una o dos dosis, sino con seis. Un delito clase C, que puede calificarse como narcomenudeo. No tiene lógica.

—No la tiene. Como dije antes, temo que esa bala no estaba dirigida a Frank Armstrong.

—Un error, un simple error, Sammy. Alguien en ese antro guarda la droga en esa chaqueta por error. Debe ser un distribuidor. ¿Qué otra cosa puede ser? ¿Quién, además del que vende una droga, pone seis píldoras en una chaqueta ajena?

—Un policía, sembrando su huerto. Mejoras tu cuota de arrestos, subes de puesto, te retiras con una buena pensión y, si eres listo, haces un buen negocio.

—Exactamente. En el Soho, Sammy. En el maldito Soho.

—Greenwich Village.

—Pues no me cuadra. Suena tentador, pero no me cuadra. ¿Cuántos latinos y negros con antecedentes penales crees tú que van a ese antro? No muchos. Ya está demasiado gentrificado. Tú lo sabes mejor que yo: cazan a los indeseables, a los que tienen una buena cola que se pueda pisar; no a la gente *posh* de Manhattan.

—No estoy tan seguro de eso. También es un mercado gentrificado.

—Sí, pero no trasciende. La gente *posh* de Manhattan no se va de compras al Bronx; se surten con locales; amigos que les venden a sus amigos, a sus contactos...

—Entrega de pizzas.

—Así es. Pasan desapercibidos durante años, desplazando lo necesario para pagar esas rentas. Más o menos el tipo de gente que circula en ese antro. Todos se divierten, todo está en orden: es la pantalla perfecta. ¿Cómo rayos vas a averiguar quién distribuye ahí?

—Hay formas de hacerlo.

—¿Cómo? Te apuesto a que hay más de uno.

—Lo primero que vamos a hacer —dijo Sammy con su típico tono impasible— es verificar quién está bajo el radar de la Brigada de Narcóticos. Tiene que haber alguien.

—¿Y si no?

—Y si no, quiere decir que alguien se está haciendo de la vista gorda, que tenemos que abrir una brecha, estrechar el círculo, poco a poco —aclaró—. Primero veremos quién es el tipo de la moto, qué se trae entre manos. Entretanto, echaré un par de anzuelos con los muchachos de la Brigada. Luego nos lanzamos sobre los guardias del antro; vamos a presionarlos. Después seguimos con la empleada del guardarropa; a ver qué sabe.

—Todo eso nos llevará tiempo, Sammy, y tiempo es lo único que no tenemos. La preliminar es el viernes. ¿Cuánto tiempo necesitas?

—Tres días.

—¿Tres días? ¿Qué necesitas? ¿Un ayudante? ¿Dos?

—Dinero. Voy a tener que pedir un par de favores, y no saldrán baratos.

—Lo tendrás. ¿Qué más?

—Nada más.

—De acuerdo, solo ten en cuenta una cosa: lo único que tenemos, hasta este momento, es que Frank Armstrong y Lauren McKellen consumieron droga juntos. Si no tenemos otra cosa y el examen sale positivo, tendremos que sembrar la duda razonable de que Armstrong no tuvo conocimiento de que la droga estaba ahí, que sus medicamentos alteraron el resultado. ¿Tú crees que eso será siquiera posible en una audiencia preliminar? No. Así que ansío ver la esperanza de la que me hablas o tendremos un juicio interminable para Frank Armstrong.

10

Durante las horas en que Frankie estuvo recluido en la celda, tuvo tiempo de sobra para pensar, mas no para asimilar el profundo significado de un encuentro que lo había trastornado todo.

Sentado en la cama del cuarto para visitas, en su propia casa, Frankie se quitó la venda del brazo y apagó la luz, pensando en la reportera que, a las puertas del tribunal, preguntó si había tenido un *affaire* con Lauren McKellen.

Antes de que él mismo supiera de qué se trataba, el mundo había tipificado su encuentro con Lauren como un *affaire*; todos, desde los detectives, la prensa, Will, Howard y hasta su propia esposa. Freddie era una excepción, pero lo cierto era que ni siquiera durante su charla con él había asimilado del todo el carácter insólito de su encuentro con ella.

Todo comenzó cuando Lauren, sentada ya en el sofá y, al calor de la primera copa, le confesó sin reservas que durante toda su vida no había hecho otra cosa que desconfiar de los hombres:

—*Mea culpa* —le dijo—, porque empecé a ser modelo cuando mis senos eran más grandes que mi cerebro y no me había percatado de que la belleza de una niña es como un cheque al portador: los hombres quieren cobrarlo sin siquiera averiguar si tiene fondos. Son los padres —agregó—

los que tienen que enseñarnos a sobrellevar la belleza porque hay muchas chicas, muchas, que salen a cazar tiburones sin darse cuenta de que ellas son la presa.

Según le dijo, todo empezó en Nueva Jersey, por accidente, cuando la modelo contratada para la portada de un catálogo enfermó de influenza y un fotógrafo local se le acercó para proponerle que la sustituyera.

—Acepté y desde entonces no paré. Una agencia vio el catálogo y me colocó en Nueva York. Para mí era un boleto en primera clase para marcharme de casa. Mi madre estaba a un paso del alcoholismo y mi padre hacia negocios raros que le ocultó durante años. Luego todo reventó, puf, como una burbuja. Me quería ir lo más pronto posible. Abandoné mi vida anodina en Nueva Jersey y comencé a modelar a tiempo completo. Me instalaron en un departamento en el Soho, junto con otras tres chicas y quedé deslumbrada. Castings, pasarelas, sesiones fotográficas y sets iluminados. Maquilladores profesionales te hacen parecer la *non plus ultra*, te dicen lo hermosa que eres y te pones la ropa que incluso las millonarias solo pueden acariciar en las revistas. Tienes todo pagado y entras a donde te dé la gana. No hay hombres que no quieran ser tu *sugar daddy* y te codeas con celebridades, diseñadores, productores y políticos que quieren un pedazo de ti. Luego oyes las historias de las chicas que han tenido menos suerte que tú; las que tienen que dar el *blow job* del año para obtener el trabajo que cambiará su vida. Comencé a percatarme de todo eso pronto, pero fue a finales de 2009, en Londres, cuando mi vida comenzó a desplomarse.

—¿A desplomarse? —preguntó Frankie, impactado ante aquella chica que contaba su historia con tal naturalidad que le parecía que estaba viendo su corazón al desnudo, frágil, expuesto a una vida de calamidades demasiado reales para ser imaginadas en mujeres que, incluso con menos atributos, obtienen para sí una condición que funciona con la precisión de un reloj suizo.

—A desplomarse, sí —prosiguió Lauren—. No sé si recordarás a un diseñador famoso que se suicidó en 2010: Alexander McKellen. No era mi esposo ni mi pariente. Compartíamos el apellido y, de hecho, muchas otras cosas. —Frankie no tenía idea de quién era ese señor, así que negó con la cabeza y ella prosiguió—: Alex fue un gran amigo mío. Era un gran artista, no un simple diseñador. Escandalizó al mundo de la moda con sus colecciones desafiantes. Supo de mí cuando salí en la portada de una revista y me llamó para presentar su última colección. Era un manifiesto, ¿sabes? La tituló *La pasarela de la muerte* y la presentó en Londres. No era un desfile ni un show. Combinó el despilfarro millonario y la mundanalidad pedestre con la estética exuberante de una tierra apocalíptica. Todos los diseños tenían un mismo propósito: vestir a la muerte con la opulencia y el lujo de la monarquía. ¿Puedes creerlo? Las modelos, maquilladas como zombis irresistibles, desfilarían ante el público y, por supuesto, ante los críticos con esos diseños fantasmagóricos; luego se desnudarían y lanzarían todo a un gran caldero al que la muerte misma le prendería fuego. «Yo quiero que tú seas la muerte», me dijo. «La gran Prostituta de Babilonia que, tras revelar el misterio, arrasa con el alma».

»Acepté. Pero fue un escándalo. Todos, salvo un crítico que fue ignorado, se le lanzaron a la yugular. Uno dijo que Alex había confundido su profesión con el cine de terror; otro, que su colección era un insulto velado a la Corona, apta para darketos millonarios: una combinación difícil de encontrar. Fue una especie de confabulación. Envidiosos y expertos cerraron los ojos, bien apretados.

»El resto del trabajo lo hizo la mala publicidad de boca en boca. Al poco tiempo se suicidó y corrieron los rumores. Vivía muy aislado, era gay, y su vida personal era casi un mito. Nunca lo entendieron, ni siquiera fueron capaces de concebir su muerte como un acto de valentía, que es lo que fue. Como siempre, no faltó la plataforma amarillista que lo enfangó todo con sus teorías de conspiración. Decían que Alex pertenecía a una secta que lo asesinó por haber revelado el misterio de la Gran Prostituta en pleno escenario, pues existe la maldición de que quien derrame el vino entre profanos caerá.

—¿Y qué fue lo que pasó contigo? —preguntó Frankie.

—Que tomé conciencia de mi propia muerte —replicó Lauren, clavando sus ojos en los de él y haciendo un gesto reverencial casi imperceptible con su bebida antes de chocar el vaso y beber del suyo.

—¿Cómo? —preguntó Frankie, sintiendo que el alcohol se le subía a la cabeza.

—Todo comenzó con el primero de dos ensayos generales. Por suerte, porque, para el segundo, Alex contrató a un cineasta para que filmara todo. Decía que iba a destruir su creación, en pleno escenario, a la vista de todos. Claro, nunca quemó nada, todo fueron efectos especiales. Fue en ese ensayo, durante la sesión fotográfica, cuando tuve el primer colapso. Alex había contratado a un fotógrafo francés que, a su juicio, era el mejor de todos. Un tipo insoportable, un energúmeno. Estaba yo de pie a mitad del escenario, con una vestimenta escarlata que infundía belleza y terror al mismo tiempo. Alex se había inspirado en la Revelación de Juan, y vaya que se había inspirado. Había trípodes con llamas en puntos estratégicos del escenario; incensarios humeantes colgaban desde lo alto, meciéndose de un lado a otro. Un rayo de luz proyectaba las tonalidades de espectro sobre mi rostro y mi indumentaria. El francesito y su equipo andaban de aquí para allá. «Levanta el brazo», clic, clic. «Alza la pierna», clic, clic. «Muestra los dientes», clic, clic. «Magnífico. Hermosa». Ya sabes, toda la faramalla. Yo había pasado la noche con fiebre. Pensé que me había intoxicado con la comida del hotel. Las piernas se me doblaban. De pronto tengo al francesito delante, con su acento y su camarita: «*Oh là là*, pero tú sí estás muerta. Vamos, quiero ver tu furor. ¡El vino del furor, vamos!». Alex había elegido una música que, de pronto, se tornó espeluznante, diabólica. «¡Relaja la boca!», me gritaba. «No aprietes los labios, suelta el cuerpo». De pronto se detuvo y me sacó del escenario; el resto del equipo seguía trabajando, tenían el tiempo encima y no podían parar. Yo estaba aturdida con la música y el francesito ahí enfrente. «Qué pasa contigo, ¿anh?». Ya sabes: el acentito. «Tú eres la *sexualité, incarnée, incarnée.* Quiero ver sexo». Ni siquiera le contesté. Comencé a derramar lágrimas como una magdalena y, para colmo de males, arruiné el maquillaje. Él se largó y dijo que en veinte minutos me quería de vuelta en mi puesto. Entonces el maquillador, Ken, un sueco simpatiquísimo, comenzó a retocarme. Ahí me enteré de que era un gran amigo de Alex. De pronto, sacó una anforita con escocés y me dijo que iba a hacer algo por mí con la condición de que no se lo dijera a nadie. «Bebe esto, te va a relajar». Luego, de un estuche donde guardaba todos sus cosméticos, sacó un polvo amarillento. Me puso un poco bajo la lengua y siguió maquillándome. Al cabo de un rato, sentí algo que no puedo ni quiero explicar. Solo te digo que me miré al espejo y, de repente, ahí estaba la ramera de Babilonia, la madre de los infiernos y del cielo también. Era como si el numerito de Alex se hubiera materializado en la realidad.

—¡Wow! ¡Qué historia! —exclamó Frankie—. ¿Y luego? ¿Qué pasó?

—El francesito se quedó pasmado. Me pidió disculpas y justificó su berrinche con un orgullo descomunal. Como si todo se hubiera arreglado gracias a él. Un reverendo idiota.

—¿Y el colapso? —preguntó Frankie, exhortándola a no perder el hilo de su relato.

—El colapso vino cuando regresé a mi habitación en el hotel. Me quedé dormida como si estuviera fusionada al colchón, a las sábanas, a la almohada, a la habitación misma. Cuando desperté fue como volver del más allá a un sitio donde no quería estar. Me quedé horas sentada en la cama, mirando las luces de Londres desde la ventana. No podía y no quería levantarme. Era como si la alegría se hubiera extinguido de la tierra por toda la eternidad. Ya había yo recibido un aviso de eso, ¿sabes? Una premonición. Cuando sustituí a esa chica en Nueva Jersey, me sentí un poco idiota, pero no le di mucha importancia. Solo quería largarme de casa. En esa cama, en ese hotel, sentí por primera vez lo que era la soledad absoluta. Por suerte, era día de descanso, así que me quedé ahí acostada. Horas después oí que llamaban a la puerta. Era Alex. Me dijo que estaba impactado por mi trabajo y quería darme las gracias. Me levantó el ánimo. A partir de ese instante nos hicimos amigos; hablábamos mucho y nos escribíamos correos. Llamó al médico. No le dije nada sobre lo de Ken: lo habría traicionado. Me recetó un ansiolítico y me recomendó que viera a un psiquiatra lo más pronto posible.

—¡Psiquiatras! ¡Ansiolíticos! —exclamó Frankie.

—¿Los tomas? —preguntó Lauren, para luego añadir—: ¿Has ido al psiquiatra alguna vez?

—¡Uf! —exclamó Frankie.

—¿Uf? —imitó Lauren—. No creas que voy a salir de aquí sin que me cuentes tu historia, ¿eh? Heme aquí, revelando mis secretos más íntimos a mi vecino y todo lo que contesta es «Uf».

—Sí, pero es un *uf* polisémico, polivalente —aclaró Frankie.

—¡Ah! Nos ponemos eruditos, ¿eh?

—Claro —respondió Frankie—. Cuando tengas que eludir algo intenso, ponte erudita y verás qué bien te funciona.

—Pues lo probaré. No creo que una exmodelo erudita sea una feliz transmutación, pero lo probaré.

—¿Transmutación? Eso va un poco más allá de la erudición. Esoterismo.

—Sí, esoterismo. La exmodelo es el fuego, y la erudición es el agua: se te escurre entre los dedos. Son incompatibles. Nunca lleves agua y fuego a la vez. Destruyes tu vida. Te aburres tú y aburres a todos.

—Pues tendrás que contarme cómo demonios resulta que la exmodelo sabe de eso, porque es un poco insólito. Tu amigo Alex, ¿verdad? Todo ese numerito bíblico. La secta en la que andaba metido. La pócima que te dio su amigo Ken. Todo resulta sospechosísimo. Déjame adivinar: te entró la curiosidad y te metiste en todo eso, ¿verdad?

—No, para nada. No. Soy curiosa, pero no estoy loca. Solo leí un par de cosas para hacerme una idea de qué iba todo eso. Eres listo y además franco, como tu nombre: Frank. Bueno, pues, después de todo lo que te cuento, me quedé perpleja. Cambió mi vida de golpe, y tuve que buscar explicaciones. Algunas las encontré y otras no. Por lo menos comprendí lo que Alex estaba haciendo, que no era poca cosa. El suyo era un caso en el que el agua y el fuego coexistían en un duelo a muerte. Esa es mi interpretación, claro, no la suya. Su vida era un misterio, y se lo llevó a la tumba. Tanto las fotografías como el rollo de la película desaparecieron. Era bastante paranoico. Quiso que todo, la filmación y las fotos, se hicieran en celuloide, en película. Nada digital. Él quería tener el control absoluto del material enlatado.

»El caso es que ese día teníamos por delante la filmación y luego la presentación en público. Creo que lo hice bien, pero estaba muy agobiada porque no sabía si iba a poder repetirlo ante toda esa gente. Le pedí a Ken que repitiera el hechizo y accedió. «Solo una vez más, porque eres la elegida», dijo y luego se rio. Fue una experiencia fenomenal, pero, cuando pienso en ella, me asaltan recuerdos horribles. En el público había un hombre que no me quitaba los ojos de encima. Un tipo muy raro, como con mala vibra, ¿sabes? Estaba ahí, con la mano apoyada en su bastón y la cabeza calva. No dejaba de mirarme. Era uno de esos juegos raros que a veces se dan con el público. Supongo que estaba esperando doblegarme con la mirada, pero no lo consiguió. Esa mirada se me quedó grabada por mucho tiempo.

—¿Cómo era? —preguntó Frankie.

—Era lascivia. Era una mirada lasciva mezclada con algo maligno. Ya sabes que la mente modifica los recuerdos con el tiempo. Agregamos cosas que nunca pasaron, pero juramos que sí. Luego es imposible saber si fue real o si es nuestra mente la que nos está manipulando. Comencé a volverme paranoica, como Alex. Me pareció que el tipo, en determinado momento, sacaba la lengua y comenzaba a lamerme. Así. —Para ilustrarlo, Lauren sacó la lengua y comenzó a moverla de abajo hacia arriba.

—¡Diablos! —exclamó Frankie—. ¿Y tú que hacías?

—Yo estaba lamiendo, como él, y tampoco podía quitarle los ojos de encima.

—¡Qué horror!

—Sí. Luego piensas que hay cosas a las que es mejor no abrirles la puerta. Esa es una de ellas.

—Y luego, ¿qué pasó?

—Regresé a Nueva York como una zombi. Pasé días enclaustrada en un departamento diminuto en Nolita. Solo salía para comprar la comida; deambulaba de un lado a otro y, cuando veía gente reír, me parecía que o ellos o yo debíamos venir de otro planeta. No tenía ni ánimo para buscar un psiquiatra. Presentía que había pasado años de mi vida inmersa en la tristeza; que una fuerza, por completo ajena a mí, extendería su dominio sobre cualquier sitio que yo pisara. Entonces comencé a racionar las pocas píldoras que me quedaban, reservándolas para dormir. Desconecté el teléfono, igual que en Londres, y apagué el celular. Era incapaz de mantener cualquier contacto con la agencia, con los clientes y con mis amigos. Luego, por el periódico, me enteré de que Alex se había suicidado.

—Qué horror.

—Sí. Llevábamos semanas escribiéndonos. Me daba ánimo para seguir adelante, pero, de pronto dejó de escribir. Durante meses no gané ni un centavo. Sabía que no modelaría nunca más y que mis ahorros estaban en las últimas. Pensé en buscar un trabajo, pero, si no era despachando hamburguesas, no conseguiría nada y me hundiría aún más. ¿Qué puedes conseguir en la vida cuando no has sido más que una muñeca de escaparate? No mucho, ¿verdad? O quizá sí, pero no podía verlo. Fue mi amiga Brenda la que me rescató. Un día llamó a la puerta y me llevó al psiquiatra. El diagnóstico, vaya revelación, fue una depresión aguda. Así que regresé a donde todo empezó: a Nueva Jersey; a casa de mis padres; al origen. No tenía más alternativa que reinventarme a mí misma.

—Pero volviste a Nueva York. Reinventada, reconstruida —repuso Frankie.

—A terminar de reconstruirme, sí. Eso fue gracias a mi madre. Sin darme cuenta, había pisoteado todo lo que podría haber sido desde antes de atreverme a intentarlo. Volví a casa porque mi padre ya se había marchado y mi madre no estaba bien. Mi madre era muy moralista, muy severa. Cuando descubrió lo que hacía mi padre, intentó redimirlo por todos los medios, pero ya era muy tarde. La relación entre ambos se envenenó. Ella no podía ser parte de eso, ni yo tampoco. Lo rechacé. Quería irme de ahí lo más pronto posible; no quería recibir un solo centavo sucio. Mi huida lo destrozó, y desapareció.

—¿Entonces?

—Volví con mi madre. Ella me cuidó y la farmacología empezó a dar resultados. Muy admirable porque ella tenía que hacer de todo para ganar dinero: vendía todo lo que se le ocurría, hacía pasteles, restauraba todo lo que encontraba a su paso como un torbellino y luego lo vendía al triple de precio. Se armó de valor y salió adelante sin un solo centavo de mi padre. Tremenda, ¿verdad? Tremenda mi madre. De estar hundida, se levantó. Se requiere temple para eso.

—¿Y de qué murió tu madre?

—De un infarto. Yo creo que no pudo más. Tenía su bata puesta y estaba en su sillón. No me hundí de milagro. Si ella demostró que podía con todo, yo también tendría que hacerlo. Se lo debía a ella. Seguí con el tratamiento y decidí alquilar la casa, que ella, a su vez, había heredado de mis abuelos. Era una casa muy digna y recibiría buena renta. Solo era cuestión de trabajar un poco más, así que regresé a Nueva York y comencé a cuidar niños a media jornada. Había aprendido bastante de cámaras. Me inscribí a un curso de fotografía y comencé a sacar fotos por toda Nueva York. Fotos y más fotos. Me gustan los niños, pero me enamoré del arte, así que pensé que, si me lo proponía, podría hacer algo digno algún día. Logré que me aceptarán en Hunter College para estudiar Arte. Ahí apareciste tú. Frank Armstrong. Tu libro sobre Hopper: buenísimo. *¡Que vivan las armas!*, lo leí dos veces. Eres un buen hombre, Frank. Estás con las causas perdidas, pase lo que pase. Me encanta eso y tengo que confesarte otra cosa.

—¿Qué?

—Cuando vine a ver el estudio y te vi salir, no sabía que eras tú; lo supe hasta que la agente inmobiliaria me lo dijo. Pensé: «Tengo que conocerlo, hablar con él, como sea». Luego tomamos ese café y ¿qué puedo decirte? Aquí estoy, hablando hasta por los codos contigo, contándote mi vida.

—Toda una vida, Lauren. Estoy muy impresionado, muy conmovido.

—¿Qué pensaste cuando llegué? Quiero que me digas en serio qué pensaste.

—Pues, ¿qué quieres que te diga? Soy hombre, soy bruto. No hay remedio. Te vi pasar y dije: «¿Qué es eso?». Luego te mudaste, y todo lo que veía es lo que puede ver un vecino. De pronto tu música, tus amigos. Pero luego hablamos y me quedé impresionado.

—¿Y Maddie? No tanto, ¿verdad? Admítelo. Casi le dio un infarto cuando puse esa música.

—Un poco, sí. Sobre todo con ese volumen.

—Sí, me dio mucha pena, pero era una fiesta con amigos de la universidad. ¿Qué querían, que pusiera a Pavarotti?

—No, para nada. Detesto la ópera, no puedo con ella. Lo que fuera, pero tampoco esa música. No acabo de entenderla.

—Es, de hecho, un fenómeno generacional. Tú lo sabes mejor que yo.

—¿Qué? ¿Lo de la ópera? Creo que ni naciendo en los tiempos de Mozart me hubiera gustado la ópera y mucho menos Viena. Habría preferido una taberna en Irlanda o en Escocia. Soy un plebeyo.

—Me lo imaginé. Pero no me refiero a eso, sino a la música que puse ese día. Tampoco creas que es lo único que oigo, pero le encontré la gracia y te apuesto a que tú también se la encontrarías en el momento indicado.

—¿El momento indicado?

—Sí, claro. Tal vez te lo diga, pero primero quiero que me cuentes tu historia. Ese fue el trato.

—Está bien, pero necesito otra copa, como mínimo.

—Muy bien, prepáralas. ¿Me permites usar tu baño? —preguntó Lauren, levantándose del sofá—. La siguiente ronda la preparo yo. Merecemos pasarla bien.

—Ya la estoy pasando bien. Es esa puerta que está ahí a la derecha.

Frankie no tuvo ni tiempo de contemplar a la chica, pues caminó demasiado rápido y cerró la puerta. Para ese momento, sabía que había llegado al final de la cuesta y todo lo que había era un despeñadero. No había nada que hacer, excepto rendirse al hechizo. Entró a la cocina casi maldiciéndose, preparó las copas y se acomodó en el sofá con cierto pudor porque Lauren, bastante más joven y con todo en contra, había salido adelante y él estaba empantanado, casado, con los hijos fuera de casa y una bomba de tiempo a tres segundos de estallarle en las manos. La chica regresó y, ahora sí, la miró. Se detuvo frente a él con su camisita de muerte, su metro ochenta de estatura, sus labios carnosos y la cabeza inclinada, con el lacio cabello azabache resbalando sobre sus hombros. Ella sabía que Frankie había encendido una llama demasiado próxima a su combustible y, cuando lo miró, le pareció adivinar lo que estaba pensando.

—¿Estás bien? —le preguntó.

—Estoy de maravilla —respondió Frankie—. Lo que pasa es que no me esperaba esto.

—Yo tampoco. Es lo menos oportuno para alguien que tiene planes.

—¿Planes? ¿A qué te refieres? —preguntó Frankie frunciendo el ceño.

—¡Ay! —exclamó Lauren con una larga exhalación—. Planes. Estoy a punto de irme de esta ciudad. Ya terminé con todo lo que tenía que hacer aquí y, al fin, me voy. Ya no soporto Nueva York ni un minuto más.

—No me lo digas.

—Sí. Ya no aguanto vivir aquí. El ruido, el tráfico, el gentío. Quiero amanecer con el horizonte delante y las montañas detrás. Quiero despertar con el sol y la promesa de un nuevo día; con el aire limpio y esos vientos vespertinos preñados de fragancias silvestres. Quiero asomarme a lo profundo del pozo y ver una estrella palpitando sobre el agua. Eso es lo que quiero: una casita remota y, a mi lado, un hombre al que entienda. No se necesita más, ¿o sí?

—Esto es lo único que me faltaba —murmuró Frankie, llevándose la mano a la frente y empinándose medio vaso de golpe.

—¿Qué? —preguntó Lauren, un tanto intrigada—. ¿Qué es lo único que te faltaba?

—Ahora te lo explico —repuso con creciente curiosidad—. ¿A dónde? ¿A dónde piensas irte?

—De momento, a Milford, por una breve temporada. Encontré una casita genial en medio del bosque. Es ideal para un nuevo comienzo. El lunes iré a cerrar el trato. ¿Qué te parece? Estás impresionado, ¿verdad?

—Totalmente.

—Sí. Tienes cara de asombro. Dime qué te pasa por la cabeza. Cuenta tu historia, vamos. Es tu turno.

Ahí comenzó el relato de Frank Armstrong. Desde el accidente y sus citas con Carter hasta la pérdida de su identidad y su eventual repulsión por su modo de vida. Lauren lo escuchaba y lo miraba con tales ojos que, por momentos, perdía la concentración. En ocasiones ella reía con enjundia y candor; a veces se sonrojaba, se mordía los labios y hacía gestos que lo encandilaban como un gato nocturno a mitad de la calle. Cada vez que se fijaba en su boca, sentía que un rayo lo partía por la mitad. Le dolía ver aquel semblante y no tocarlo, y, a cada segundo, tiraba de las riendas para contenerse. Era brutal.

La historia de Frankie dejó a Lauren no menos sorprendida. Ella sabía que su cerebro, como las viejas cámaras fotográficas, había capturado una imagen. «Pues así es la vida», le dijo. «Venimos al mundo con un rollo de película en la cabeza. Vamos captando todo lo que nos rodea, desde que nacemos hasta la muerte. Solo es cuestión de empeñar la vida en el revelado, ¿no crees?».

Ante tal pregunta, Armstrong comprendió que aquello ya no era una bomba de tiempo: solo había que accionar el detonador, y ella lo hizo cuando, al terminar el intercambio de historias, le puso una mano en la pierna para decir:

—Me encantaría divertirme contigo y que tú te diviertas conmigo hoy. Al máximo. ¿Te animas?

Frank notó la cálida mano de Lauren sobre su pierna. Levantó la cabeza y la miró a los ojos. Supo que no era necesario decir más que una palabra:

—Sí.

11

Horas después, en esa misma cama, Frank Armstrong se esfuerza por musitar una palabra que, al salir de su boca, no es más que un sonido incomprensible. La píldora sigue en la mesilla; su frecuencia cardiaca está acelerada; tiene dificultad para respirar, la boca seca, sudoración, movimientos oculares rápidos y no del todo atribuibles a una pesadilla. Su realidad ha pasado a otra dimensión. Ya no es el pensamiento secuencial ni la cordura lo que importa, sino el fenómeno; la profecía, la vida de aquel otro que, ahora, está recluido en un baño de vapor. A su lado, una mujer obesa utiliza una enorme barra de jabón para lavarse los senos caídos. Frank intuye que se trata de su cuidadora. ¿Qué hace ahí? No tiene ni idea. Solo sabe que está invitado a una cena de colegas, pero termina sentado él solo en una mesa frente a una presencia que no reconoce, mientras, en vano, se esfuerza por recuperar la memoria en relación con un objeto peculiar que está colocado en el sepulcro de un ciudadano ilustre, quien lo ha honrado con su amistad. Se trata de una urna, antigua, con una inscripción impronunciable, misteriosa, concebida en honor al dios del inframundo y los muertos. Una y otra vez intenta repetirla, pero no lo consigue. La cena termina y, de pronto, está sentado en una banca de hierro en la avenida de Lafayette, al lado de una hermosa joven que no aparta la mirada de su mano, ahora envuelta en una venda ensangrentada. Al instante comprende que lo ataca una grave enfermedad. Quiere llamar a Howard. Registra en vano sus bolsillos. Una lluvia torrencial desborda las alcantarillas. Camina a casa a toda prisa, pero, en el camino, presiente que esa casa no es la suya. El dolor aumenta a cada paso. Sigue registrando sus bolsillos, y un objeto cae al suelo. Por alguna razón atribuible a su prisa, lleva el rompevientos colgado al antebrazo. Cuando por fin encuentra el teléfono, se percata de que no es el suyo. Intenta marcar el número de Maddie y, cuando por fin lo consigue, despierta con la sábana estrujándole el cuello y la frente bañada en sudor.

Tan pronto como Armstrong comprendió que había sido un sueño, recordó lo que le dijo el doctor Carter: «Es posible que sus preocupaciones empeoren si abandona el tratamiento». No obstante, lo abandonó. Ahora, el sueño era el anverso de una realidad que lo superaba. Lauren McKellen estaba muerta; su matrimonio, en caída libre, y su libertad, bajo amenaza. Aquella no era la primera vez que buscaba llegar a casa. El desconocido en aquella mesa no era otro que él mismo. La chica hermosa era Lauren, y su ausencia repentina empeoraba la hemorragia.

Con la mano, a tientas, encendió la lámpara. Reconoció la habitación y pensó en Maddie. Comprendió que estaba destruyendo su vida y que, si quería protegerla, tendría que marcharse. Abrió el armario y sacó una maleta, pero, tan pronto como empezó a meter su ropa, se sentó en la cama, invadido por la angustia. Estaba sufriendo un ataque de ansiedad y no podía permitirse hacer otra locura, así que se tomó la píldora y regresó a la cama. No despertó hasta la mañana siguiente.

Eran alrededor de las diez. Maddie había decidido seguir adelante con su vida, y daba la sensación de que la había puesto en marcha como una locomotora. Se había duchado y lavado el pelo, y había puesto la casa en orden. En ese instante sonó el teléfono inalámbrico. Salió del cuarto de la lavadora y respondió. Era Howard. Le dijo que quería hablar con Frankie, así que entró a la habitación.

—Frankie, despierta —le dijo moviéndolo del brazo—. Es Howard.

Frankie abrió los ojos, percibió su perfume y se puso en la oreja el aparato helado. Entonces recibió otro golpe. El análisis toxicológico era positivo, y Will necesitaba verlo en la oficina cuanto antes.

—Pides un taxi y vienes de inmediato —le dijo.

Frankie terminó la llamada y salió de la habitación. Maddie estaba de pie junto a la lavadora con una botella extra grande de suavizante para la ropa.

—Malas noticas —le dijo—. Creo que las cosas se van a complicar.

—Lamento oírlo. Yo he pensado las cosas y he tomado una decisión: no voy a entrometerme más.

Frankie miró a Maddie y tuvo un mal presentimiento. Parecía acostumbrada a recibir malas noticias, pero ya había llegado al límite.

—Yo también he estado pensando. Ayer por la noche…

Frankie se interrumpió. No era el momento de hablar y tenía que vestirse.

Minutos después salió a la calle. La moto estaba estacionada en la banqueta, y vio a ese hombre, de espaldas, abriendo un viejo buzón.

—¿Se puede saber qué diablos hace? —preguntó.

El sujeto giró la cabeza. Tenía los ojos azules y lo miraba con ira.

—Soy su padre, ¿sabe? Soy el padre de la niña a la que usted drogó, y le voy a decir algo muy simple: si usted es culpable, es hombre muerto.

El individuo arrancó la moto y se fue. Frankie abordó el taxi en plena descarga de adrenalina.

Mientras tanto, el sedán plateado del Capitán se hallaba estacionado en el sur de Brooklyn. La promesa que le había hecho a Will Campbell lo tenía trabajando a marchas forzadas. Arribó a la avenida Hampton cerca de las once de la mañana y llamó a la puerta de una mansión urbana, con un pórtico neorrománico que llamó su atención por sus dimensiones nada desdeñables. Luego de un par de minutos, se abrió la puerta y apareció una mujer con el cabello húmedo, pantalones ajustados y tacones altos. Su semblante revelaba un intenso duelo con la edad.

—¿Señora Blatnik?

—Sí.

—Mi nombre es Samuel Nock, soy investigador privado y trabajo para el bufete Armstrong & Goldman. Necesito hablar con usted sobre un incidente. Se trata de una motocicleta Harley Davidson modelo 2005. Es usted la propietaria ¿no es así?

—El registro está a mi nombre, pero la usa mi marido.

—¿Puedo hablar con él?

—No está. ¿De qué incidente se trata?

—Tengo aquí conmigo la copia de una denuncia por el delito de acoso perpetrado por el conductor de este vehículo en perjuicio de nuestro representado, el señor Frank Armstrong.

—¿Armstrong?

—Así es. Dice que la moto la usa su marido. Supongo, por lo tanto, que él es el agresor.

—¿El agresor? ¿Puede decirme qué fue lo que hizo?

—Por supuesto: amenazó a nuestro cliente frente a su domicilio el día de ayer. Aquí está la fotografía. ¿Es él?

Ljudmila miró la foto y enmudeció.

—¿Cómo se llama su marido?

—Charles Flynn. Yo no puedo hablar con usted. Tendrá que esperarlo.

—Bien —repuso Sammy, decidido a dar otra vuelta de tuerca—. Esperaré, pero tiene que saber que, en cualquier momento, esto puede volverse algo grave.

—¿Grave? ¿Como qué? Su hija está muerta. Ella es la víctima. ¿Qué esperan que haga si se ha encontrado con ese hombre? ¿Que lo felicite? Será mejor que lo espere o que hable con su abogado. Él no necesita más problemas aquí. ¿Entiende?

Sammy ocultó su sorpresa ante lo que acababa de escuchar.

—Entiendo. Solo tiene que saber que su esposo está tomando represalias contra una persona inocente. Lo que ha informado la prensa no es lo que ocurrió. Hay un tercero involucrado. ¿Le importaría responder a unas cuantas preguntas? Créame, será de gran ayuda y en beneficio de todos.

—Preguntas sobre mí. Si es sobre mi esposo, tendrá que hablar con él.

—Está bien. Solo dígame una cosa: la policía ya habló con él, ¿no es así?

—Sí.

—¿Y con usted?

—También.

—¿Hablaron con los detectives Guzmán y Bronowski?

—Sí.

—¿Cuándo?

—Ayer por la mañana. Primero pidieron hablar con él y luego conmigo.

—¿En la comisaría?

—Sí.

—¿Por separado?

—Sí.

—¿A qué se dedica el señor Flynn?

—Tiene un taller mecánico.

—Ya veo.

Sammy miró a Ljudmila como si estuviera examinando una radiografía.

—Por las preguntas que le hicieron, ¿qué piensa que necesitaban saber de usted?

—Me pidieron que escribiera una lista de las personas o amigos que la conocían. Pero no conozco a nadie.

—¿Sabe usted si la chica consumía drogas o conoce a alguien que pudiera habérselas suministrado?

—Ya se lo dije. No conozco a nadie.

—¿Desde hace cuánto está casada con el señor Flynn?

—No estamos casados oficialmente, pero vivimos juntos desde hace más de veinte años.

—¿Hijos, hijas?

—No.

—¿Y la madre de la chica?

—Murió hace años. En Nueva Jersey.

—¿Cómo se llamaba?

—Karen.

—¿McKellen?

—Sí. Ahora tendré que pedirle que se marche. Cuando llegue mi marido, saldrá a buscarlo.

—Está bien.

Sammy subió al coche y bajó la ventanilla sin apartar la mirada del pórtico. Una eslovena nacionalizada que vive en una mansión. Un marido mecánico con un abogado y una hija muerta que adoptó el apellido materno.

Con una súbita corazonada, Sammy abrió su maletín, sacó su laptop y tecleó un nombre en la base de datos del FBI. En la pantalla apareció un registro: Charles George Flynn Gallagher, también conocido como Charlie Flynn o Charlie *Buster* Flynn. Sesenta y ocho años, divorciado, originario de Everett, Massachusetts. Dos veces en prisión por asociación delictiva, evasión de impuestos y fraude. Tres años en libertad condicional tras su última sentencia por blanqueo de dinero.

Sammy cerró su computadora y se rascó la cabeza. Había comprendido que la amenaza de Flynn no era la de un hombre cualquiera, sino la de un exconvicto, un mafioso con una razón poderosa para aplastar a Frank Armstrong: la muerte de su hija.

12

El viento había despejado por completo el cielo de Manhattan. Frankie admiraba la vista de la metrópolis desde la oficina de Howard en el piso 39. Esta era la primera vez que ponía un pie en las nuevas oficinas de Armstrong & Goldman. Howard estaba disgustado cuando se cambió y solo invitó a Maddie al coctel ofrecido a clientes y amigos. Estaba ansioso por contarle lo que acababa de pasar, pero no quería hacerlo de forma dramática.

Al pie de la ventana, sobre una repisa, había una pequeña colección de fotografías de familia. En una de ellas, Howard Armstrong padre saludaba desde un Cadillac Eldorado modelo 1959. La fotografía destacada era la del abuelo Howard con Ezequiel Goldman, ambos trajeados con leontina a las puertas del bufete, en la década de la Gran Depresión. En conjunto, la familia y la urbe parecían fusionados, como si la existencia de una fuera solo concebible al lado de la otra. «Increíble», pensó Frankie, mientras redescubría su fascinación infantil con el pisapapeles que había sido de su abuelo. Era el mismo con el que jugaba cada vez que podía y que tanto le intrigaba, en parte por el ingenio del artífice, en parte por su peso, pero, sobre todo, por el acertijo que percibía. Se trataba de un reloj de arena atrapado en un cubo de acrílico, que, en lugar de arena, contenía mercurio. El contenido pasaba de un extremo a otro con extraordinaria fluidez, formando una pequeña laguna de plata.

Al instante, tomó el pisapapeles y comenzó a deambular de un lado a otro. No había hecho más que darle vueltas a la muerte de Lauren, y las contradicciones le resultaban cada vez más evidentes. Pensaba que el examen toxicológico practicado al cuerpo de la chica revelaba una realidad científica incompatible con la verdad. En ningún momento le pareció que Lauren fuera el tipo de persona adicta a los estupefacientes. Nada en su mirada ni en su historia revelaba indicio alguno de malicia o insensatez. Cuando se despidió de ella, estaba en perfectas condiciones, lista para irse a Milford, alegre, entusiasta y sin necesidad de drogarse en la soledad de su estudio. No obstante, había aparecido muerta, con una sustancia dentro de su organismo. Por momentos se descubría experimentando episodios de paranoia. No podía dejar de pensar en la extraña historia de su amigo Alex, el diseñador; en la secta en la que andaba metido. Se preguntaba si la sustancia que le dio la chica tendría alguna relación con la pócima que le administró Ken, el maquillador. Le parecía una coincidencia rara y recordó lo mucho que ella le insistió en que tomaran un jugo de naranja cuando concluyó el periplo. Recordaba su caída en la depresión, su incursión en el arte y todo lo que contó al respecto de tomar conciencia de tu propia muerte, pues, cuando lo haces, te das cuenta de que una presencia misteriosa empieza a responder a las preguntas que te has hecho a lo largo de una vida, y lo único que tienes que hacer es escuchar.

Tan pronto como Frankie recordó todo esto, lo asaltaron las interrogantes. Luego del accidente, se debatió entre la vida y la muerte durante dos semanas. Ante el asombro de sus médicos, regresó para recuperar sus facultades esenciales.

No perdió el habla, no perdió coordinación y, poco a poco, recuperó una parte sustancial de la memoria. Le invadía, sin embargo, una sensación de vacuidad, un nihilismo extremo, una certeza de que la vida terminará en un apagón. ¿Qué clase de presencia misteriosa iba responderle en circunstancias semejantes? Ninguna. Y por esta razón, sin duda por esta razón, el entusiasmo, incluso la libido descomunal que le infundió Lauren McKellen, lo tenían sorprendido.

Fue, sin embargo, cuando se dispuso a devolver el pisapapeles a su sitio cuando descubrió un documento que multiplicaría sus dudas. Se trataba de un memorándum del Departamento de Neurología del Hospital General de Massachusetts. Estaba dirigido a Howard y lo firmaba la doctora Margaret Duncan:

> En el lugar del accidente tuvo convulsiones. Ingresó al hospital con una presión arterial de 90/60, el pulso a 95 latidos por minuto y una temperatura de 37.1 °C. La puntuación de coma Glasgow fue de 8. El examen ocular reveló pupilas simétricas, pero poco reactivas a la luz. Presentaba hematoma subgaleal del lado izquierdo. En la tomografía computarizada (CT) se observó un probable edema cerebral secundario al traumatismo craneoencefálico. El paciente permaneció profundamente comatoso durante 10 días, después de lo cual su nivel de conciencia comenzó a mejorar de forma gradual. Recuperó el conocimiento después de la segunda semana. Sin embargo, no estaba interesado en las actividades que ocurrían a su alrededor. Al final de la tercera semana, pudo obedecer órdenes verbales, pero permaneció afásico hasta la cuarta. En ese momento comenzó a manifestar un comportamiento hipersexual. Esto último fue señalado por el personal de guardia femenino. Después, cuando su capacidad de verbalizar regresó, hizo el intento de tocar a una auxiliar

femenina. Además del tranquilizante que se le dio debido a su agitación (diazepam), no se le administró ningún medicamento específico para el control del comportamiento sexual alterado. Progresivamente comenzó a estar menos agitado en presencia del personal femenino. Al final de la cuarta semana, después del inicio de este comportamiento, se había normalizado por completo.

Sobre su pregunta al respecto de la permanencia de secuelas en el funcionamiento psicosocial a largo plazo, es difícil precisar un tiempo específico de duración. Los pacientes con este tipo de lesiones pueden seguir presentando secuelas a mediano y largo plazo. Tales secuelas pueden incluir lo siguiente: control deficiente de los impulsos, arrebatos explosivos o agresivos, disminución de la percepción social, labilidad emocional, conducta verbal inapropiada, distracción, jocosidad y falta de sensibilidad interpersonal. La afectación de estructuras hemisféricas profundas, como la glándula pituitaria, la amígdala, el tálamo y el hipotálamo, puede provocar la alteración de los mecanismos hormonales normales y la desinhibición del comportamiento. Asimismo, la disminución de la conciencia de lo que constituye el comportamiento apropiado y la preocupación por sus necesidades sexuales individuales por encima de las de sus parejas pueden deberse a una lesión del lóbulo frontal, hemisférico y temporal, pero esto

Frankie estaba a punto de darle la vuelta a la hoja cuando, de pronto, la puerta se abrió tomándolo por sorpresa.

—¡Frankie! —exclamó Howard con su característico timbre aflautado—. Disculpa el retraso. Tuvimos una reunión de última hora. Will vendrá en un segundo.

Frankie dejó el documento y giró de golpe como si lo hubiera sorprendido desnudo. Se acercó a Howard sin soltar el pisapapeles mientras él le tendía la mano. Era un saludo corto pero efusivo, dadas las diferencias que habían tenido en el pasado.

—¿Y bien? ¿Qué te parece? —preguntó Howard—. No habías venido, ¿verdad?

—Estoy sorprendido, Howard. Te felicito de verdad. La vista es espectacular.

—¿Verdad que sí?

—Sí. Conservas el escritorio del abuelo —señaló Frankie, con una sonrisa.

—El escritorio del abuelo. ¿Qué te parece?

—Fantástico. Con su compartimento secreto.

—Sí. El compartimento secreto. Ahí está.

—Sí.

—Está un poco hinchada la madera. No puedo abrirlo, pero traeré al carpintero pronto.

—Sí, hazlo.

—¿Te acuerdas de la pluma transmisora?

—Claro.

—No se entendía nada de lo que decían y, si no estabas a tres metros, se cortaba la conexión.

—Sí.

—¿Y te acuerdas de la pistolita Walther?

—¿La pistolita Walther?

—Claro. Papá decía que el abuelo se la había quitado a una espía nazi. Cada vez que me acuerdo, me imagino al abuelo forcejeando con Marlene Dietrich en una película de Billy Wilder. Las balas salían desviadas; las estrías en el cañón estaban dañadas. Recuerdo a mamá escondiéndola en su caja de sombreros. Y el pisapapeles, Frankie. No soltabas ese pisapapeles. Igual que ahora. Cuando venía para aquí pensé: «Seguro Frankie ya agarró el pisapapeles». Y mira, ahí lo tienes.

—Es increíble. Me encanta.

—Qué bien, porque ahora es tuyo. Llévatelo.

—¿Llevármelo? No. Papá te lo dio a ti junto con el escritorio del abuelo. Son inseparables.

—No importa. Es tuyo desde hace mucho tiempo, así que llévatelo.

—No sé qué decir, supongo que gracias, para empezar. Estoy conmovido, pero no es buena idea que me lo lleve ahora.

—¿Y por qué no?

—Quédatelo un poco más.

—¿Por qué?

—Porque no lo voy a usar y no tiene sentido que lo tenga en casa.

—¿A qué te refieres?

—Creo que no voy a estar en casa durante un tiempo. Es mejor que lo tengas aquí.

—No me gusta lo que dices. Maddie, ¿verdad? Te echó.

—No. Para nada.

—Te peleaste con ella.

—No, no. Tampoco.

—¿Entonces? No luces muy vacacional que digamos. Te vas a separar, ¿verdad?

—No sé. Solo necesito más tiempo. No he podido hablar con ella.

—¿Y a dónde piensas ir?

—Me gustaría ir a Connecticut una temporada. Freddie tiene una cabaña que puede alquilarme. No lo sé. Lo estoy pensando.

—Pues piénsalo bien, porque ahora es imposible.

—Lo sé. No puedo creer lo que está pasando.

—Ni yo. Pero las cosas pasan por algo, ¿no crees?

—¿De verdad crees eso?

—Hasta cierto punto, sí. ¿Tú no?

—Más bien creo que aprendemos a hacer algo con las cosas que nos pasan. No hay nadie allá arriba lanzando infortunios para que aprendas. Aprendes porque quieres.

—Sí, pero lo que quieres se deriva de lo que te pasa.

—O de lo que no te pasa.

—Bueno, no empecemos. Solo te digo que, si necesitas vivir fuera por un tiempo, eres bienvenido. Georgette estaría feliz, no por la situación, claro, pero por tenerte con nosotros.

—No, no, no, no, no. Muchas gracias, Howard. No se trata de irme de refugiado. Tengo que pensarlo; tengo que hablar con Maddie. ¿Por qué pones esa cara?

—Porque me preocupas. Porque no creo que debas estar solo, y menos con ese tipo merodeando.

—Ese tipo ya no será un problema. Espero.

—¿Por qué lo dices?

—Porque ya sé quién es.

—¿Quién?

—El padre de Lauren.

—¡El padre de Lauren! ¿Ese tipo es el padre de Lauren?

—Sí.

—¿Y cómo te enteraste? ¿Qué fue lo que pasó?

—Acabo de encontrármelo.

—¿Otra vez? ¿Y qué te dijo? ¿«Mucho gusto, soy el padre de la niña que se drogó contigo»?

—Algo parecido, pero sin el *mucho gusto*.

—O sea, volvió para amenazarte.

—Pues... Estaba abriendo uno de los viejos buzones. Tenía la llave.

—¿La llave?

—Sí. Me parece que Lauren usaba ese buzón desde que alquiló el estudio.

—Pero el estudio está bajo custodia. No puede hacer eso.

—Pues lo hizo.

—¿Y tú que hiciste?

—Me enfrenté a él, no tuve más remedio. Fue en ese momento cuando me dijo.

—¿Qué?

—Que es su padre.

—¿Y se fue así como así?

—Sí.

—Es increíble, Frankie, ¿Dónde diablos está Will? —Howard descolgó el teléfono y presionó una tecla—. Linda, hágame el favor de pedirle a Will que deje esa reunión por la paz y venga a mi despacho cuanto antes. ¡Que deje ya esa reunión, por el amor de Dios! No tienes testigos, ¿verdad?

—Sí. Claro que sí. El conductor del taxi que me trajo aquí. Lo vio todo y tomé sus datos.

—Bien hecho. Ahora mismo localizamos a ese taxista y adjuntamos su testimonio a la denuncia. Por cierto, tengo que hacerte una pregunta antes de que venga Will.

—¿Qué pregunta?

—Una pregunta importante, pero no me gustaría que la malinterpretes.

—Está bien, hazla.

—Cuando estuvimos en la comisaría, te dije que Will sería tu confesor, tu sacerdote.

—Sí, es lo mismo que decía papá.

—Argot de abogados.

—Lo sé. Haz tu pregunta.

—Bueno, pues solo quiero cerciorarme de que no le has ocultado nada a tu confesor.

—¿Como qué, en concreto? —preguntó Frankie lanzando una mirada penetrante.

—Las drogas. Necesito estar cien por ciento seguro de que la chica y tú no las compraron.

—Claro que no. Ya te lo dije.

—¿Y tampoco viste que ella las comprara?

—No. Para nada. Te di mi palabra.

—Bueno, muy bien. Pero el hecho es que las tenía. El hecho es que las usaron. Los dos consumieron; no solo ella, tú también. Y ahora hay un análisis que lo confirma. No entiendo por qué insistes en restarle importancia a algo tan elemental. Tú también tomaste parte en ello.

—Involuntariamente, sí.

—¡Involuntariamente! Frankie, por favor.

—Está bien. Si lo prefieres, podemos decir que fue de forma parcialmente voluntaria.

—Es lo mismo.

—Casi lo mismo. Pero eso fue lo que pasó, y no tengo por qué ocultártelo ni a ti ni a Will. Estás dudando de mi palabra. No lo acepto.

—Está bien. Muy bien, quiero creerte. Solo tienes que saber que, si la policía da con alguien que diga lo contrario, el asunto se complicará más de lo que crees, mucho más de lo que crees, ¿de acuerdo?

—Pues no veo cómo la policía podría dar con ese alguien si no existe. Es más: antes de que entraras estaba pensando en eso. Lauren, ya te lo dije, no era como cualquier persona que consume estupefacientes.

—¿No?

—No.

—¿Y cómo lo sabes? Drogarse para irse de fiesta no parece algo muy excepcional que digamos.

—No, no lo parece: ese es el punto. Tendría que entrar en demasiados detalles para que entiendas. Solo te digo que era otro tipo de persona.

—Pues fuese cual fuese su tipo, consumía. No hay duda de eso.

—Tal vez, pero insisto: no es lo que tú crees. Ella estaba bien cuando nos despedimos; no sé cuántas veces tendré que repetirlo. Alguien pudo haberle hecho algo. Tú mismo oíste lo que dijeron Will y Sammy: que esto no se trata de esclarecer un crimen, sino de ocultarlo y presentar un culpable. Ese culpable soy yo, ¿no es así? ¿Cómo demonios olvidé ese maldito rompevientos? ¿Cómo demonios terminaron esas drogas ahí? Vamos a suponer que ella las compró, ¿okey? Vamos a suponer que así fue. Hasta cierto punto, eso no sería imposible, pero lo que me resulta difícil de creer es que las estuviera tomando como si fueran gomitas. No tiene lógica. Sé lo que te digo, de verdad. Era una chica sana, normal; acababa de graduarse y estaba a punto de irse a Milford, feliz; no era una *junkie* de la calle.

—Puede que no, pero el hecho es que las drogas estaban en su casa y en su organismo. Eso es todo lo que nos importa. No entiendo por qué te empeñas en defenderla a ella si el que está metido en este lío eres tú, y además por su culpa.

—No lo sé, Howard, no lo sé. ¿No acabas de decir que las cosas pasan por algo? ¿Cuál es ese algo en esta situación? ¿Cuál es ese algo tras su muerte? ¿Cuál es ese algo tras el lunático que me arrolló? Ya estoy saturado.

—Lo sé. También sé que dejaste la terapia. ¿No piensas retomarla?

—Sí, pero no ahora. No es el momento.

—Bueno, pues, por lo pronto, tal vez sea lo mejor. No es buena idea que hables con Carter de todo esto.

—¿Por qué?

—Porque es mejor que no sepa más de la cuenta, al menos por ahora. Necesitamos que firmes un documento en el que le autorizas hacer una declaración.

—¿A Carter?

—Claro. Impugnaremos ese análisis y vamos a necesitarla. Tenemos que notificar cuanto antes que el padre de la chica ha extraído la correspondencia de ese buzón; que volvió para amenazarte.

—De acuerdo. ¿Y qué hay del otro asunto?

—¿Qué asunto?

—El lío de Boston. Necesito saber cómo va.

—El lío de Boston es lo de menos —dijo Howard, llevándose una mano a la frente—. El psiquiátrico interpuso un recurso; alegan que la fuga de los reclusos es imputable a la empresa de seguridad a cargo de la vigilancia, no a ellos. Pensarás que ese no es problema nuestro, pero sí lo es en materia de tiempo. Primero tenemos que librarte de esto. Es lo peor que te ha podido pasar. Van a alegar que obraste con negligencia, que tienes el descaro de pedir una indemnización mientras tú mismo te dañas. Esto les dará la razón, y el testimonio de Duncan tampoco te va a ayudar.

—¿Por el diagnóstico?

—Dice que, a estas alturas, es improbable demostrar categóricamente que tus actos sean consecuencia directa de la lesión. La ciencia es limitada. Si el daño no es detectable, los estudios no son una prueba fiable. Tendrán que pasar varios meses y habrá que practicarte otro tipo de pruebas, que tampoco nos servirán demasiado por ser más bien interpretativas.

—Lo sé.

—Te preocupan las finanzas, ¿verdad? ¿Tienes suficiente para cubrir los honorarios de Will?

—Espero que sí.

—Dame un mes, y te doy un pronóstico de la situación. ¿Quieres que te haga un préstamo?

—Gracias, pero no quiero empezar con eso. Tengo que hacer mis cuentas primero.

—¿Y qué piensas hacer mientras tanto? Tendrás que trabajar en algo. No pensarás vivir de tus ahorros por tiempo indefinido.

Frankie no paraba de darle vueltas al pisapapeles. Howard había puesto el dedo en la llaga. Sabía que necesitaba hacer cuentas y que no tenía la respuesta a esa pregunta, pero el hecho de que Howard la formulara con semejante facilidad volvía a colocar el acento en las diferencias entre ambos, agregando un matiz a la consabida noción de que pocas personas en el mundo te conocen como un hermano. Por un instante, Frankie observó a Howard como si se tratase de un enigma inescrutable por su simplicidad. Estaba sentado con los puños de la camisa planchados a la perfección, sus mancuernas de ópalo y las manos entrelazadas con una serenidad difícil de concebir en una persona consagrada a lidiar con los problemas de otros, como si con los propios no tuviera uno suficiente. Cualquiera llegaría a la cómoda conjetura de que semejante modo de vida entrañaría una negación de la problemática propia, pero ese no parecía ser el caso de su hermano. Desde su gozoso sobrepeso hasta Georgette, la vida de Howard corría con asombrosa perfección sobre rieles y durmientes bien afianzados. Él, en cambio, había tomado una desviación, se dirigía a un puente dinamitado y no tenía otra opción que lanzarse de la locomotora.

—Por tiempo indefinido, no. Algo tendré que hacer, pero ahora no tengo cabeza para pensar en eso. Tarde o temprano llegarán las respuestas.

—Esperemos que sí. Ese lunático acabó con tu vida. Ibas bien. Tenemos que salir de este lío lo antes posible.

—Lo antes posible, sí. Pero tengo que decirte que todo esto es muy raro. La forma en que he sido incriminado, la droga, el rompevientos. A ratos pienso que hay una conspiración en mi contra.

—¿Una conspiración?

—Sí. Para desacreditarme, para hundirme.

—¿Por parte de quién?

—Esa es la pregunta. ¿Quién, además de Armstrong & Goldman, por supuesto, se vería beneficiado si el autor de *¡Que vivan las armas!* se ve envuelto en semejante escándalo y pierde toda autoridad moral?

—El psiquiátrico de Boston, sin duda.

—Es en serio, Howard.

—¿Quién?

—Un mercenario de la Segunda Enmienda.

—¿Por qué diablos dices eso?

—¿No te parece posible? Un lunático de la Asociación Nacional del Rifle, uno de esos locos con la Biblia en la mano y un rifle de asalto en la otra: un ángel de la muerte.

—¿De verdad crees eso?

—No puedo evitar creerlo.

En ese momento se abrió la puerta y apareció Will Campbell con su peculiar entusiasmo:

—Frank, una disculpa por el retraso.

—Parece que las reuniones son un mal universal, Will, no se preocupe. Si le parece, vamos al asunto —dijo Frankie haciendo un gesto para que Will tomara asiento a su lado, frente al escritorio de Howard.

—Al asunto directamente. Las noticias no son alentadoras. Tenemos una piedra en el camino. Voy a pedirle que firme este documento donde exime a su terapeuta de la obligación a la confidencialidad en lo que respecta al diagnóstico y los medicamentos prescritos. Lo ataremos en corto porque es mejor que los psiquiatras mantengan ciertos límites en su libertad de expresión, ¿verdad?

—Lo entiendo.

—Bien. Puede leerla y firmarla.

—¿Entonces usted va a pedirle a Carter su testimonio?

—Así es, tenemos elementos para impugnar ese análisis —respondió Will, retorciendo su bigote—. Aunque dudo que sirva en una audiencia preliminar. ¿Qué más tenemos?

—El tipo de la moto. Ya sabemos quién es —dijo Howard, cruzando una pierna.

—¿Quién? —preguntó Will.

—El padre de la muchacha. Frank acaba de topárselo antes de venir.

—¿Volvió a la propiedad?

—Sí. Frank dice que lo sorprendió abriendo un buzón. Parece que la chica le dio la llave.

—¿Un buzón? No puede hacer eso.

—Es un buzón independiente —explicó Frankie.

—Pues vamos a notificarlo. No pueden sacar nada de ahí. Supongo que no se identificó como el padre de la chica, ¿verdad?

—Pues no me mostró su licencia, solo dijo que era su padre.

—¿No le dijo su nombre, al menos?

—No.

—Y volvió a amenazarlo, ¿no es así? ¿Hubo testigos?

—Frankie dice que el taxista que lo trajo aquí presenció todo. Le pidió sus datos.

—Excelente. Lo adjuntaremos a la denuncia. Necesitamos una orden de alejamiento para evitar que siga merodeando por la propiedad. Vamos a pedir que cesen los informes a la prensa. Esto, Frank, es lo que pasa cuando la policía empieza a abrir la boca antes de tiempo.

—Quiero hacerle una pregunta, Will —intervino Frankie.

—Por supuesto, para eso estoy aquí.

Howard le lanzó una mirada cómplice a Will y a su vez explicó:

—Frank me ha dado su palabra de que las drogas no llegaron a la chaqueta por su propia mano y de que tampoco vio que la chica las comprara.

—Bien —repuso Will, dándose por enterado de la indirecta—. ¿Cuál es, entonces, su pregunta?

—Es muy simple —prosiguió Frankie—. Le agradecería que me aclarara, en presencia de mi hermano, a qué se refería usted, y me parece que también el Capitán, cuando señalaron que todo esto podría tratarse no solo de encubrir un crimen, sino de señalar a un culpable.

—Por supuesto —repuso Will Campbell, moviendo su pluma entre los dedos como si se tratase de una virtuosa maniobra en el arte de la prestidigitación—. Por un lado, su detención fue apresurada. Muy apresurada incluso en un caso de alto perfil. El cargo de posesión constructiva cae en una zona gris. En teoría, debe tenerse control real sobre los bienes muebles o inmuebles que le permita cometer un delito. No necesita tener posesión física de la droga, sino tan solo el conocimiento de su presencia en o cerca de la propiedad, así como la capacidad o los medios para mantener control sobre ella. Ahora bien, una chaqueta no es un coche ni una casa. Se necesita de una llave para tener el control. No tienes la llave: no tienes los medios, no tienes control. Cualquiera tiene acceso a una chaqueta. Pero su chaqueta, por desgracia, estaba dentro de una propiedad de la cual usted y su esposa declararon tener una llave. Esa puede ser una gran excusa para ponerlo en aprietos, pero no por medio de un bien sobre el que ha perdido el control. Quien tenía posesión del inmueble y de la chaqueta era ella, no usted. Por otro lado, los casos de sobredosis, por lo general, involucran a gente joven. Los chicos hacen sus fiestas o se drogan en pequeños grupos; luego algo sale mal, uno de ellos muere y hacen lo que sea para no verse implicados y despistar a las autoridades. Es frecuente que, en el intento de encubrirlo todo, terminen por inculpar a otro, cosa fácil de hacer cuando no hay testigos, lo que podría ser el caso de esta chica. La policía, por su parte, no excluye la posibilidad de que la chica pudiera haber estado con alguien cuando murió, y ese alguien, lamentablemente, parece ser usted.

—Pero la chica tenía muchos amigos. Amigos de la universidad. ¿No podría ser que alguno de ellos estuviera con ella después de haber estado conmigo?

—Eso introduciría una duda perfectamente razonable y, por lo mismo, poderosa, pero hasta ahora nosotros no tenemos ningún dato en ese sentido, y parece que la policía tampoco.

—Comprendo.

—Pero lo que sí tenemos —prosiguió Will, lanzándole una mirada a Frankie— es a un tipo un tanto sospechoso entrando en el guardarropa once minutos antes de su salida del establecimiento. Aparece en las grabaciones.

—¿Once minutos antes de recoger mi chaqueta? —preguntó Frankie.

—Así es. Aquí está la imagen.

Frankie cogió la fotografía.

—¡Vaya casualidad! —exclamó.

—¿Lo conoce?

—No.

—Pues tenemos que averiguar de quién se trata. Sammy está en ello.

Frankie le pasó la fotografía a Howard, con una mirada preñada de significados.

—Es extraño —prosiguió Will—. Podría ser un empleado, pero, si es un distribuidor que estaba vendiendo droga, la chica pudo haber sido su cliente. Y eso podría ponernos en serios problemas.

—Y pudo serlo —intervino Howard, conteniendo a Frankie con la mirada—. Pudo serlo. Lo siento, Frankie, pero esto no se trata solo de ti. Si algo he aprendido en todos estos años es que no puedes ni debes poner la mano en el fuego por nadie. Vamos a suponer que, en efecto, ese hombre es un distribuidor y que la chica le hizo una compra. ¿Cuál es el escenario, Will?

—Que la policía lo sabrá de un momento a otro. Que la declaración de causa probable no estaría infundada, puesto que McKellen pudo compartir la droga con nuestro cliente o nuestro cliente con ella.

—¿En qué momento? —preguntó Frankie.

—En ese antro, posiblemente. En el estudio de la chica, quizá. Al regresar del museo, tal vez.

—Hay ahí un margen de tiempo demasiado amplio —aclaró Howard—. Ella pudo haber hecho cualquier cosa. Hay que fundamentarlo o necesitamos probar que Frankie estaba en otro lado después de la tarde del jueves.

—Me temo que eso ya no será posible, pues declaró que estaba en casa —dijo Will, disimulando cierta impotencia.

—Y con Maddie en Connecticut. ¿Qué hay sobre la chica?

—Historial impecable. No tiene antecedentes. No hay señales de que haya pisado una clínica de rehabilitación; ni siquiera tiene alguna detención por conducir ebria.

—¿Lo ves? —murmuró Frankie.

—Pues casi creo que eso sería mejor aún. Dice Maddie que una vez hizo una fiesta, con amigos. Alguno de ellos puede saber algo. Tenemos que buscar por ese lado. Esa droga no apareció ahí por obra del Espíritu Santo. Si Frankie no la puso ahí, solo nos queda la chica o alguien próximo a ella. Lo siento, Frankie, mi papel no es estar de acuerdo contigo. ¿Qué opina Sammy?

—A Sammy le sorprende que la chica haya comprado esa cantidad de droga y la olvidara en la chaqueta así por las buenas. Él se inclina por radiografiar lo que pasa en ese antro. Desde distribución hasta corrupción policial. No descarta nada.

—¿Corrupción policial? —preguntó Frankie.

—Así es. Algún policía plantando pruebas.

—En la chaqueta equivocada —dijo Howard, lanzándole a Frankie una mirada cargada de frustración.

—Es un tiro demasiado largo, lo se, pero no podemos descartarlo.

—¡Diablos! —exclamó Howard—. Espero que tengas suficientes pastillas para dormir: las vamos a necesitar.

Frankie no ocultó la molestia por la indiscreción de su hermano y colocó el pisapapeles de vuelta en el escritorio.

—Will —dijo mirándolo con nerviosismo—, quiero hacerle una confesión.

—¿Una confesión?

—Así es. Sé que Howard no lo verá con buenos ojos, pero debo decirlo. Tengo la impresión, por descabellado que suene, de que alguien pudo planear todo esto. No me refiero a la muerte de la chica, sino a la droga. Pienso que alguien la puso allí para incriminarme.

—¿Para incriminarlo?

—Por supuesto. Hay una multitud de locos ahí afuera que quiere acabar conmigo, y ¿cuál es la mejor forma de hacerlo? Arruinando mi reputación.

Howard miró a Will como si quisiera pedirle paciencia.

—Frank sospecha que un fanático de la Segunda Enmienda quiere hundirlo.

—¡Ajá! —exclamó Will, con esa expresión indescifrable en el rostro—. ¿Por la novela que escribió usted?

—No solo se trata de la novela. Hay todo un movimiento ahí afuera que ha cobrado fuerza.

—¿Ha recibido usted algún tipo de amenaza?

—No, no directamente, pero me he dado cuenta de ello en la prensa. Supongo que no es necesario que cite las injurias que han salido en mi contra, y menos después de todo esto. Tengo enemigos y, por lo que veo, están encantados con esta situación.

—¿Y piensa que alguno de esos enemigos podría estar detrás de todo esto?

—No puedo evitar pensarlo. ¿Ya escucharon lo que dijo el imbécil de Wayne Mott en el noticiero? Dijo que esto demuestra que la lucha por el control de armas está en manos de gente con una doble moral, elitistas izquierdosos que no tienen los pies en la tierra. Una vez más, la narrativa para socavar a los críticos que desafían sus mentiras. Una vez más, el empeño sistemático para vilipendiar y desacreditar a los opositores atacando su vida personal. Académicos retorcidos, investigadores que manipulan las estadísticas a su antojo y, por supuesto, los ángeles de la muerte distribuyendo armas entre los mismos criminales. Si manipulan a congresistas, respaldan a presidentes y eximen a vendedores de armas... lo siento, Howard, eso también es una realidad, ¿no cree usted que ahí existe el suficiente poder, las suficientes influencias para hundirme?

—Me alegra que se exprese con total libertad, Frank, no debemos descartar nada, en efecto. Ahora, permítame decirle, para su tranquilidad que, aun dando por hecho que alguno de sus enemigos hubiera planeado todo, esa persona necesitaría tener algo más que clarividencia para saber de antemano que usted olvidaría su rompevientos en el estudio de la chica, ¿no le parece?

—¿Y si no fue así? Si alguien, precisamente tras la

muerte de la chica, se percató de que era el momento idóneo para incriminarme, ¿no podría ser factible?

Howard miró por la ventana y suspiró.

—¿Howard?

—Sí, Frankie.

—Ten un poco de paciencia, por favor.

—La estoy teniendo.

—Espero que sí. Estoy siendo investigado, atacado por la ultraderecha, vilipendiado en los medios y acusado de dañar a una chica inocente. Soy blanco del repudio colectivo, un delincuente me tiene amenazado y poco falta para que mi propia familia me meta en un psiquiátrico. ¿No te parece que tengo todos los motivos del mundo para sentirme un poco paranoico? Solo les pido que no descartemos ninguna posibilidad. Basta con asomarse a lo que se dice ahí afuera para comprender que, si no hubiera un plan en mi contra, habría sido magnífico idearlo.

—Sin duda. ¿Y cuál cree usted que podría ser ese plan?

—Arrestarme a la salida de ese bar, así de fácil.

—Pero nadie lo hizo.

—No, porque yo no llevaba la chaqueta puesta.

—Pero la chica sí, y usted salió acompañado de ella, mientras ella llevaba puesta una prenda de su propiedad; cosa que, según la policía, por desgracia, puede inculparlo bajo el cargo de posesión constructiva, que es precisamente al que nos enfrentamos. Si alguien, en efecto, quisiera perjudicarlo de ese modo, le garantizo que la chica y usted habrían sido arrestados, sin lugar a duda. ¿Me explico?

—¿Frankie?

—¿Sí?

—¿Comprendes lo que está diciendo Will?

—Es evidente, ¿no te parece? Pero no dejaré de insistir

en tanto no sepamos quién es ese hombre que entró en el guardarropa y qué hacía ahí.

—Por supuesto. No descartaremos ninguna posibilidad. ¿Sabe usted de alguien que visitara a la chica con frecuencia?

—Sí, tenía una amiga. Maddie sabe quién es, pero no era la única.

—Pues le pediré a Sammy que lo investigue. Necesitamos elementos para impugnar ese análisis.

—¡El maldito análisis! —exclamó Frankie—. No es concluyente en absoluto, ¿verdad?

—En absoluto, no, pero es un factor indicativo —dijo Will, observando a Frankie de un modo peculiar.

—¿Indicativo?

—Así es. Indicativo de que la chica compartió una sustancia con usted o usted con ella.

—Bien, Will, ahora me disculpará si cree que me meto en cuestiones que no son de mi competencia, pero sí de mi interés.

—Uf —musitó Howard.

—Hágalo, por favor.

—El examen preliminar del forense indica que en el cuerpo de la chica se encontró «una combinación de distintas drogas, entre ellas metanfetaminas». ¿No es así?

—Así es, solo permítame aclararle que eso es lo que señala el informe policial basado en el análisis del laboratorio.

—Es correcto, y ese informe sintetiza lo que se encontró en un cuerpo sin vida. Una combinación de distintas drogas, entre ellas metanfetaminas.

—Así es.

—Bien, pues quisiera pedirle a usted y, por supuesto a Howard, que me expliquen cómo es posible que, si el análisis que se me practicó es cuestionable en virtud de los medicamentos que tomo, en el caso de la chica, los resultados no se pongan en duda. ¿No es de suponerse que en un cuerpo en descomposición esos resultados habrían de ser más dudosos todavía? ¿Cómo sabe la fiscalía que la sustancia encontrada en el cuerpo de Lauren es exactamente la misma que dicen haber encontrado en mi cuerpo si mi cuerpo, vivo y coleando, no es fiable para nada? No me queda claro.

—Por eso procede la impugnación, Frank. Veo que tiene dotes de abogado; tal vez su hermano deba contratarlo.

—No entiendo a dónde quieres llegar con todo esto, Frankie. Está claro que la chica compartió una sustancia contigo.

—¿Y no tiene ni idea de cuál pudo ser esa sustancia? Eso podría ser clave, por lo que ha dicho.

—No, Will. Tal como le he dicho a Howard, varias veces, no lo sé. Por desgracia. Pero ella también había recibido tratamiento psiquiátrico y prescripciones médicas. Yo no era el único con esos tratamientos: ella misma me lo dijo.

—Ese es un dato de extrema importancia, Will. Hay que tomar nota de eso.

—Por supuesto —respondió Will y lo apuntó en su bloc—. ¿Tiene usted alguna referencia sobre ese asunto?

—No, pero me dijo que había tomado antidepresivos. Y lo menos que puedo exigir es que se demuestre que esa «combinación de distintas drogas» concuerde con lo que se me imputa, ¿no les parece? Supongo que obtendremos una copia del examen forense y que un especialista la revisará de manera exhaustiva, ¿no es así?

—Comprendo su inquietud. A los forenses hay que mantenerlos bajo la lupa en todo momento, pero temo que eso no será factible por ahora.

—¿Y por qué no?

—Porque los fiscales en Nueva York no proporcionan información sobre los resultados forenses durante las vistas preliminares. Las pruebas forenses no se desarrollan por completo en los casos que no van a juicio, por lo tanto los fiscales no las examinan del todo ni solicitan la opinión de expertos, y la defensa tampoco puede hacerlo. La policía obtiene parte de las pruebas en la escena del crimen y las envía a un laboratorio, pero el laboratorio no puede compartir informes directamente con la defensa si no hay una orden y, si lo hace, solo emitirá un certificado del análisis con los resultados, pero no con los detalles.

—¿Los resultados? ¿Solo los resultados? De modo que, si la defensa necesita verificar el análisis para determinar el grado mismo de culpabilidad, ¿está atada de manos? ¡Bonita forma de negociar! —exclamó Frankie, mirando a Howard con impotencia.

—Así es —afirmó Howard—. La Sexta Enmienda ampara nuestro derecho a verificar el análisis, pero para ello tendremos que ir a juicio, y eso es precisamente lo que queremos evitar. Por otra parte, nada nos garantiza, en este momento, que las pruebas químicas sean exculpatorias, ¿entiendes? Si no lo son, la defensa misma estaría labrando tu ruina con semejante maniobra. Lo indicado es proceder con la impugnación, si es que nos lo permiten, y esperar que tus antecedentes no resten demasiada credibilidad en la audiencia.

—¿Mis antecedentes? —preguntó Frankie bajo la mirada reprobatoria de Howard.

—Sí —agregó Will, pasándose la mano sobre su nuca lisa—. Esa broma suya de disparar un cañón contra un barco de turistas en California no es la mejor carta de presentación para un ciudadano que requiere de un historial impecable.

—No, supongo que no lo es —repuso Frankie, apoyando la frente sobre sus dedos con un gesto de abatimiento—. No era más que una broma y nadie en ese barco parecía asustado. Es más, un grupo de chicas que tomaban el sol en cubierta lanzaron hurras a los piratas y se levantaron el bikini para mostrarnos los pechos. Todo eso quedó fuera de contexto.

—No me cabe duda de ello, pero mucho me temo que, después del 11 de septiembre, ese antecedente no quedará nada bien ante un juez. Si la fiscalía menciona algo al respecto en la audiencia, que es lo más probable, le suplico que no mencione a esas chicas. ¿De acuerdo? Puede decir que los pasajeros lo encontraron divertido, pero nada más.

—Por supuesto.

—Bien —concluyó Will, marcando desde su celular—. Pues le pediré a Sammy que investigue si la chica tomaba medicamentos controlados. En este momento debe estar en Brooklyn. Si la matrícula de esa moto no miente, está a nombre de una mujer.

—¿Una mujer? —preguntó Howard.

—Así es. Pronto sabremos si, en efecto, el conductor es el padre de la chica.

La llamada de Will hizo vibrar el teléfono en el bolsillo de Sammy justo en el momento menos oportuno. Charlie Flynn no había recibido nada bien la noticia de que las represalias que había tomado por la muerte de su hija habían dado pie a la presentación de una denuncia en su contra.

13

Sammy condujo a toda prisa sobre el puente de Manhattan. La manga de su camisa, expuesta por la ventana, se sacudía con el aire mientras miraba el navegador en busca de la ruta más rápida. La entrevista con Flynn había resultado peor de lo que suponía. Esperaba encontrarse con un hombre violento. En lugar de ello, se topó con un hombre impasible, con la expresión de quien ha erradicado el miedo de su alma.

—Sé lo que me espera, señor Nock —le dijo Flynn sin exaltarse en lo más mínimo—, y esta denuncia no impedirá que las cosas sigan su curso si yo así lo decido. Si Armstrong, como usted dice, es inocente, no tiene nada que temer. Pero, si no lo es, le garantizo que pagará por lo que ha hecho cuando menos lo espere. Ni usted ni nadie podrá impedirlo.

Luego de tantos años de carrera, Sammy sabía de sobra que, cuando una persona está dispuesta a dar su vida por otra, no hay nada que la detenga y que, si esa persona ha formado parte de una organización criminal, es imparable.

Sammy, con su imperturbable talante, le lanzó a Flynn una mirada de insondable alcance y repuso:

—Lo comprendo, solo quiero que tenga presente que, en este momento, yo soy la persona que puede hacer las cosas más fáciles para usted y, por supuesto, para quienes lo aprecian.

Cualquiera que fuera la clase de golpe que Sammy estaba queriendo devolver, tuvo un efecto peculiar en su interlocutor, quien por primera vez durante el encuentro se esforzó por radiografiar el alma de la persona que tenía delante, sin llegar a descifrarlo del todo.

Flynn se levantó del sofá como si estuviera haciendo un acopio de fuerzas. Tenía una foto de Lauren sobre la repisa de la chimenea. La colocó en la mesilla y le ordenó a Sammy que se fuera de inmediato. En ese momento, un mensaje de texto de Will Campbell le notificaba que Flynn había metido mano en el buzón de McKellen, pero ya era muy tarde. Las puertas con Flynn estaban cerradas, y su amenaza caía en un limbo de peligrosidad que no debía ser tomada a la ligera.

El siguiente paso en su investigación lo llevó al Aquarium. Se trataba de la chica del guardarropa. Al revisar su solicitud de empleo, Sammy encontró que era una agente inmobiliaria de Nueva Jersey, ahora inactiva, llamada Britney Pearson. La foto de su licencia de conducir mostraba a una mujer de treinta y dos años con cabello castaño y ojos oscuros. Salvo una expresión peculiar en la mirada, no había nada significativo en su rostro que llamara la atención, pero, cuando tecleó su nombre en la base de datos del tribunal de Nueva Jersey, encontró que había una mención suya en un caso penal. Ella era la acusada.

Al examinar el archivo, Sammy halló que, tres años antes, Pearson había sido sentenciada a seis meses de cárcel, trabajo comunitario y una multa de dos mil quinientos dólares por múltiples delitos de posesión, elaboración y distribución de mezclas y preparados de marihuana dentro de una instalación pública. La chica había sido sorprendida en el Liberty State Park vendiendo brownies de marihuana durante un festival de música.

Sammy consideró las posibilidades y extrajo dos conclusiones. Pearson, una chica en paro con un problema de adicción, había vuelto a la mala vida y estaba distribuyendo sustancias entre algunos clientes selectos del establecimiento. Si alguien andaba tras ella, sería lógico que tuviera que deshacerse de las drogas ocultándolas en la primera prenda que tuviera a la mano, que, en este caso, sería la de Frank Armstrong. El hecho de que no las hubiera recuperado sería indicio de que su perseguidor andaba al acecho, y, si ese fuera el caso, ese perseguidor bien podría ser el sujeto que entró al guardarropa. Por otra parte, cabía la posibilidad de que su sospecha inicial fuera errónea y que McKellen fuera uno de esos clientes, en cuyo caso las cosas habrían de complicarse para Frank Armstrong.

Mientras tanto, en casa, Maddie batallaba para concentrarse. Tenía que terminar su introducción a una edición ilustrada de cuentos fantásticos y se la había pasado procrastinando. Por fin estaba por emprender la tarea, cuando recordó que tenía que escribirle a Kate, así que entró a su cuenta para descubrir que, en la bandeja de entrada, había un correo de Sandro Ribeiro. Ribeiro era un intelectual uruguayo, ahora profesor titular en la Universidad de Yale, al que Frankie apodó Don Corleone, no solo por el disfraz que se había puesto alguna vez y por su personalidad, que detestaba como el colmo de la glotonería culterana, sino por su peculiar injerencia en la mafia académica.

Maddie miró la pantalla con una sonrisa escéptica. El documento decía «Edición de Libro», y estaba escrito en español.

Dr. Sandro Ribeiro <s.ribeiro@yale.edu>

Maddie querida:

Qué gusto más grande me ha dado saber que rondas de nuevo por «la fuente que mana y fluye». Mientras tanto, mucho agradecería un llamado tuyo en cuanto tengas un respiro. Mi hijo Reinaldo anda trabajando en un proyecto maravilloso con el Museo de Arte en Denver. Va a estar por allá en estos días con una editora de Frankfurt. No sabes cuánto me alegraría que pudieras orientarlo. Bien que bien, hay buenos centavos y te va a encantar. Tengo que contarte.

Un cálido abrazo,
S.

Maddie terminó de leer. Podría hacer esa llamada de una vez y enterarse de qué se trataba, pero lo más probable era que Ribeiro, como todo el mundo, se había enterado de sus descalabros con Frankie y haría preguntas incómodas. Decidió responder por escrito y decirle que estaba muy atareada, pero que ayudaría a Reinaldo en cuanto se pusiera en contacto con ella. Una vez terminado su correo de respuesta, le escribió a Kate. Procuró no mencionar que los líos de su padre iban de mal en peor, pues la tendría en casa antes de lo que pensaba y eso era lo último que necesitaba.

Al cabo de unos minutos regresó a su texto y luego escuchó el televisor en el estudio de Frankie. Con un aspaviento, empujó su silla rodante, subió al estudio, le pidió que bajara el volumen y regresó a la computadora. Pero el mundo conspiraba contra la escritura y, ahora, sobre el escritorio, estaba vibrando su teléfono celular. Era Leslie. Por un segundo consideró no responder, pero se trataba de una tercera llamada.

—Sí, Leslie, ya vi tus llamadas. Estaba a punto de hablarte —le dijo, haciendo acopio de paciencia.

—¡Por María Magdalena! ¡Al fin contestas!

—Lo sé. Estaba intentando trabajar. ¿Qué pasa?

—Lo siento, te llamo después.

—No, no. Dime de una vez.

—¿Puedes hablar?

—Sí, ¿por qué?

—Porque me tienes en ascuas. ¿Qué está pasando?

—Pues pasa que estoy atascada en la introducción. Tuve una mañana caótica. No logro concentrarme. Estoy a punto de irme a otro lado, aquí no puedo más.

—Pues no te culpo. ¿Y a dónde piensas ir?

—A la biblioteca, al café, a donde sea. Ya no quiero estar aquí.

—Te entiendo. Si quieres trabajar aquí, no tienes más que pedirlo.

—¿Sí?

—Claro. Eres bienvenida. Tú y todos. Ya lo sabes. María Magdalena y toda su prole.

—Lo sé. Quizá sea buena idea. Pero ya deja de decir eso. Mi prole está demostrada, la de ella no.

—Pero la tiene. ¿No has leído *El código da Vinci*?

—Claro que no. Solo vi la película.

—Ah, la película, con Ian McKellen. Me encanta Ian McKellen.

—No te atrevas a repetir ese apellido, Leslie. No te atrevas. Es como Voldemort.

—¿Como Voldemort? Ah, ya entiendo. No volveremos a mencionarlo, no te preocupes. Cuando se hable de ella, le diremos *Ya sabes quién* o solamente *Ella*: es más corto, menos evocativo. Ella. Y hablando de ella: dime, por favor, qué está pasando.

—El análisis dio positivo.

—¡Positivo!

—Sí.

—¿Y qué va a hacer?

—Me parece que van a impugnarlo. Howard está preocupado. Frankie estuvo con él esta mañana y resulta que el tipo de la moto es el padre de la chica. ¿Lo puedes creer?

—¿En serio?

—Sí. Por eso lo amenazó. ¿Por qué no habría de hacerlo si se drogó con su hija y luego apareció muerta?

—¡Wow!

—Las cosas son menos raras de lo que parecen, ¿verdad? Ojalá me equivoque, pero resulta que, cuando Ya sabes quién apareció muerta, Frankie y yo estábamos en el parque y de repente se fue.

—¿Cómo?

—Desapareció.

—¿Y no dijo a dónde iba?

—No, porque yo estaba dormida.

—Y se fue.

—Sí, se fue. Vino a casa, según él por su bloc de dibujo. Pero no regresó. Me dejó con todas las cosas ahí, en el parque. Tuve que volver sola. Al llegar a casa me lo encontré sentado en la sala. Me dijo que no se encontraba bien, que se le había bajado la presión. ¿Sabes lo que sospecho?

—¿Qué?

—Que vino por su rompevientos, pero ya era muy tarde. Manuel ya estaba rondando. Cuando descubrió el cuerpo, tocó nuestro timbre y nadie le abrió. Entonces llamó al 911. Pero Frankie estaba aquí. Según él, estaba en el baño y no oyó nada.

—¡Oh, no!

—Sí.

—Me das miedo. ¡Qué horror! No has hablado de esto con Howard, ¿verdad?

—No.

—Mejor. No lo hagas.

—He estado a punto de hacerlo, pero tengo dudas.

—A ver, Maddie, a ver: lo que estás diciendo implicaría que Frankie siempre supo que Ya sabes quién estaba muerta. Eso no puede ser. Nadie se va de pícnic a Central Park sabiendo que hay un cadáver en su propiedad. Tendrías que ser un psicópata, y un psicópata no sale de la noche a la mañana después de veintitantos años de matrimonio. Podría ser factible, pero no lo es. Creo que estás un poco paranoica.

—¿Y si no sabía que ya estaba muerta?

—No habría tenido ninguna urgencia por recuperar ese rompevientos. Habría tocado la puerta y se lo habría pedido.

—¿Y si eso fue lo que pasó: que llamó a su puerta y la encontró muerta?

—Pues lo lógico sería que sacaras el rompevientos y llamaras al 911. Tú tenías su duplicado de llaves, ¿verdad?

—Sí, pero Frankie dice que se lo dio a Lauren, que no tenía como entrar.

—Pues no sé qué decir. Todo eso tendría sentido si compraron esas drogas estando juntos; de otro modo no se explica que Frankie supiera que estaban ahí.

—Que es el meollo del asunto, ya me lo explicó Howard.

Leslie caminó en torno a la pequeña mesa de su cocina, iluminada por una lámpara que colgaba del techo sobre su pan tostado y su café. Luego se sentó de nuevo, apoyando el codo sobre el mantel.

—¿Sabes qué es lo más grave de todo?

—¿Qué?

—Que estemos tú y yo aquí, a estas alturas, con especulaciones semejantes sobre Frankie, sobre tu esposo, el padre de tus hijos. Eso es lo grave. ¿De verdad crees que ha llegado a ese punto? Piénsalo bien antes de contestar, porque esa duda podría destruir mucho más que tu matrimonio con él.

14

Eran cerca de las tres de la tarde cuando Frank Armstrong salió de la oficina de Howard. Caminó por la calle 42 abriéndose paso entre un torrente de peatones que se desplazaba en dirección opuesta a la suya. En otro momento se habría alegrado de ser uno de los pocos transeúntes que iba contra la corriente, pero en ese instante no reparó en ello tanto como en la dificultad de avanzar en medio del sofocante tumulto. Estaba ansioso por apartarse de todo y llevaba la angustia dibujada en el rostro. El escepticismo de Will Campbell, las dudas de Howard, las sospechas veladas de Maddie y el empeño del Estado en criminalizar un suceso de su vida privada le habían traspasado la piel, haciéndolo presa de pensamientos contradictorios. Había momentos en los que pensaba que, si las cosas se complicaban, podría darse a la fuga. Elaboraba planes e imaginaba escenarios que lejos de generarle inquietud le producían un entusiasmo extraño.

Minutos más tarde, Frankie llegó al departamento y abrió la puerta con la sensación de ser un extraño en casa. Tenía que comer cuanto antes, así que se preparó un sándwich. Lo devoró tan rápido como pudo.

Aborrecía la idea de seguir metido en casa, pero no tenía más remedio. La audiencia preliminar ya estaba programada para el viernes a las nueve de la mañana, poco antes de que se cumpliera el plazo máximo de ciento veinte horas que exige la ley si no hay de por medio un fin de semana. Apenas habían transcurrido alrededor de setenta y dos horas, y todavía le faltaban cuarenta y ocho horas más. Las cuarenta y ocho horas más largas de su vida.

Subió al estudio y se dejó caer sobre su sillón como si fuera un costal de cemento. Entonces sonó el teléfono. Era Howard.

—¡Frankie! —exclamó en medio del ruido de la calle—. Gracias al cielo estás ahí. Tenemos malas noticias. ¿Puedes hablar?

—Sí, ¿qué pasa?

—Pues sucede que la fiscalía dice tener un testigo. Están ofreciendo un acuerdo de culpabilidad declarada.

—¿Un testigo? ¿De qué? —preguntó Frankie, incorporándose de inmediato.

—Will está aquí conmigo. Vamos en el coche. Mejor te lo paso y que él te explique.

Frankie se quedó inmóvil.

—Hola, Frank. ¿Me escucha?

—Hola, Will. Lo escucho perfectamente. Dígame, ¿qué está pasando?

—Pues mire, como acaba de comentarle su hermano, la fiscalía dice tener un testigo.

—¿Un testigo de qué? —preguntó Frankie.

—No lo sabemos y no van a decírnoslo. Pero afirman que es un testigo que refuerza el caso y nos han ofrecido un acuerdo si hay una declaración de culpabilidad. Tenemos que responder mañana.

—Pero ¿cómo es posible?

—Pues, mucho me temo que así es.

—Pero ¿qué testigo es ese? ¿Por qué diablos no lo dicen?

—Porque así es el procedimiento. No lo van a revelar. Tal vez lo hagan pasado mañana, pero tampoco lo vamos a saber sino hasta el momento de la audiencia.

—¿Y por qué no?

—Porque la identidad de los testigos es confidencial y no tiene por qué ser revelada hasta el día previo a la audiencia. Lo que sí parece es que la fiscalía está o dice estar en una posición fuerte, de ahí que nos hayan ofrecido un acuerdo.

—¿Antes de la audiencia? ¡Qué absurdo!

—Pues así es. Dicen que tienen suficientes elementos para acusarlo y que, si se declara culpable, pueden reducir la condena. De momento no sabemos nada más. Solo tenemos algún indicio de quién podría ser ese testigo, pero eso es todo.

—¿Y de quién se trata?

—De la chica del guardarropa. Sammy cree que se trata de ella. Tiene antecedentes por venta de drogas y no ha vuelto al trabajo desde ese día. Probablemente está arrestada, aunque todavía no tenemos confirmación de ello.

—¿Y se sabe algo del tipo que entró allí?

—Sí y no. Sammy lo tiene identificado, pero no localizado. Es el mismo caso que el de la chica. No sabemos hasta qué punto está en nuestra contra.

Frankie, ya de pie, comenzó a dar vueltas de un lado a otro.

—¿Y cuál es la situación? Quiero decir, ¿qué debo hacer?

—Pues mire, para serle franco, estamos ante dos posibilidades. O bien el caso no es sólido para la fiscalía y por eso lo están presionando, o sí lo es y, para evitar ir a juicio, quieren que usted admita la culpabilidad. Hasta este momento, el hecho de no haberlo llevado ante un gran jurado me hacía inclinarme por lo primero, pero ahora tenemos que preparamos para lo peor. Y lo peor es que ese testigo declare haberle vendido esa droga a Lauren McKellen y a usted.

—Pero, Will, ya le dije que estoy seguro...

—Déjeme que le explique, por favor. Yo no dudo que lo que me ha dicho sea cierto. El problema es que la testigo declare haber suministrado las drogas dejándolas en ese impermeable, porque quien aparece recogiéndolo en las grabaciones es usted. Da igual que luego se lo dejara a McKellen. Eso sería suficiente para ir a juicio.

—¿Y por qué esa chica habría de declarar semejante cosa si ella es la primera perjudicada?

—Esa es la cuestión. La chica tiene antecedentes penales y, si fue sorprendida haciendo algo, puedo asegurarle que tendrá motivos de sobra para declararlo. Claro, todo esto son especulaciones, pero no podemos ignorar el riesgo. Lo que nosotros o, más bien, usted tiene que considerar ahora es que hay dos opciones. Una, antes de la audiencia, y otra, muy distinta, después.

—¿Y qué es lo que ofrecen?

—Pues mire, hablando sin tecnicismos, proponen que se declare culpable por dos cargos relativos a la posesión de sustancias controladas, mientras que, por el tercero, relativo a la muerte de la chica, acepte solo el hecho de haber compartido las sustancias con ella de mutuo acuerdo, bajo el alegato de no contestación al cargo. Eso último quiere decir que no se declara inocente ni culpable, pero que acepta, con arrepentimiento, un hecho cuyo alcance y consecuencias serán determinados toda vez que el juez tenga elementos suficientes para dictar la sentencia procedente de acuerdo con los atenuantes o agravantes que procedan al término de la investigación. En el mejor de los casos, estaríamos hablando de una pena de doce meses en prisión y otros seis en libertad condicional. Si rechaza el acuerdo, vamos a la audiencia preliminar y seguramente a juicio. Si lo pierde, pedirán la pena máxima para cada cargo, pero no la obtendrán. Estaríamos hablando de tres años en prisión más todos los agravantes derivados de un juicio que tiene enormes posibilidades de complicarse, porque hay otro elemento que la fiscalía ya mencionó y nos preocupa muchísimo.

—¿Y qué elemento es ese, Will?

—El móvil.

—¿El móvil?

—Sí. De acuerdo con la fiscalía, hay pruebas forenses de que usted y la chica mantuvieron relaciones sexuales, y me temo que podrán argumentar que el consumo de drogas pudo tener un carácter persuasivo, es decir, que usted pudo incluso incitar alevosamente a la chica a su consumo para tener sexo con ella.

—¿Qué? —preguntó Frankie, con el rostro enrojecido.

—Como lo oye. Todo eso va a salir en la audiencia preliminar. Lo llamarán al estrado y lo presionarán. Lo más probable es que nos vayamos a juicio y tengamos que jugar la última carta.

—¿Y qué carta es esa?

—Las secuelas de su accidente. Tendremos que argumentar que usted no está por completo recuperado y que su conducta es producto de una lesión y no de una intención premeditada.

Will Campbell terminó su explicación y se bajó del coche en la calle 42. Howard tomó el teléfono, pulsó el manos libres y comenzó su embestida.

—¡Te lo dije, Frankie! —exclamó—. ¡Te lo dije! Desde un principio temí que fuera a pasar todo esto.

A Frankie no le quedó de otra más que aguantar. Durante un instante le pareció que los años no habían pasado, que seguían discutiendo, como siempre.

—Tú —continuó Howard— siempre perdiendo de vista tus prioridades, tus responsabilidades, por eso estás en este maldito lío.

—Y tú, Howard, tú... —Frankie se detuvo en seco. Sabía demasiado bien que si soltaba lo que tenía en la cabeza no habría marcha atrás.

Luego de estacionar el coche, Howard subió a su despacho y cerró las persianas. Esa era la señal de que nadie debía molestarlo. Solo su sombra se movía de aquí para allá. Tanto él como Will Campbell ignoraban que, por encima de todo acuerdo, en su declaración se cernía una amenaza: Charlie *Buster* Flynn.

La tarde empezaba a caer. Las últimas noticias de Will Campbell tomaron por sorpresa a Sammy cuando se encontraba en el condado de Queens. Llevaba los puños de su camisa remangados y estaba pagando por un café y una orden de burritos en un local de comida rápida mexicana en el barrio latino de Elmhurst. El viento había cesado por completo. Las calles, las aceras y los muros que miraban al oeste seguían calientes a causa del sol. Era urgente localizar a Britney Pearson. El hombre que entró en el guardarropa ya había sido identificado por el personal del Aquarium. Se llamaba Malcolm Mitchell. Resultó ser un empleado de confianza que estaba a cargo de la música y el sistema de sonido. Según le informaron, se había ido a Florida a trabajar en un evento y no regresaría hasta el jueves o viernes. Le dieron otro número de teléfono al que podía llamarle, pero no contestaba, así que tendría que esperar a que volviera. Pearson, en cambio, había desaparecido. No había vuelto al Aquarium desde aquella noche, y había rumores de que vendía droga. En el único teléfono que aparecía en la solicitud de empleo respondía un buzón de voz. Tendría que ir a buscarla a su casa. Estacionó el coche en la calle Gleane, delante de un edificio modesto con las paredes llenas de grafitis. La puerta del edificio era de cristal, pero no había timbre, de modo que aporreó con la mano hasta que le abrió una señora de aspecto latino. Le dijo que no veía a la chica desde hacía una semana, pero que dos policías ya habían estado allí.

—¿Dos policías? —preguntó Sammy.

—Sí. Vinieron el jueves pasado, pero ella no estaba.

Sammy pensó al instante en dos posibilidades: Pearson se había dado a la fuga o había sido arrestada.

Howard Armstrong, mientras tanto, lidiaba con la culpa. Estaba en su escritorio viendo el pisapapeles y no podía quitarse a Frankie de la cabeza. Le parecía increíble y a la vez tormentoso llevar una vida ayudando a otros y, ahora que se trataba de su propio hermano, no tener otra alternativa que sentarse a mirar el mercurio confinado en ese pisapapeles. Si Frankie se declaraba culpable habría una reducción de condena, evitaría un juicio y el tremendo gasto económico inherente. A cambio de ello, acabaría en el infierno, destruido, y con una carga moral que terminaría con su vida. La pregunta para Howard no era si Frankie debía o no declararse inocente, sino cómo poner en juego las únicas cartas que podrían evitar que terminara en prisión.

Frankie, por su parte, salió del departamento. Pensó que una caminata le ayudaría a serenarse y se dirigió a Central Park. Al cabo de unos minutos, le había dado la vuelta completa al *reservoir* Jackie Kennedy. Las nubes ámbar y el cielo de la tarde se reflejaban en el espejo de agua. Ahora presentía que nada había cambiado, que los problemas de hoy eran los mismos de ayer. Para colmo de males, su mente parecía consagrada a hurgar en los viejos anales de la culpa. Las necedades de la adultez, las osadías de la juventud y los estropicios de la niñez conformaban una tortuosa progresión de errores que comenzaban a perseguirlo. Cada revelación, cada avance de la investigación, cada nuevo paso ponía al descubierto un escenario que no podía dejar de ver. Quizá la chica hizo algo de lo que nunca se percató, y él era el único que se negaba a aceptarlo. ¿Qué debía hacer? ¿Someterse a lo que proponía la fiscalía y aceptar un castigo menor, aunque inmerecido, o defenderse hasta el fin bajo el riesgo de una pena tres veces mayor?

Fue entonces que pensó en Maddie. Tenía que tomar la decisión y no podía perder la cabeza. No había regresado de la muerte para ir a parar a una celda. No podía considerarse culpable de un acto del que no tuvo conocimiento, y lo único de lo que podía asirse era la certeza de su inocencia.

En cuestión de minutos volvió a casa, tomó el teléfono y marcó el número directo de Howard.

—No acepto el acuerdo —le dijo.

Howard, con la voz afectada, le pidió una disculpa. Le dijo que había sido injusto con él y que creería en su inocencia hasta el último momento.

—Estoy contigo —agregó—. Mamá, papá, el abuelo, todos estamos contigo. Cueste lo que cueste. Pelearemos con todo hasta el fin.

15

Desde el momento en que Frankie hizo aquella llamada, la máquina de Howard Armstrong se puso en marcha. Era viernes. La audiencia de Frank Armstrong estaba a punto de comenzar en el Tribunal Penal de Manhattan.

Will Campbell sabía que había llegado la hora de conocer las cartas de la fiscalía. Debía demostrar que un juicio no tendría futuro, que la evidencia científica echaría por tierra la acusación y que el ejercicio de la acción penal era improcedente. Sammy, al no lograr dar con el paradero de Pearson, pasó el día entrevistando al personal del establecimiento. Casi podría decirse que el ambiente era de optimismo, pero el sistema era una bestia depredadora que tenía a Frank Armstrong entre las fauces y no lo iba a soltar.

Evitando hablar con la prensa, que estaba reunida a las puertas del tribunal, Frankie, Maddie y Howard bajaron de una camioneta y se dirigieron de inmediato a las puertas del edificio. El debate en las redes sociales subía de tono. Unos exaltaban la lucha de Armstrong contra las armas; otros lo tildaban de acosador. Al poco tiempo, un puñado de partidarios de la Segunda Enmienda subió la temperatura alegando que se trataba de un hombre políticamente correcto con una doble moral penosa y sin el menor sustento en la realidad.

El reloj marcaba que faltaban quince minutos para las nueve, y Will Campbell no había llegado ni llamado por teléfono. Howard no lo podía creer. Le sudaban las manos. Frankie, con su típica chaqueta, miraba a Maddie encogida de hombros como si quisiera desaparecer de allí lo más pronto posible. Por los pasillos, silenciosos apenas unos minutos antes, caminaban funcionarios, policías, abogados, acusados esposados y familiares en pena.

—No entiendo —dijo Maddie— que alguien como Will pueda dedicar su vida a esto.

—Cada segundo que pasa —respondió Howard— comprendo más al abuelo: contrata a un penalista, pero no te conviertas en uno. ¿Saben que en Trip Advisor organizan visitas para traer a los turistas?

—¿Qué? —exclamó Maddie.

—Como lo oyes. Vienen a ver los juicios como si fueran miniseries. Y se encuentran con esto.

Frankie miró el creciente tumulto y se mordió los labios. Salvo los abogados y alguno que otro empleado, ellos eran prácticamente los únicos blancos. La gran mayoría era negra y latina. De pronto, en medio del pasillo, una figura inquietante se abrió paso con talante solemne. Era Charlie *Buster* Flynn. Caminaba con lentitud del brazo de Ljudmila Blatnik. Cuando vio a Frankie, le lanzó una mirada fulminante y le dio la espalda. Poco después llegaron Leslie y Freddie. Cuando Max apareció tras ellos, con su fleco largo cubriéndole la frente, Maddie se levantó de un salto y lo abrazó. No podía soltarlo. Había terminado su trabajo en una producción en Nevada y acababa de llegar. Abrazó a su padre. Al ver la cara de Howard, sin embargo, preguntó:

—¿Qué pasa?

—No ha llegado Will. No ha llamado y no sabemos dónde está.

En ese momento un oficial abrió las puertas del juzgado. La sala comenzó a llenarse. Howard y Frankie ocuparon su lugar frente al estrado y, poco después, vieron llegar a la fiscal. Su nombre era Melanie Grant; tenía el pelo oscuro, recogido, los ojos hundidos y vestía un traje sastre. Tras ella iba un colega casi albino con el curioso nombre de Stuart Boyd. De pronto entró Linda, la secretaria de Howard, y puso una carpeta sobre la mesa.

—Esto es para el señor Campbell —dijo para que Howard volviera la vista y, al fin, viera a Will entrando por el pasillo con un maletín y la frente perlada por el sudor. Frankie lo vio decirle algo al oído de Howard, pero, cuando quiso averiguar de qué se trataba, una oficial anunció la entrada de la juez Evelyn Colton. Era una mujer rechoncha, cercana a los sesenta, de tez blanca, con el pelo negro peinado con laca y unos lentes de lectura rojos. De su pecho generoso salía una voz tan poderosa que, cuando comenzó a dar los anuncios protocolarios, los susurros cesaron por completo. Poco después de la lectura de cargos, el registro de pruebas, testigos e informes, la fiscal Grant, de pie, comenzó su alegato de apertura. Estaba decidida a demostrar que tenía pruebas suficientes para llevar el caso a juicio.

Según Grant, lo que comenzó como una aparente relación de vecinos entre una joven hermosa y un hombre veinte años mayor contenía ya el germen de una poderosa atracción sexual que el acusado buscaría satisfacer a toda costa. Con semejante objetivo, Frank Armstrong comenzó a propiciar encuentros y charlas que la joven creía amistosas, sin sospechar que, en el fondo, no escondían otra cosa que la secreta finalidad de acostarse con ella.

—Atracción sexual simple, nada pura y deleznable —enfatizó Grant con un acento que parecía más sureño que neoyorquino—. Los encuentros comenzaron desde el momento en que la chica ocupó el inmueble y se prologaron a lo largo de cinco meses. Tiempo suficiente para que el acusado se ganara la confianza de Lauren McKellen. La oportunidad se presentó cuando su esposa Madeleine estaba fuera de casa, visitando a unos amigos en New Haven. La chica había pasado a recoger un duplicado de llaves que los Armstrong tenían en casa. Pero esta vez, el encuentro prosiguió en un club nocturno del West Village, conocido como El Aquarium, donde ambos, tal como lo señalaron los miembros del personal, fueron vistos divirtiéndose en un estado difícil de atribuir al consumo exclusivo de bebidas alcohólicas. Estado que, a la luz de la evidencia forense y los análisis del laboratorio, solo podría atribuirse a la ingestión de dos sustancias controladas, una de las cuales había sido ya detectada tanto en el cuerpo de Lauren McKellen como en el organismo del acusado. La aventura prosiguió al día siguiente con una visita al Museo de Arte Moderno, después de la cual ocurrió la desgracia cuando el corazón de Lauren no pudo más y sobrevino el infarto fulminante que puso fin a su vida. El acusado, como lo demostrará la evidencia forense, había conseguido su objetivo: tener sexo con Lauren, al precio que fuera. Pero Frank Armstrong —agregó Grant con notorio dramatismo— cometió un error: olvidó su rompevientos con las drogas en el estudio de la chica luego de haber tenido una aventura extramarital que terminó mal para ella, pero no para él. ¿Y por qué? —preguntó Grant, mirando a la juez Colton—. Porque Lauren McKellen padecía de una afección cardiaca silenciosa, pero no letal si hubiese tenido la oportunidad de recibir tratamiento.

La autopsia había revelado que el corazón de Lauren presentaba un engrosamiento en la pared del ventrículo izquierdo, señal inequívoca de una miocardiopatía hipertrófica o MCH. Una afección que, si acaba con la vida de personas que hacen deporte, con más razón terminaría por matar a quien fuera expuesta, inconsciente y alevosamente, a una droga que dispara la presión sanguínea y la frecuencia cardiaca.

—La fiscalía considera —concluyó Grant— que, si la causa probable no resulta por completo evidente con las pruebas que hemos reunido, es que estamos viviendo en otro planeta.

Frankie miró a Howard, que disimulaba su desaliento, y comprendió que ni su madre, ni su padre, ni todos sus antepasados juntos serían suficientes para sacarlo del atolladero en el que estaba metido.

Las armas de la defensa parecían rifles de perdigones contra el cañón que la fiscalía tenía apuntado contra el pecho de Frankie, y Will Campbell, esforzándose por evitar lo que ya parecía inevitable, comenzó el contraataque refutando cada argumento.

—Señoría —comenzó diciendo, con la mirada adusta y una mano apoyada en el podio—, según la fiscalía tendríamos que vivir en otro planeta para no reconocer la causa probable en la evidencia que dice tener en su poder. Por desgracia, es en este planeta donde la evidencia mal manejada, mal interpretada y, lo que es peor, mal obtenida destruye la vida de ciudadanos inocentes. Los laboratorios sobrecargados y mal supervisados son una realidad, no en Júpiter, no en Neptuno. De modo que, precisamente por tratarse de este planeta, pediré en esta audiencia un especial escrutinio de la evidencia, sobre todo la forense, obtenida en flagrante violación de los derechos de mi cliente. Tal como lo probará la defensa, Lauren McKellen estaba lejos de jugar el papel de la víctima que la fiscalía intenta explotar y, en cambio, se aproximó a Frank Armstrong con todo el furor de una admiradora. Había leído sus libros y sus columnas, y acariciaba el deseo de seducirlo. Como lo demostrarán las videograbaciones obtenidas por la defensa, Frank Armstrong no cometió error alguno: tan solo le prestó su chaqueta a la joven, cediendo así la posesión y el control de una prenda que terminó en el interior de un inmueble del que él tampoco tenía posesión. El análisis toxicológico al que este hallazgo dio pie —enfatizó Will— fue una búsqueda irrazonable que terminó incriminándolo únicamente por los medicamentos prescritos por su doctor. Las sustancias detectadas en ambos análisis no pueden considerarse con certeza las mismas dado el fenómeno conocido en ciencia forense como *redistribución postmortem*, según el cual, tras la muerte, las drogas se liberan en el tejido graso, impidiendo un confiable análisis de las muestras. Hoy, la fiscalía —remató Will—reveló que la verdadera causa de muerte no ha sido otra que una afección cardiaca preexistente, cosa que elimina por completo la causa probable. En otras palabras, se trata de una acusación jurídicamente improcedente y científicamente insostenible. Es la posición de la defensa que, al arrastrar a Frank Armstrong a un juicio en semejantes circunstancias, se incurre en el ejercicio indebido de la acción penal, contrario a toda justicia y al simple sentido común.

Pero el sentido común en materia penal comenzaba a imponerse. La fiscal Grant había eludido el golpe de una posible violación a los derechos del acusado, alegando que el examen toxicológico estaba lejos de ser una búsqueda irrazonable:

—Primero —aclaró—, por estar sujeta a la simple cronología de los hechos y no a la interpretación subjetiva de un estatuto y, segundo, porque, aun en caso de considerarse así, no deja de ser una suposición irrelevante. Lo único descubierto fue la realidad de que Frank Armstrong tenía en su organismo al menos una de las sustancias halladas en la prenda de la que tuvo, *de facto*, posesión y que, a su vez, fue hallada en el lugar de los hechos, no en Coney Island ni en el mirador del Empire State. El argumento del abogado Campbell —enfatizó— no es más que un galimatías con el que pretende salirse por la tangente.

El golpe final llegó poco antes del receso, cuando Will Campbell, bajo el escrutinio de la juez Colton, comenzaba a parecer el clásico penalista en defensa de un acusado culpable. El barco se hundía y Will se aferraba al último escombro flotante: la fiabilidad del examen toxicológico y el análisis de sustancias *post mortem*. Se le veía nervioso, casi errático, consultando su tablet una y otra vez, como si en ella hubiera algún documento perdido o algo por el estilo. Era evidente que la juez iba a ponerlo todo en manos de un jurado y que nada ni nadie podría impedirlo.

—Señoría —dijo Will con evidente impotencia—, la defensa estaba preparada para establecer categóricamente la inviabilidad de las pruebas *post mortem* el día de hoy. Entonces, ¿eso significa que ellos pueden emitir informes inculpatorios sin demostrar siquiera que la causa probable se apoya en resultados confirmatorios fiables?

—Señor Campbell —dijo la juez Colton con toda la parsimonia propia de su cargo—, le recuerdo que esta es una audiencia preliminar para determinar si existe causa probable, nada más. Todo lo que importa ahora son los informes admitidos. No es cuestión de lo que usted decida establecer en este momento. Cuando el Estado de Nueva York presente las pruebas, tendrá la oportunidad de refutarlas y el tribunal determinará si son admisibles o no. Se rechaza la petición de la defensa de desestimar la admisibilidad de las pruebas químicas *post mortem*, así como el examen toxicológico practicado al acusado.

La juez Colton anunció el receso y la sala comenzó a desalojarse. Leslie, sentada junto a Maddie, vio la expresión de Howard y exclamó:

—¡Qué pesadilla!

—Una auténtica pesadilla, y esto no es más que el comienzo —repuso Maddie mientras veía a Will Campbell salir al pasillo.

Freddie vio a Frankie con el rostro descompuesto y se le acercó.

—¿Te sigue pareciendo que soy un tipo con suerte?

Freddie esbozó una sonrisa amarga y le dio una palmada en la espalda. Le parecía increíble que la aventura, apenas relatada al calor de unas cervezas, se hubiera convertido en semejante desastre.

—No sabes cuánto lo siento —le dijo.

Por mucho que estuvieran preparados, la moral de todos estaba por los suelos y caminaban cabizbajos. El reloj marcaba la 1:05 p. m. y el trasiego de gente iba en aumento. De pronto, en el pasillo apareció Sammy. Se abría paso entre la muchedumbre y venía seguido por un tipo joven y bien parecido, cercano a los treinta y cinco años, vestido a la moda casual favorita entre los *millennials*. El rostro, anguloso y bien cincelado, y el pelo, oscuro y cortado al ras, le conferían ese aire de quien está a la vanguardia y se mueve a sus anchas en el mundo de hoy.

Al verlos, Will Campbell tomó a Howard del brazo y lo apartó del grupo diciendo que estarían de vuelta al concluir el receso. Frankie, con el ceño fruncido y las manos en los bolsillos, los vio alejarse hasta perderlos de vista. Ignoraba que Sammy, de un momento a otro, iba a cambiarlo todo.

16

Frankie regresó a su sitio. La sala había comenzado a llenarse. Howard y Will estaban frente al estrado hablando con la juez Colton, mientras Melanie Grant y Stuart Boyd, a cada lado, observaban y escuchaban todo cuanto se decía. Sammy, afuera, acompañaba al *millennial.* Ambos estaban sentados en una de las bancas, con los brazos sobre los muslos.

Al cabo de unos minutos, con la sala a reventar, la oficial del juzgado cerró las puertas. La audiencia reiniciaba y la juez Colton, bajo la mirada expectante de todos, comenzó a hablar con esa cadencia carente de todo dramatismo que, lejos de resultar poco interesante, le confería a cada palabra un peso extraordinario:

—Bien —dijo Colton, mirando por encima de sus lentes—, se hace constar el registro de la solicitud hecha por la defensa para presentar un testigo. Tengo entendido que no se le localizó hasta la madrugada de hoy y que ha viajado desde Florida para testificar, ¿no es así, señor Campbell?

—Es correcto, señoría.

—Muy bien, proceda.

Will Campbell encendió su laptop en medio de toses y murmullos. Luego se dirigió hacia una pantalla instalada sobre una base rodante y le pidió a Howard que presionara una tecla. Desde el escritorio de la fiscalía llegaba el ruido de unas páginas que Stuart Boyd revisaba con ahínco.

—Bien, está lista la tecnología —dijo Will, juntando las manos—. La defensa llama a Malcolm Mitchell.

La oficial abrió la puerta, y el joven *millennial* se dirigió al estrado, alzó la mano y prestó juramento.

—Siéntese, por favor —le dijo Colton.

El joven obedeció y Will Campbell se acercó al estrado.

—Buenas tardes, señor Mitchell.

—Buenas tardes.

—¿Puede, por favor, proporcionar su nombre completo para el registro y luego contarnos un poco de usted y qué es lo que hace?

—Sí. Mi nombre es Malcolm Mitchell: M-i-t-c-h-e-l-l. Estudié Ingeniería en Audio y Producción Musical. Trabajo en conciertos, eventos privados y públicos, y con diversas empresas en el ramo de la publicidad y el entretenimiento.

—El Aquarium es una de esas empresas, ¿no es así?

—Así es.

—¿En qué modalidad presta su servicio?

—Trabajo como DJ. Lo hago más como *hobby*. Es algo que me gusta.

—¿Desde cuándo trabaja ahí?

—Desde hace un año.

—¿Tiene un horario fijo?

—No. Trabajo por hora. Casi siempre estoy ahí los miércoles y viernes, a partir de las nueve de la noche.

—De modo que usted estaba allí desde la noche del miércoles 8 de agosto hasta las primeras horas en la madrugada del jueves 9, ¿no es así?

—Es correcto.

—Bien. ¿Puede ahora contarle a esta audiencia lo que le ocurrió la madrugada del jueves 9 de agosto?

—Sí. Yo estaba trabajando, como siempre, pero esa noche había un DJ invitado, así que salí un poco más temprano.

—¿A qué hora?

—Alrededor de la una de la mañana.

—¿Entonces?

—Salí a la calle para dar vuelta en la calle Sullivan, como siempre lo hago. De pronto, en la esquina se me acercó un hombre. Me preguntó si me llamaba Malcolm y le dije que sí. Entonces me contó que estaba en el antro con su novia y unos amigos, pasándola bien. Me dijo que habían tratado de conseguir algo con Pietro, pero que ya no tenía más. Pietro era el DJ invitado.

—«Algo». ¿Esas fueron sus palabras?

—Sí. Alguna droga.

—¿Qué tipo de droga?

—No lo sé. Solo dijo que estaba buscando algo para prender la fiesta.

—«Prender la fiesta». Continúe.

—Él insistió en que Pietro le había dicho que yo le podía conseguir algo, que me preguntara a mí. Me extrañé porque yo no me meto nada y mucho menos me dedico a vender. De pronto sacó su placa de policía. Me pidió mi identificación y me llevó junto a un coche, del que bajó su compañero. Me ordenaron que vaciara mis bolsillos sobre el maletero. No tenía mucho: solo la cartera, un paquete de tabaco y un encendedor. Ahí me di cuenta de que me faltaban las llaves de mi casa. Luego me pusieron de cara al coche y me registraron de arriba abajo, pero no encontraron nada y me dijeron que me largara. Yo estaba muy nervioso. Recogí mis cosas. Me fui. Pero no tenía mis llaves y regresé a buscarlas. Pensé que podría encontrarlas en el guardarropa. Cuando iba de vuelta, vi que los dos policías estaban discutiendo.

—¿Discutían?

—Sí.

—¿Y qué fue lo que escuchó?

—Insultos. No logré ver quién decía qué, pero sí, se estaban insultando.

—¿Y esos insultos, solo eran insultos? ¿O dijeron algo más, algo diferente?

—Hablaban de mi chaqueta. Uno le decía al otro que no había nada en mi chaqueta.

—¿Y qué pensó usted en ese momento?

—Que estaban hablando de lo que acababa de pasar. Que me habían confundido con otro.

—¿Y en algún momento escuchó que dijeran: «Ese no es el sospechoso», «es el hombre equivocado»? ¿O algo por el estilo?

—No, señor. Solo pensé que andaban detrás de alguien; que alguien les había dado un pitazo, una descripción, pero lo confundieron conmigo.

—¿Y puede decirnos qué chaqueta llevaba usted puesta ese día?

—Sí. Esta.

—Bien, señoría, en este punto, quisiera volver a las grabaciones de las cámaras de seguridad instaladas en el establecimiento. Hemos visto ya el momento cuando mi cliente cede la posesión de su chaqueta a Lauren McKellen, a las 1 horas con 28 minutos. Ahora veremos lo que sucede a las 1 horas con 17 minutos; es decir, once minutos antes de que Frank Armstrong recoja su chaqueta en el guardarropa. Observe la secuencia, señor Mitchell. Solo quiero mostrarle lo que ocurre. No es necesario que diga nada, hasta que concluya.

Will pulsó una tecla desde su computadora.

—Como puede apreciar, señor Mitchell, esta secuencia es de la madrugada del jueves 9 de agosto, a las 1 horas con 17 minutos. Proviene de la cámara instalada en el área del guardarropa. Voy a pedirle que identifique a las personas que aparecen aquí. ¿De acuerdo?

Mitchell asintió y Will pasó la secuencia. El hombre con la gorra de béisbol aparecía en el monitor, abría el tablón del guardarropa y se metía. Al cabo de unos segundos, salía y se dirigía a la calle. Will detuvo la grabación mientras una tos seca resonaba de nuevo en las filas traseras de la sala.

—Bien, señor Mitchell, ¿puede identificar a la persona que ve en la pantalla?

—Sí. Soy yo.

—Lleva puesta la chaqueta, ¿no es así?

—Sí. Es el momento en que volví a buscar mis llaves.

—¿Y las encontró?

—Sí. Estaban tiradas en el suelo.

—¿De modo que las recogió y salió de nuevo a la calle?

—Así es.

—¿Volvió a ver a los policías que lo detuvieron?

—No, ya no. Me marché en dirección opuesta, por obvias razones.

—Por obvias razones, sin duda. Llegados a este punto, señoría, quisiera pedir a la fiscalía que muestre el artículo catalogado como Prueba 1-A; es decir, el rompevientos que mi cliente llevó puesto hasta la noche del miércoles 8 de agosto.

—Señoría, protesto —intervino la fiscal Grant—. Si la prenda del testigo...

—Primero permita que examine yo esa prenda y que la defensa prosiga con su testigo, y luego proteste todo lo que quiera. Voy a pedirle al señor Mitchell que me permita su chaqueta un momento, por favor.

La juez se puso de pie y recibió la prenda de manos del testigo. La fiscal Grant se aproximó al estrado con el rompevientos de Frankie en una bolsa de plástico. Howard

Armstrong volteó a ver a su hermano, sujetándolo del brazo como si le aplicara un torniquete. Will miraba a la juez Colton, Maddie a Max y Max a su padre. Por los movimientos tras el estrado, se advertía que la juez estaba olfateando la chaqueta del testigo.

—Señor Mitchell —dijo Colton—, a la luz de su testimonio, necesito preguntarle cuándo compró usted esta chaqueta.

Mitchell titubeó un segundo, se llevó dos dedos a las comisuras de la boca y respondió:

—Pues, el año pasado. Me parece que en el mes de marzo. Estaba en oferta.

—¿Y supongo que tendrá un comprobante de compra?

—¿Un comprobante? No lo creo. Pero la compré en Broadway y la pagué con tarjeta de crédito.

—¿Puede indicar ahora mismo cuál es el banco emisor de dicha tarjeta?

—Sí. American Express.

—Bien. Voy a pedir al secretario que esta prenda quede registrada. No se preocupe, la recuperará, señor Mitchell. Prosiga, abogado.

—Gracias, señoría. Como se puede apreciar, se trata de dos prendas muy similares, por no decir iguales. Para empezar, ambas son de la marca Adidas. La chaqueta del testigo es negra; la de mi cliente, azul marino. El textil es el mismo y ambas tienen bolsillo interior. La única diferencia sustancial es que la de mi cliente no tiene capucha y la del testigo sí. Ahora voy a correr la grabación del momento en que Frank Armstrong ingresa al establecimiento y entrega su prenda en el guardarropa.

Will pulsó de nuevo una tecla y Frankie aparecía en pantalla. Lauren McKellen apenas figuraba en el cuadro, pero fue suficiente para que Maddie se mordiese los labios.

—Como podrá ver, señoría —prosiguió Will—, el sensor infrarrojo de la cámara suprime el color, pero los objetos negros o muy oscuros suelen parecer similares a lo que veríamos a plena luz. Ahora bien, dado lo ocurrido en la madrugada del jueves 9 de agosto con la detención del señor Mitchell, todo parece indicar que se confundió una prenda con la otra. La penumbra en ese guardarropa es acentuada, ¿no es así, señor Mitchell? ¿Puede indicar cómo logró encontrar las llaves de su casa?

—Sí. Con la linterna de mi celular.

—La misma que aparece en la grabación. Aquí está usted, y este es el destello de la luz.

—Así es.

—Bien. ¿Puede ahora identificar a la persona que entra cuando usted se marcha?

Malcolm miró la pantalla.

—Sí. Es Britney Pearson, la encargada. El guardia de la entrada me dijo que estaba en el baño. Le dije que solo iba a asomarme un segundo a buscar mis llaves y me dejó pasar. Se llama Mike.

—De acuerdo. Puede indicar ahora cuál era su relación con Britney Pearson.

—Sí. Salimos durante un tiempo.

—¿Fue su novia?

—Más o menos. Yo tenía novia, pero empecé a salir con Britney cuando cortamos.

—¿Cómo se llamaba esa novia?

—Cinthya.

—Y después de Cinthya, ¿cuánto tiempo estuvo saliendo con Britney?

—Tres meses.

—¿La conoció en el Aquarium?

—Sí.

—¿Cuándo?

—A finales de abril.

—¿Cuando recién la contrataron?

—Sí.

—¿Y puede contarnos por qué terminó con Britney?

—Pues verá, al principio, como suele pasar, todo iba bien. Pero luego todo se volvió difícil: ella comenzó a cambiar.

—A cambiar, ¿cómo?

—Pues, no sé cómo explicarlo, pero se volvió ansiosa, controladora. A cada rato me llamaba para preguntar dónde estaba yo y cosas así. Estaba ansiosa todo el tiempo.

—Señoría, protesto —interpuso Grant, perdiendo la paciencia—. ¿Qué tiene que ver la vida personal de este testigo con todo esto?

—Al grano, señor Campbell. Al grano, por favor.

—¿Por qué dejó de salir con Britney?

—Descubrí que estaba metida en drogas.

—¿Cómo lo descubrió?

—En su casa. Estaba dormida. Entré en su cocina a preparar un té y abrí una lata que tenía en una alacena. Había tres bolsas pequeñas de cocaína. Ahí lo entendí todo. Comencé a distanciarme y volví con Cinthya.

—¿Y cuál fue la reacción de Britney?

—¡Wow! Se puso como loca. Perdón, pero eso fue lo que pasó. Empezó a llamarme una y otra vez. Luego, como yo ya no contestaba, comenzó a mandar mensajes, uno tras otro. Más de cincuenta en un mismo día. Tuve que bloquearla. Celular, redes sociales, todo.

—Y esos mensajes, ¿aún los conserva?

—Los borré.

—Pero los leyó.

—Sí.

—¿Y qué decían esos mensajes?

—Primero, que me amaba, que me necesitaba y que quería verme.

—¿Y luego?

—Amenazas.

—¿De qué tipo?

—Pues, cometí el error de decirle que yo ya estaba saliendo con alguien más. Ella ya se figuraba que era Cinthya. Entonces empezó con las amenazas. Me dijo que yo no tenía ni idea de quién era ella, de lo que podía hacerme.

—¿Y qué pensó usted?

—Al principio, que estaba fuera de sí, que tenía celos.

—¿Y luego?

—Me dio desconfianza.

—¿En algún momento le pareció que ella podría estar vendiendo o comprando droga en el establecimiento?

—En un principio, no. No quise saber nada al respecto. Pero, ahora que la policía ha estado investigando, todos están hablando de lo que pasó. Britney no ha vuelto al trabajo desde aquella noche. Hay rumores.

—¿De los empleados?

—Sí. Dicen que vendía droga.

—Por último, señor Mitchell, ¿en algún momento habló usted de su detención con algún compañero de trabajo?

—El día que pasó todo, no. Me fui a casa de inmediato. Pero cuando volví, el viernes, Britney ya no regresó, así que le conté al gerente lo que me había pasado con los policías. Nos preguntamos si se estaría ocultando de alguien.

—¿De la policía? ¿Por la investigación?

—Sí.

—¿Y en algún momento la policía habló con usted o intentó hacerlo?

—¡Señoría, protesto! —interpuso Grant, sabiendo demasiado bien a dónde se dirigía Will.

—Denegada. El tribunal escuchará la respuesta del testigo. Prosiga, señor Mitchell.

—No, no hablaron conmigo.

—¿Y sabe usted si los policías hablaron con el gerente o con el guardia?

—Tengo entendido que sí. Y con el personal.

—Pero no con usted.

—No, hasta ahora no.

—Bien, señor Mitchell, para terminar, debo preguntarle si los sujetos que lo detuvieron en la madrugada del jueves 9 de agosto aparecen en las fotografías que voy a mostrarle. —Will avanzó hacia el estrado con dos imágenes impresas en hojas tamaño carta—. ¿Son estos los hombres que lo detuvieron?

Mitchell se inclinó hacia delante y miró las imágenes.

—Sí. Son ellos.

—Bien. Para que conste, se señala que las fotografías mostradas al testigo pertenecen a los expedientes de dos detectives activos en la Brigada Antinarcóticos del Departamento de Policía de Nueva York.

—¡Protesto, señoría! —exclamó Grant—. La sección 50-a de la Ley de Derechos Civiles establece que los expedientes del personal del Departamento de Policía de Nueva York son confidenciales. La legislación a ese respecto está pendiente y, si la defensa no presenta una orden, no puede exhibirlos.

—Ha lugar. Si la defensa carece de dicha orden, no puedo admitirlos —señaló la juez Colton sin poner énfasis en sílaba alguna.

—Por supuesto, señoría, solo me permito señalar que los expedientes en cuestión, al haber sido obtenidos en el registro público de conformidad con la Ley de Libertad de Información e incorporados por la Sociedad de Asistencia

Jurídica en Nueva York a una base de datos de acceso no restringido que se encuentra abierta al escrutinio público, están exentos ya de la confidencialidad impuesta por la sección 50-a. Pensamos que si el público ya tiene acceso a esa información, con más razón debiera tenerlo este juzgado.

—Permítame esos documentos, abogado —pidió Colton extendiendo su mano sobre el estrado, para luego revisar las páginas moviendo la cabeza de un lado a otro.

—Bien, permitiré que prosiga la defensa.

—Gracias, señoría. Llegado a este punto, seré lo más breve posible y me limitaré a leer los cargos mencionados en los procedimientos disciplinarios de los dos detectives que, de acuerdo con el testigo, lo detuvieron durante la madrugada del jueves 9 de agosto.

»Primero, Marcus Girondo, Detective Tercer Grado, Brigada Antinarcóticos, Distrito 6. Julio 19 del 2015: "Actuando indebidamente en concierto con otros, participó en operaciones encubiertas no reportadas al comando de la Brigada". Segundo, Walter Jennings, mismo rango, mismo distrito y misma fecha: "Habiendo participado en operativos del departamento, omitió registrar objetos decomisados, como es requerido". Ambos fueron sancionados por la Oficina de Asuntos Internos y volvieron a sus funciones en 2016.

»En este punto —remató Will—, la defensa concluye con el testigo, en virtud del vínculo confidencial entre dichos detectives y la mencionada Britney Pearson.

Colton miró a Grant como si viera venir un tsunami.

—¿Va usted a contrainterrogar al testigo? —preguntó.

—No, señoría.

—Bien. Antes de que se retire, señor Mitchell, debo advertirle que este juzgado le prohíbe cualquier tipo de contacto con la señorita Britney Pearson. Nada de llamadas, mensajes de texto o encuentros fortuitos. ¿Le queda claro?

—Sí, señoría.

—Si la señorita Pearson lo busca a usted en el trabajo, en casa o en cualquier otra parte, lo informará de inmediato al número que se le proporcionará en cuanto salga de esta sala. ¿Entendido?

—Entendido, señoría.

—Bien, puede retirarse. El secretario le indicará lo que procede con su prenda.

Colton consultó su computadora y prosiguió:

—Señora Grant, al inicio de esta audiencia mencionó a un testigo. ¿Va a llamarlo?

—No, señoría.

—Bien, en ese caso, el juzgado oirá las alegaciones finales.

La fiscal Grant se puso de pie. Comenzó diciendo que el papel de la fiscalía no era «condenar al acusado, sino en primerísima instancia defender la Constitución y los derechos civiles de nuestros ciudadanos». Celebró que la determinación de causa probable se efectuara con apego a la ley y terminó diciendo que «en el interés de la justicia» recomendaba que los cargos fueran sobreseídos.

Will, por su parte, volvió al ataque. Reprobó los cargos y la insuficiencia de los análisis; condenó la mala conducta de los detectives con palabras que nadie olvidaría, y solicitó que los cargos se retirasen con daños y perjuicios.

—Frank Armstrong —concluyó— no cometió crimen alguno. Tan solo tuvo el infortunio de prestarle su chaqueta a una admiradora sentenciada por una condición preexistente, congénita, que acabó con su vida. Muy lejos del escenario sombrío señalado por la fiscalía, se trata de un escenario por completo impredecible de una muerte sin testigo. Esa, señoría, es la conclusión de la defensa: que toda esta historia, de principio a fin, no fue otra cosa que una muerte sin testigo.

Tan pronto como el martillo de Colton resonó por última vez en el aire helado del juzgado, la sala comenzó a desalojarse. Algunos salieron en el acto; otros, con ojos de asombro, estudiaban el rostro de Frank Armstrong. Charlie *Buster* Flynn se marchó con Ljudmila Blatnik sin decir una sola palabra. Frankie abrazó a Howard y estrechó la mano de Sammy. Will Campbell, a su lado, lo sujetaba del brazo y lo colmaba de elogios a tal punto que su rostro inexpresivo lucía ruborizado. Nadie, salvo Max, registró el momento en que las miradas de sus padres se cruzaron en medio de aquella conmoción. Era como si el uno mirase al otro desde el extremo opuesto de un acantilado.

Lo último que hubiera querido Frank Armstrong era estar de nuevo frente a las cámaras, pero en cuestión de minutos la noticia ya acaparaba los medios, y los reporteros aguardaban en las escalinatas. Era consciente de que su caso no era solo suyo, sino el de otros sin voz ni suerte a los que no podía darles la espalda.

—Primero —dijo sin dramatismo—, quiero darles las gracias a mi hermano Howard, al abogado William Campbell y al investigador Samuel Nock. Sin ellos no estaría aquí con lo único que importa en las manos: la libertad. Quiero agradecer a mis amigos, a mi hijo, a mi hija y, especialmente, a mi esposa Maddie por su infinita paciencia. En segundo lugar, quiero dar mis condolencias a los amigos y familiares de Lauren McKellen, cuyo triste deceso quedó envuelto en la ignominia por las razones más penosas imaginables. Podría decirles que estoy en shock, pero debo decir que, si esto sorprendiera solo por tratarse de mí, haría mejor en darme la vuelta y unirme a los silenciados, pues, como dijo Martin Luther King Jr., a fin de cuentas lo que recordamos no son las palabras de nuestros enemigos, sino el silencio de nuestros amigos. Sé que tienen preguntas, pero quiero pedirles que no me las hagan a mí. ¿Queremos respuestas? Preguntémosles a los que encaran una sentencia sin merecerlo. Son sus voces las que debemos escuchar. Gracias a todos.

Se hizo un grave silencio, y Frankie, tras estrechar la mano de Howard y Will, subió con Maddie y Max a la camioneta, que estaba estacionada frente a la acera. El mensaje había quedado claro y permanecer ahí un segundo más habría sido un error.

Tan pronto como Howard y Will subieron al auto, los funcionarios fueron abordados por la prensa, desde el comisario de la policía y la fiscal Grant hasta la juez Evelyn Colton, quien señaló que el caso no solo era una muestra de la deplorable cultura de *cowboys* que denigra y corrompe la impartición de justicia, sino una fuerte llamada a la acción para todos quienes velan por ella.

La muerte sin testigo de Lauren McKellen se convertiría en la primera pieza que, en su caída, derribaría a todas las demás. Los dos agentes involucrados serían investigados; tres supervisores de alto rango tendrían que rendir cuentas, y el comandante adjunto de la fuerza antinarcóticos estaba en la cuerda floja. A pesar de su devoción por el olfato y la corazonada, el jefe John R. Cox lamentó lo sucedido y señaló que los turnos de los agentes que trabajan después de la medianoche eran los peor supervisados.

En cuanto a las víctimas habituales de la corrupción policial, el escándalo no añadía nada nuevo. Año tras año, los casos se multiplicaban, pero no entre la gente adinerada del Upper West Side ni mucho menos entre personas con el singular perfil de Frank Armstrong. Las burlas y chistes no se hicieron esperar. En los barrios menos elegantes de Nueva York, comenzaba a decirse que la brutalidad policial al fin daba indicios de ser un poco más democrática y que, si las autoridades seguían con éxito por ese camino, podrían inaugurar un ala VIP en la penitenciaría de Rikers Island.

A partir de ese momento, la vida de Frank Armstrong pareció entrar a uno de esos largos túneles cuya salida no se advierte hasta dejar atrás la cordillera. No había ya ningún maleante al acecho; no había un crimen que resolver ni pista alguna qué seguir. Dicho de otro modo, el misterio ya no consistía en saber quién hizo qué, cómo y por qué, sino en tener la más remota idea de cómo diablos iban a seguir con sus vidas ahora que todo había sido descubierto.

17

Maddie, descalza, se hallaba sentada a la mesa del comedor con una copa de vino, un cenicero y un cigarrillo. Eran casi las cinco. Aún tenía puesto el pantalón y la blusa sobria que había llevado al juzgado, y su bolso colgaba en el respaldo de la silla. Estaba mirando por la ventana, con el brazo apoyado sobre la mesa y la barbilla sobre la palma.

—¿Te importaría abrir la otra ventana? —preguntó Frankie, desde la cocina.

Maddie se levantó, abrió la ventana y dio una intensa bocanada mientras miraba el estudio.

—Y pensar que, después de todo, Leslie tenía razón.

—¿Cómo?

—Nada. Estaba recordando algo; no tiene importancia.

—Solo te pedí que abrieras la ventana. No tienes que fumar ahí.

Frankie abrió el refrigerador y miró a Maddie recargada en la ventana.

—¿Todavía hay strudel?

—Estaba echado a perder. Lo tiré a la basura.

—Pues comeré pan con queso. ¿Quieres?

—No, gracias. Espero que vengan pronto a quitar ese sello. Hay que alquilar ese estudio cuanto antes.

—Ignoro por completo el procedimiento. ¿Le diste el contrato a Howard?

—Sí.

—Bueno, pues él se hará cargo.

—Supongo que alguien vendrá por las cosas de Lauren. ¿Quién? ¿Su papá?

—Espero que no.

—Howard me contó.

—¿Qué te dijo?

—Que te amenazó ahí abajo. ¿Por qué pones esa cara?

—No lo callé para ocultártelo: fue para no preocuparte.

—Pues estaba mucho más preocupada antes de saberlo. Sobre todo con tu reacción ahí abajo. No quiero ni pensar en lo que hubiera pasado sin ese Mitchell.

Frankie salió de la cocina y puso su plato sobre la mesa.

—¡Imbéciles! —exclamó Maddie—. ¡Malditos imbéciles! Hundir a gente inocente para cobrar horas extras. Qué basura de gente. ¿Te imaginas en dónde estarías si Sammy no daba con él?

—No solo es para cobrar horas extras. Hacen un buen negocio con las drogas decomisadas, ya me lo explicó Sammy. Le debo la vida. Ya hablé con Howard: le vamos a dar un bono.

—¿Un bono? Con el lío que te quitó de encima, debieran darle una pensión vitalicia. ¿Cuánto va a cobrar Howard por todo?

—Por lo pronto, los honorarios de Will. Me dijo que el resto entrará como pasivo al despacho para ganar un poco de tiempo.

—¿Y qué sigue ahora? ¿Otra demanda?

—Me temo que sí.

—¡Santo Dios! ¿Y qué es lo que se demanda? ¿El daño?

—Sí.

—El daño tangible.

—Sí.

—¿Y el intangible? —preguntó Maddie, sentándose a la mesa—. El intangible lo asumimos tú y yo. Igual que con el accidente. Arrastran tu vida a un infierno de dos años, mínimo. Si tienes suerte te reembolsan los gastos, pero, de las lesiones, ¿quién se hace cargo? —Maddie dejó su cigarrillo en el cenicero y comenzó a limpiar sus lentes con la blusa—. Echo de menos a los niños.

—¿A los niños?

—Siempre serán los niños. Me dio gusto ver a Max. Le dije que viniera a cenar, pero no podía. Los Ángeles... Quién lo habría pensado.

—Sí. Le di algo de dinero para el taxi a La Guardia. Le voy a pagar su boleto de avión.

—Qué bien. ¿Lo ves? En el fondo sigues tratándolo como a un niño.

—Como a un hijo, es distinto. Es lo menos que podía hacer. Voló desde Las Vegas solo para esto. ¿Sabes lo que me dijo cuando salimos del juzgado?

—¿Qué?

—«Papá, tienes que oír una canción que se llama "Salvado por un DJ"». Resulta que existe una canción que se llama así. ¿Lo puedes creer?

—«Salvado por un DJ».

—Qué absurdo.

—¿Por qué?

—No lo sé, pero todo es absurdo. Cada cosa que oigo, cada cosa que pienso, todo lo que pasa es como una especie de realidad alternativa. Kafkiano, esa es la palabra. La muerte de Lauren, el acoso de la policía, la informante trastornada, los agentes corruptos y ese tal Mitchell. ¿Y qué me dices de Lauren, de su enfermedad, de su padre? Es insólito. Cada maldita pieza que agarro en este maldito rompecabezas me lleva a una versión maximizada de Kafka. Pobre Max. Si lo hubieras visto, ahí, con esa cara, sentado en el juzgado. Su padre en un juzgado. Otro intangible, ¿no?

Maddie giró su copa sobre la mesa. Frankie sabía bien lo que estaba pasando y tuvo que deglutir el último trozo de pan con un poco de agua. El silencio se prolongaba emitiendo tal multiplicidad de significados que ninguno de los dos se atrevía a romperlo, hasta que Maddie, exhalando el humo con fuerza, agregó:

—Somos nosotros quienes debemos hacerles las cosas más fáciles a ellos; no ellos a nosotros. ¿Te has preguntado por un segundo lo que estaba pasando por su cabeza? ¿Te lo has preguntado?

—Claro que sí. Después hablaré con él.

—¿Y Kate?

—Max habló con ella. Ya le dijo que la llamaré después.

—Está bien. Llámala cuando quieras. El tema no es Kate ni Max. No es Kafka. Somos tú y yo. Todos los que tuvimos algún contacto con Lauren acabamos hundidos. Empezando por mí. Si no le hubiera alquilado ese estudio, nada de esto hubiera pasado.

—Sabes que no se trata de eso.

—No estoy segura. Una cosa lleva a la otra. Por algo pasan las cosas.

—¿Por algo? ¡Ja! Lo mismo dijo Howard. Siempre decimos eso cuando la vida te jode.

—No lo creo. Lo decimos cuando algo bueno sale de lo malo. Algo nuevo y mejor. Pero, claro, tu caso es muy diferente. ¿Qué pasa ahora?

—Nada. Dices que el tema somos tú y yo, que las cosas pasan por algo. Y estoy tratando de encontrar algo que no termine siempre en el accidente, en mi condición. Lo he manejado de todas las formas posibles y todo termina en lo mismo. Lo he manejado responsablemente, irresponsablemente; he tratado de ver en ello una segunda oportunidad y, cada vez que pienso en esa oportunidad, pareciera que el mundo va a estallar en pedazos.

—Tu mundo.

—Nuestro mundo. Veo que estás atenta a todo, que lo miras todo, que cuidas todo. Veo que me observas en todo momento y que te preguntas una y mil cosas. Cada vez te preguntas más y yo, cada día, tengo que callar más. Tengo que guardarme lo que pienso para mí mismo porque, tarde o temprano, eso será la materia de mi recuperación o lo que se supone que debe ser mi recuperación. Eso también es Kafka. Como Gregorio Samsa: me he convertido en escarabajo, pero debo preocuparme por seguir yendo al trabajo. Hablas de fe y esperanza, y yo también quiero tenerlas. Pero solo puedo creer que si algo nuevo y mejor nos aguarda es porque lo hemos buscado, porque lo hemos construido con nuestras manos. Ayer te quejabas de tu introducción, de que no podías terminarla. Te parecía increíble que, en medio de todo, tuvieras que estar escribiendo y pensando en eso. Lo dijiste como si fuera algo absurdo, increíble. ¿Y sabes qué? Eso es parte de tu mundo mejor. Es más grande y más importante que toda la basura que nos rodea. Y sí: si la gente pasa por el mundo y no deja más que basura; tú dejas libros. Esa es tu respuesta.

—¿Y la tuya?

—La mía.

—Sí. Hablas de las cosas que callas y parece que no te das cuenta de que quiero escucharlas. Necesito escucharlas.

Frankie respiró hondo y movió la cabeza.

—Tengo que confesarte algo.

—¿Qué?

—Estuve a punto de irme de casa.

—¿Cómo?

—El miércoles en la madrugada. Tuve un ataque de ansiedad. De pronto me di cuenta de que esto no puede seguir así. No puedo someterte a una situación que ni siquiera yo tengo clara. Ya no puedo exponerte.

—¿Y a dónde pensabas ir?

—A donde fuera. No he vivido a expensas tuyas y no pienso hacerlo ahora. No voy a seguir fomentando esperanzas que ni yo mismo puedo ver por ahora.

—¿Y qué piensas hacer?

—Irme. Por un tiempo.

—¿A dónde?

—No lo sé. Los Ferguson tienen una cabaña en Connecticut. Tal vez puedo pasar una temporada ahí, alquilárselas por un tiempo.

—¿Y nosotros?

—¿Te parece que estamos bien?

—Antes de... Disculpa. Ya entiendo. Me parece que... Ya entiendo. No, no estamos bien. Me queda claro que no. Solo esperaba... Olvídalo.

Se hizo un largo silencio, y Maddie se cruzó de brazos. Lo último que quería era presionar a Frankie, pero se resistía a poner fin a la charla y se dejó arrastrar por lo que parecía un repentino cambio de rumbo.

—Hablaste bien ante la prensa.

—Gracias.

—Me sorprendió. ¿Te das cuenta?

—¿De qué?

—De que hablaste bien. Dijiste lo correcto. Fuiste preciso. Elocuente, diría yo.

—¿Te lo pareció?

—Claro. ¿Qué otra cosa puedes decir cuando cientos de personas en esa situación no corren con la misma suerte? Quedarías como un tonto, como un inconsciente.

—Supongo.

—Lo que no es tu caso.

—Maddie, ¿a dónde quieres llegar?

—Al fondo de la situación.

—¿Qué situación?

—La tuya. La mía. Hablaste bien. Estructuraste bien tu discurso. Tu razonamiento verbal está intacto. Ni siquiera lo tenías escrito.

—Sí, pero no lo controlo.

—¡Por amor de Dios! ¿Quién controla eso? Nadie. Y también te das cuenta de que eso confirma el diagnóstico, ¿no? En mayo, sí, fue en mayo; los estudios, más pruebas. Te quejaste porque seguías olvidando cosas, pero todo salió bien. Increíble, dijo la doctora. Un milagro. Tú querías retomar tu vida y no sabías por dónde empezar. ¿Y qué dijo ella? Siga con Carter. Pase lo que pase, siga con Carter. Psicoterapia. Habías pasado por lo peor. Secuelas psiquiátricas y psicológicas. Trastorno por estrés postraumático. Ese fue el diagnóstico. Siga con Carter. Eso tiene remedio.

—¿Y a qué viene todo eso?

—A que funcionas; a que estás en tus cinco sentidos; a que tu cabeza está mejor de lo que tú mismo crees. A eso me refiero: a que puedo tratarte como una persona normal sin sentirme culpable. Y lo más importante: a que no me estoy volviendo loca; a que tú no me estás volviendo loca.

—¿Y cuál es el punto? Sigo sin...

—Escúchame, por favor. Escúchame. ¿Puedes tan solo escucharme?

—Sí.

—Cuando empezaste con las terapias nos lo advirtieron. Teníamos que estar preparados. Entre seis meses y un año mínimo, nos dijeron, podría tomar tu recuperación. Habría retos delante, cambios cognitivos y sensoriales; el síndrome del que tanto te quejas. Nunca se me olvidará lo que dijo la doctora Duncan: «Lo más difícil será enfrentarse a la incertidumbre y los cambios relacionados con la personalidad de su marido». Tendríamos que ser fuertes todos. Max, Kate y, sobre todo, yo, pues habría momentos en los podría parecer que la persona a la que amaba había desaparecido. Después, más pruebas. Todo era cuestión de tiempo y trabajo. En algunos casos, me advirtió, el afectado no quiere retomar su vida por temor a perderla de nuevo. O sea: todo lo que te fue pasando. Ahora, si me lo permites, te voy a leer esto. Lo llevo en mi bolso. Es parte del material de apoyo que nos dieron en la clínica. Dice...

—Maddie, por favor...

—Déjame terminar. «El superviviente de una lesión cerebral puede manifestar cambios en la personalidad. Cuando esto ocurre es importante tener en cuenta lo siguiente: Uno: no criticar sus emociones o comportamiento. Dos: abstenerse de comparar el comportamiento reciente con el comportamiento previo a la lesión. Tres: no tomar las emociones negativas o el comportamiento inapropiado como algo personal. Cuatro: no se aleje del superviviente durante la etapa de recuperación. Cinco: atienda las frustraciones mediante la validación de las emociones, nunca mediante la crítica o la descalificación. Seis: si el comportamiento del superviviente le afecta negativamente, manifiéstelo explicando las razones por las que se siente afectado. Siete: en ocasiones el superviviente requiere de la rehabilitación conductual proporcionada por un especialista. Recuerde:

su ser querido lo necesita ahora más que nunca y requiere de todo su amor, comprensión y cuidado».

Maddie descansó la mano sobre la mesa. Frankie, inmóvil, miró hacia el exterior con los hombros caídos y los ojos inyectados de sangre.

—Ahora me pregunto —prosiguió Maddie sin quitarle la mirada—: ¿cómo diablos se supone que debo reaccionar ante tu aventura con Lauren McKellen? ¿Debo abstenerme de criticar tu comportamiento? ¿No debo tomarlo como algo personal? ¿Debo validarlo como parte de tu recuperación? Una cosa, por lo pronto, he intentado y estoy intentando hacer: manifestarlo comprensivamente explicando las razones por las que me siento afectada. ¿Lo he hecho bien? No lo sé. Lo hice lo mejor que pude. No me alejé de ti, pero no puedo más. Mi tarea ha terminado. Hoy acabé.

Frankie, inmóvil, se pasó un dedo bajo los ojos. Cuando Maddie levantó la mirada, comprendió la fuerza de sus palabras porque Frankie, con un puño apretado, parecía mirar a lo profundo de un pozo cavado por su propia estupidez, por su propio egoísmo. Recuperado o no, lo único que le faltaba era acabar con su matrimonio y tal parecía que lo había conseguido, pues Maddie, sin decir una palabra más, se puso los zapatos, se colgó el bolso al hombro y se fue.

18

Se suponía que debía querer algo, ansiar algo, tener algún objetivo en mente, pero no era así. Desde que había salido de casa, Maddie empezó a caminar y no se detuvo hasta que llegó a Central Park. No muy lejos de ahí, estaba aquel robusto roble rojo. De pronto había cambiado todo. No había sándwiches de rosbif, té helado ni Borgoña. El *Apfelstrudel* lo había tirado a la basura amortajado en un pliego de papel como si se tratase de un recuerdo putrefacto y, ahora, se hallaba delante de una mesa de pícnic pública con la madera roída y la tierra húmeda bajo sus pies. No tenía más que una pequeña botella de agua y, tan pronto como se sentó, rompió en llanto.

No era cuestión de preguntarse si había hecho lo correcto: había hecho lo posible y no fue suficiente. Si Frank hubiera titubeado en su discurso, si hubiera mostrado un solo indicio de no haberse recuperado, habría tenido una razón para intentarlo, pero ahora era imposible.

La tarde empezaba a caer. Maddie se puso de pie y caminó hasta llegar a Central Park West. En la esquina de la calle 85 detuvo un taxi.

—Voy a la avenida B con la Séptima; East Village —le indicó.

El conductor no parecía nada amable. Maddie envió un mensaje de texto y la respuesta no se hizo esperar.

Minutos después llegó a un pequeño pero encantador edificio con un barandal estilo *art nouveau*. La cerradura automática hizo un chirrido y Maddie subió al tercer piso. La puerta abierta daba acceso a un *loft* cálido y exuberante con libros atiborrados en cada rincón de la estantería. Leslie apareció en la estancia con una camiseta larga que le cubría los muslos.

—Ya está lista tu cama. Pedí una pizza y hay vino en el refrigerador. ¡Vaya día! ¿Y tus cosas?

—No traje nada. Salí corriendo.

—¿Ya sabe que estás aquí?

—Supongo que sí. Le escribí.

—¿Lo dejaste?

—Para nada. Es él quien se quiere ir.

—¿A dónde?

—A Connecticut.

—¿Y tú crees que eso es buena idea?

—No lo sé, pero ya no puedo hacer más.

—Qué horror. Debes estar exhausta.

—Agotada. Primero la audiencia y luego esto.

—La audiencia... ¿Ya te enteraste?

—¿De qué?

—Están apareciendo en Brooklyn decenas de casos. Los van a mirar con lupa. Salió en las noticias. ¡Qué mundo! Y esto no es más que la punta del iceberg. Si esto es lo que vemos, imagínate lo que habrá detrás.

—Solo espero que de verdad aquí termine todo. Ha sido una pesadilla. Como dice Frankie, todo es kafkiano.

—¿Kafkiano? Yo estoy empezando a pensar en Samuel Beckett con un twist de Alfred Hitchcock. ¿Y qué más pasó? Discutieron.

—No. Ni siquiera discutimos. —Maddie se sentó, bajo la mirada expectante de Leslie, encogiéndose de hombros—. Se acabó, Leslie. No puedo más. Me di cuenta.

—¿De qué?

—De que no estoy loca, de que el diagnóstico es acertado, de que se trata de un ser funcional. Oíste su discurso. Habló de maravilla: ni siquiera tartamudeó.

—Para nada. Es impresionante.

—¿Verdad? Ni siquiera lo tenía escrito. Es lo que vengo diciendo desde hace meses. Se queja de que le cuesta escribir, de su memoria, pero, de pronto, de la nada, cita a Martin Luther King Jr. de memoria, palabra por palabra, Leslie. Palabra por palabra.

—¿Y entonces?

—Entonces, estábamos en el comedor y de pronto me dije: «Este hombre está recuperado. ¿Es que no te das cuenta? ¿Hasta cuándo vas a seguir cayendo en su juego?». ¿Tiene un problema psicológico? Sí. Pero no todo es nuevo. Se escuda en el síndrome ese para justificarse. ¿Te imaginas dónde estaríamos sin ese tal Mitchell? Estoy en shock. Max, ahí, mirando a su padre en un juzgado. La familia convertida en un vulgar *trending topic* que nadie tenía por qué haber sufrido, empezando por sus hijos. ¿Y todo por qué? Por un arrebato. Yo, haciendo todo para que salga adelante, día tras día. ¿Y qué es lo que hace? —Maddie hizo una pausa y miró Leslie—. ¿Te das cuenta? Eso es lo que hace. No, Leslie, olvídate. Si de eso se trataba su recuperación, que se recupere como pueda. Yo no tengo nada que hacer ahí. Estoy perdiendo mi tiempo, mi vida.

—¿Y qué dijo?

—Nada. ¿Qué podía decir?

—Pedir perdón, supongo.

—Perdón, sí. En algún momento dijo perdón. ¿Pidió

perdón? No. —Maddie abrió su bolso, sacó un pañuelo y se secó los ojos.

—Lo siento muchísimo.

—Ahora sí, como María Magdalena. Por estúpida. Si de eso se trataba todo, no me interesa en lo más mínimo. Lógico, ¿no te parece?

—Sí, pero…

—¿Qué?

—Nada. Iba a decir una estupidez.

—Dila.

—Iba a quejarme de los hombres; de pronto actúan como verdaderas bestias. No me refiero a Frankie. Su caso es diferente. Todo está en una zona… sombría.

—¿Sombría?

—Sí. Intrigante —respondió Leslie, moviendo su copa—. Por un lado, parece diferente; por el otro, no deja de ser como cualquier otro hombre. Ya te lo he dicho. No te diría que tienes los problemas de cualquier matrimonio, pero sí: al mismo tiempo son los problemas de un matrimonio, ¿no crees?

—¿De veras te lo parece?

—Supongamos que esos policías nunca hubieran incriminado a Frankie, ¿qué habría pasado?

—¿A qué te refieres?

—A eso. A que su aventura con Lauren nunca hubiera salido a la luz, a que tú no te hubieras enterado. ¿Qué habría pasado? ¿Seguirías ahí?

—Buena pregunta.

—¿Verdad?

—Pero no fue así. La verdad salió a la luz. Y la verdad es que Lauren no hizo más que detonar una bomba que ya estaba ahí. Recuperado o no, Frankie ya no es el hombre con el que me casé.

—Pobre. Está claro que sufre.

—Sí. Sufre. Pero también está claro que yo no soy la causa de ese sufrimiento. No hay otra opción: él tiene que seguir con su vida y yo con la mía.

—Lo tienen decidido.

—Yo lo tengo decidido. No puedo seguir apoyándolo en todo. ¿Para qué? ¿Para que termine de reinventarse y luego resulte que se enreda con otra mujer? No. Más bien me pregunto qué habría pasado si Lauren no hubiera muerto. ¿Tú crees que todo habría terminado ahí?

—No lo sé. Pero tengo la impresión de que, si Frankie hubiera querido dejarte, lo habría hecho hace mucho. Esto se le fue de las manos.

—No entiendo a dónde quieres llegar. La realidad es que Frankie buscó en otra parte algo que ya no tiene conmigo. Eso no es culpa del accidente. ¿Crees que no me doy cuenta? Para nada. Desde el principio lo supe, pero no hice nada. Me dejé arrastrar.

—No te entiendo.

—Verás, el domingo de mi desgracia, así lo llamo ya: *el domingo de mi desgracia*, cuando estaba dormida en el parque, soñé con Frankie. Estaba atado a un árbol con un alambre de púas. No sabes la impotencia: verlo ahí y no poder hacer nada. He rumiado esa imagen una y otra vez. «Tiene sentido», pensé. Un tremendo sentido, y proviene de mis entrañas. ¿Quién le alquiló el estudio a Lauren? Yo. ¿Qué hice cuando pasó todo? Irme a New Haven. Cortar ese alambre.

—Lo dices como si fueras su madre; como si tu ausencia fuera el permiso para que él cometiera su travesura.

—Pues en cierto modo así fue. Si hubiera estado en casa, eso no habría pasado.

—Bajo tu vigilancia.

—Eso parece, ¿verdad? Patológico. Claro que sí. Pero no. La oportunidad no se la estaba dando a él: me la estaba dando a mí.

—¿Cómo?

—Sí. No te lo dije, pero ¿sabes a qué fui a New Haven? A ver a Sandro.

—¿A Sandro? Me estás asustando.

—No es lo que crees. Hace tiempo me di cuenta de que mi vida no puede girar alrededor de lo que haga Frankie. Eso es lo patológico. Ya es tiempo de ocuparme de mí. Mírate a ti. Seguiste con tu doctorado, ¿y dónde estás ahora?

—Yo, ja, ja.

—Claro. Todo lo hiciste a su tiempo. Yo no. Necesito hacer algo con mi cabeza y no tengo ni idea.

—¿Y qué te dijo Sandro?

—Que me felicitaba por tener el valor de enfrentarme a eso ahora.

—Siempre tuvo fe en ti.

—Sí, pero la forma en que lo dijo no me gustó nada. Ya sabes cómo es, brillante, pero pagado de sí mismo. Me dijo que para él las mujeres perdían todo encanto desde el momento en que se entregaban de lleno a la felicidad doméstica a costa de su independencia. «Empiezan a jugar a la casita y ya no existe más que la casita, y luego se desquitan con los hombres porque no han sabido hacer otra cosa con su vida».

—¡Qué imbécil!

—No se lo reproché, pero me molestó, ¿y sabes por qué? Porque hay algo de verdad. ¿Qué magia te queda a la mano que no sea buscar un trabajo compatible con tu vida de madre? De milagro pude ser editora. Sandro, por lo menos, tuvo fe en mí, y no se me olvida. «Tienes dotes», me dijo.

—Y los tienes.

—Quizá, pero de nada sirve tenerlas si no haces nada con ellas. Me doy cuenta de que pude haber hecho otra cosa y no me atreví. Nada en mi familia se concibió como un trampolín; todo son lastres. El edificio, el fideicomiso. Vivo con lo que tengo como si no fuera mío, como si tenerlo fuera culpa mía o como si solo estuviera ahí para servir a otros. Voluntariado, recaudación de fondos, donativos para la comunidad.

Se hizo un largo silencio y Leslie bajó la mirada.

—Bien, pues voy a calentar esa pizza. ¿Quieres?

—Sí, me muero de hambre. Pero conozco esa mirada. Hay algo que no me estás diciendo.

—No tiene importancia.

—No te creo.

—No voy a entrar en eso ahora.

—¿Entonces cuándo? Aquí estoy, con mis problemas, siempre con mis problemas, y tú ahí, escuchando. No es justo.

—Querida, tus problemas y los míos no son comparables.

—¡Muchas gracias!

—No, sí, de verdad. No quiero decir que estés hundida, pero sí has pasado por demasiadas cosas. Demasiadas.

—Ya, Leslie, por favor. Di lo que te pasa de una vez, quiero saberlo.

—Está bien, te lo digo. Cuando dices que me mire no sé qué pensar. No sabes las veces en que me pregunto qué sentido tiene todo si no tienes lo más importante. Todos los días ando de aquí para allá, dando esas clases. Bendita universidad. Pero…

—Pero…

—Regreso y todo es silencio. Supongo que no me acostumbro. Desde hace no sé cuánto está ahí mi sabático, y no lo solicito. ¿Para qué? ¿Para encerrarme a escribir otro libro? Ni loca.

—No tienes que pensar solo en escribir. Hay mil lugares a donde puedes ir.

—¿Para qué?

—Para que pase algo en tu vida.

—Algo. Conocer a alguien, supongo. Qué horror: hacer algo así porque en el fondo quieres conocer a alguien.

—¿Y qué tiene de malo? Esa es la cuestión, ¿no?

—Segundas intenciones. Las cosas no se hacen con segundas intenciones. Si el propósito es huir, el propósito es huir, no refugiarte en algo. Solo creo en el encuentro, no en la cacería. Eso siempre termina mal.

—Pues, si siempre haces lo mismo, tendrás más de lo mismo, ¿sabes?

—¿Y tú?

—¿Yo qué?

—¿Qué vas a hacer?

—No lo sé. Lo único que quisiera ahora es subirme a un avión; tomar unas vacaciones; ir a la playa, al mar.

—Qué ganas de hacer algo así.

—¿Y por qué no lo hacemos?

—No es el momento.

—¿Por qué? ¿Qué tiene que pasar para que sea el momento? Tan solo con pensar que voy a volver a casa me da terror.

—Puedes quedarte aquí, ya lo sabes.

—Lo sé. Pero no voy a tomar tu casa como refugio. Si el propósito es huir, el propósito es huir: tú misma lo dijiste. Quiero huir. Unos días, nada más. ¿Tú no?

—Pues una escapadita no me vendría nada mal. ¿Y adónde te gustaría ir?

—A las Bahamas.

—¿Y por qué las Bahamas?

—¿Y por qué no?

—Estoy en bancarrota.

—Yo te invito. Solo pagas tu boleto.

Leslie se sentó junto a Maddie y la miró tras sus gruesos cristales.

—Es una gran tentación.

—Claro. El mar, la playa, los masajes. Si he de llorar, lloro en la playa. Es más, la maldita introducción la termino allá; me llevo mi laptop. Lloramos y escribimos, pero en bikini.

—¡En bikini! Mira cómo estoy. Voy a tener que ponerme una toga.

—Pues te la pones. Hacemos las reservaciones y nos vamos de inmediato.

—¿De verdad?

—Sí.

—¿Pase lo que pase?

—Pase lo que pase.

19

Desde el momento en que Maddie se fue de casa y progresivamente durante las horas posteriores a su partida, un peculiar cambio comenzó a manifestarse en la percepción de Frank Armstrong. El silencio se había apoderado de cada rincón. Muros, sillones, lámparas: todo cuanto le rodeaba parecía dotado de una vibrante afinidad de la que él no formaba parte. La noción del tiempo también se alteró. Los minutos que estuvo en esa silla le parecieron horas y fueron suficientes para que los músculos se le entumecieran hasta que, por fin, se levantó y estiró las piernas para acabar sentado de nuevo en el sofá de la estancia. Entonces oyó el sonido de alerta en el viejo teléfono que le había prestado Maddie. Le avisaba que pasaría la noche en casa de Leslie; le pedía que llevara ese aparato consigo, que la mantuviera informada de su paradero y que no olvidara el cargador, como era su costumbre.

La vida, otra vez, cambió en un pestañeo. El villano, que a tales alturas consumaba su maleficencia, no era otro que él mismo. La ausencia repentina de Maddie le provocó un extraño alivio, pero también lo hundía. Tuvo que duplicar la dosis de lorazepam antes de acostarse. Había sido una de las semanas más largas de su vida y no despertó hasta la mañana siguiente.

Era sábado. Un sábado soleado, con el cielo azul por completo despejado. Frankie se incorporó y bebió el resto del vaso de agua en su mesilla. Hacía apenas siete días estaba con Maddie en el parque. Ahora necesitaba averiguar por dónde empezar. No quería perder tiempo. Desayunó un par de huevos cocidos, pan tostado y café fuerte, para luego ducharse, afeitarse y empezar a preparar sus cosas. No llevaría más que lo básico: un poco de ropa, un cuaderno, su bloc de dibujo, sus plumas estilográficas y su laptop. Tenía que hablar con Freddie Ferguson para pedirle la cabaña, pero al llegar al teléfono recordó que no había puesto a cargar el viejo celular de Maddie, así que subió al estudio en busca de su cargador. Lo encontró sobre el escritorio, pero no era compatible. Entonces abrió la puerta de un armario atiborrado. Palos de golf, raquetas de tenis, un frisbi, equipo de pesca y ropa de esquiar coexistían con reliquias electrónicas inservibles, compras inútiles y objetos sin mayor utilidad que la resistencia al olvido. En un rincón, sin embargo, distinguió un objeto que disparó sus latidos. Era una pequeña mochila de lona que, de no estar ahí, habría olvidado para siempre. De inmediato la sacó del escondrijo. Era azul marino con secciones en blanco que estaban salpicadas de sangre. La memoria del impacto lo asaltó con un estruendo.

—¿Qué hace esto aquí? —se preguntó, dejándose caer en el taburete de su sillón con la mochila entre las manos.

El sol de la mañana iluminaba la habitación con Frank Armstrong ahí, sentado entre galaxias de polvo arremolinadas por lo que parecía un pequeño estallido cósmico. La proyección involuntaria de instantáneas perturbadoras lo tomó por sorpresa. Primero el Opera House de Boston; luego, el estacionamiento; después, las luces de la ambulancia y la imagen de su padre mirándolo en la camilla rodeado de paramédicos. Luego nada: todo es negrura, el cero absoluto, la no existencia; eternidades fusionadas en el corto espacio de dos semanas sin otra cosa que la presencia de un ser inconsciente que regresó de la muerte con un hoyo negro en su vida que deglute planetas, asteroides y estrellas.

Al salir de su trance, Frankie abrió la mochila para inspeccionarla. No contenía nada más que un folleto de Hertz que lo remitió al fatídico día. Pensó que sería mejor deshacerse de ella, pero, en ese instante, palpó un pequeño abultamiento y abrió el bolsillo lateral para ver de qué se trataba. Parecía que no había nada, pero, al ver el forro descosido en una esquina, le dio la vuelta a la mochila y la sacudió de tal modo que el bulto se deslizó hacia la abertura. Tras un par de intentos, logró atraparlo con el dedo índice. La textura aterciopelada le infundió un presentimiento y, en su impaciencia, tiró con ambas manos para hacer más grande el agujero y comprobar que se trataba del saquito de tela con el dracma que nunca tuvo la oportunidad de llevarle a Theo. De inmediato abrió el pequeño saco y extrajo la moneda, con los relieves relucientes y las hendiduras ennegrecidas por el efecto de la plata. Lo perturbó que la moneda hubiera estado allí todo ese tiempo. La daba por perdida, atrapada entre un montón de chatarra. Aquel viaje casi había acabado con su vida y, por obvias razones, no pensaba restituirla. Ahora, no obstante, la tenía de vuelta y comenzó a fantasear con la idea de que sobrevivió gracias a ella, de que la moneda, quizá, era un poderoso talismán que desvió el impacto letal en el instante preciso. «No tengo otra opción más que llevársela a su dueño», se dijo mientras cobraba conciencia de que debía retomar su vida donde la perdió: llevándole la moneda a Theo. «Ese podría ser un buen comienzo; quizá es un buen augurio», pensó mientras le quitaba el polvo a la mochila que ahora pensaba conservar como recordatorio de que la vida puede escapar en cualquier momento.

Este encuentro repentino, este hallazgo de lo más inesperado y que él, en el fondo, sospechaba que no habría ocurrido si hubiese tenido la suficiente motivación para emprender una búsqueda exhaustiva antes que darlo por perdido, lo hizo reparar en un elemento de su sueño que había comenzado a obsesionarle: la urna en honor al dios del inframundo y los muertos.

Por algún motivo inaccesible a la razón, la inscripción, que se esforzaba por articular, aparecía en un antiguo sepulcro; sin embargo, cuando le dio vuelta a la moneda y vio la efigie de Perséfone, pensó al instante en Lauren. Por un momento tuvo la impresión de que Lauren, el dracma y la tumba eran parte de una misma trama en pugna por manifestarse de un modo aún inescrutable. Una grieta se abrió en la tierra y Hades se llevó a Lauren al inframundo, como a Perséfone. En el banquete de su sueño, él aparecía recluido del resto de los invitados, como si la *polis* helénica lo hubiera exiliado de la república y de la convivencia entre sus conciudadanos. La mano ensangrentada lo remitió a su propia discapacidad. La razón por la que no llevaba puesta la chaqueta en plena tormenta era ahora clara, pues no se trataba de usarla para protegerse del aguacero, sino para evitar que se hubiera desatado. Al ver en su escritorio el viejo teléfono de Maddie, presintió el advenimiento de una realidad que había comenzado a manifestarse. Resultaba claro que, en semejante situación, ese aparato no le serviría de nada para comunicarle su desesperación. Parecía que el sueño se desplegaba en una dimensión profética y que tenía los tintes de una visión que habría de ser decodificada por una facultad que se desentiende de la razón. Si esto era así, también quedaba claro que el objeto que caía al suelo mientras registraba sus bolsillos no podría ser otro que el dracma.

—Espero no estar perdiendo la cordura —se dijo, limpiando la mochila sin otra resolución que soltar las amarras, aunque fuese por esa única vez.

Llevaba una vida coexistiendo con sus más hondas frustraciones, atrapado en la tentativa de recobrar lo que había perdido sin siquiera darse cuenta. Una vida obedeciendo a una agenda que no había sido suya del todo. Una vida de obrar a ciegas, pensar a ciegas y vivir a ciegas con el iluso anhelo de una plenitud incierta. Eso se acabó. Se dejaría llevar por el instinto, consagraría la intuición en el altar de sus nuevos valores y permitiría que el devenir respondiera a sus interrogantes.

Al cabo de un rato, Frankie se hallaba listo para partir, con la mochila en el hombro y el dracma en la bolsa. Echó un último vistazo a la casa, cerró la puerta y esperó el taxi que lo llevaría a la Estación Central. La urgencia por recuperar su vínculo con la existencia lo empujaba a renacer o morir. Quizá antes no era consciente del impulso que nacía en su interior, pero ahora empezaba a serlo. No podía culpar a nadie, mucho menos a Maddie. Comprendía que, a ojos de los demás, se había vuelto un extraño. Esto, que hasta ese momento lo desconcertaba, ahora parecía complacerlo de un modo peculiar. Por primera vez tomaría un tren sin importar la hora de salida ni la hora de llegada. No sabía si pasaría la noche en la cabaña de los Ferguson o en un motel. No sabía si existía el destino o la predeterminación, pues el destino y la predeterminación no parecían ser otra cosa más que los actos inconscientes de aquella criatura que lo gobernaba todo. La misma criatura que, según Carter, lo llevó a ese cruce para ser embestido a casi cuarenta millas por hora.

El taxi se detuvo frente a la puerta del edificio y Frank Armstrong subió con una certeza. La certeza de retomar su vida donde la dejó. La convicción de que no había marcha atrás. La conciencia de que la suerte estaba echada y le había quitado el cerrojo al viejo portón.

20

El sol de mediodía ardía implacable sobre la 79 y Broadway. Maddie bajó a toda prisa al subterráneo y percibió el inconfundible hedor a maquinaria, hierro y gente. No estaba de buen humor. Sus planes con Leslie se vinieron abajo en el instante en que entró a su correo y recordó que Reinaldo, el hijo de Ribeiro, había confirmado la cita con la editora de Frankfurt. «Qué fastidio», se dijo. Tuvo que pasar a casa y cambiarse de ropa. Temía no llegar a tiempo y las puertas del vagón estaban a punto de cerrarse, así que apretó el paso para colarse. En su apuro, le dio un puntapié al portafolios de un hombre elegante y de talante quisquilloso.

—¡Dios mío! ¡Discúlpeme, por favor! —exclamó.

El sujeto le lanzó una mirada de indignado asombro, alzó el portafolios y pasó la mano sobre la piel lustrosa para retirar el polvo y palpar la herida. Maddie abrió su bolso bajo el morboso escrutinio de los pasajeros y le tendió un pañuelo desechable.

—No sabe cuánto lo siento —le dijo, para luego sentarse frente a una ventanilla con el cristal lacerado por un grafiti abominable, justo delante de aquel hombre, al que miraba con creciente aprensión, ahí, de pie, lidiando con la vida, mirando la negrura subterránea de la urbe con la expresión de un párvulo agredido—. Disculpe —repitió

Maddie en un susurro al ver que el hombre se disponía a salir en la próxima estación—. Está estropeado, ¿verdad? Le debo una compensación. Aquí tiene mi tarjeta. —El hombre tomó la tarjeta con muda cortesía, bajó del vagón y se perdió entre la multitud.

Instantes después, Maddie caminaba a toda prisa por la calle 23. Entró a un pequeño bistró y se sentó en un rincón apartado. Como no había comido nada desde la mañana, ordenó una *vichyssoise* y una ensalada de atún aderezado con jengibre. Comió sin prisa, pero con cierta ansia. No estaba segura de querer embarcarse en otro proyecto editorial. Entonces sonó la campanita de alerta en su celular. Era un mensaje de Reinaldo Ribeiro. Su avión despegaría en Denver con más de una hora de retraso y le pedía aplazar la cita para las seis. «No te preocupes. Puedo verte a las seis y, si te resulta muy justo, lo cambiamos para mañana», le escribió, preguntándose hasta qué punto se trataba de una persona seria. ¿Cuál era el proyecto? ¿Qué pretendía? ¿No habría sido mejor, desde un principio, dejarse de tonterías y pedirle que le enviara su propuesta por correo, como lo hace todo el mundo?

En la Estación Central, mientras tanto, Frankie miraba su reloj. Si apretaba el paso, podía comprar un boleto y abordar el próximo tren. Era la misma sensación de aquella noche, pero más intensa. Un extrañamiento profundo, un temor indefinido ante un episodio inaplazable. Sus objetivos futuros no estaban a la vista, pero ahora sentía que era su destino lo que lo acechaba, no su conciencia. Minutos después se acomodó en el asiento y miró por la ventana.

Al igual que aquel día, se dirigía a New Haven. Al igual que aquel día, planeaba ver a Theo. Al igual que aquel día, alquilaría un auto en Hertz. No era un *déjà vu*; estaba reviviendo el periplo que casi había acabado con su vida. En esta ocasión, sin embargo, había un destello, una conjetura que no hacía sino acentuar su congoja: la hipótesis del doctor Carter durante aquella última sesión, cuando, sentado en su sillón, lo indujo a que le hablara de lo que esa moneda significaba para él, así como de la razón por la que sentía que era tan importante restituirla.

—Después de todo —recalcó Carter—, su amigo Theo volvió de la guerra y continuó con su vida perfectamente bien sin ella. Tal parece que esa moneda era más importante para usted que para él. —Esas fueron sus palabras.

Frank Armstrong, desde su silla, miró a Carter con los ojos clavados en los suyos sin sospechar que, en su respuesta, podría ocultarse una trama secreta, un enigma más allá de todo posible discernimiento.

—Ya se lo he dicho —repuso Frankie sin miramientos—, Theo es una persona por la que siento un profundo cariño. Su longevidad, por lo demás asombrosa, su historia y el hecho de que haya sobrevivido me llevaron a buscar un objeto representativo de nuestra larga amistad. No entiendo a dónde quiere llegar.

—A lo que le he dicho ya —repuso Carter señalando el diván—. A menos que se permita usted entrar a su mente, a eso que de verdad está ahí, no lo sabremos. Llevamos semanas trabajando. Usted en esa silla y yo en esta. ¿Hemos progresado? ¿Hasta qué punto? Lo único que puedo decirle es que, si quiere dar otro paso, debe considerar tumbarse en ese diván y hablar sin reservas; dejarse llevar y permitirle a su mente expresarse con total libertad. Usted es un hombre de amplios conocimientos y creo que sabe bien a lo que me refiero. Solo se trata de permitir que un pensamiento se eslabone con otro sin prestar atención a nada que no sea lo primero que aparece en su mente.

¿Quiere dar ese paso y saber un poco más de usted mismo o prefiere seguir en esa silla por tiempo indefinido?

Frankie miró el diván. Estaba tapizado con arabescos borgoña y tenía una almohadilla cubierta por un paño desechable. Era raro. Entornó la mirada, hizo una mueca y se puso de pie. Estaba ruborizado y tuvo que esforzarse para ocultar de su rostro una casi imperceptible expresión de imbecilidad. Por un instante le pareció estar delante de una mesa quirúrgica, sometiéndose a un procedimiento en el que estaría por completo despierto. La aguda mirada de Carter, con sus cejas pobladísimas, parecía traspasarlo. Era como entrar a una bañera helada con cada segundo duplicando el desasosiego. Frankie apretó los labios, caminó al diván y se recostó tan rápido como pudo. Lo único que podía ver ahora era el techo, el blanquísimo recubrimiento del techo, mientras la voz de Carter, pese a bajar el volumen, parecía más potente.

—¿Se siente cómodo? —preguntó.

—Creo que sí —respondió Frankie, acomodando la almohadilla bajo su cabeza.

—Magnífico. Solo tiene que relajarse y cerrar los ojos tal como hace cuando se dispone a dormir.

Un tanto a la fuerza, Frankie cerró los ojos y se llevó una mano a la frente. Carter notó su inquietud y lo invitó a respirar despacio, a intervalos regulares. Al cabo de un minuto, más o menos, el ritmo cardiaco de Frank Armstrong comenzó a estabilizarse.

—¿Cómo se siente? —preguntó Carter, bajando aún más el volumen.

—Me siento bien —dijo Frankie, ahora con las manos entrelazadas sobre la hebilla del cinturón—. Me parece que estoy bien.

—Estupendo. ¿Quiere retomar ya?

—Sí, creo que sí. ¿En dónde estábamos?

—En la moneda. En el momento en que decidió comprar la moneda para Theo.

—Sí, la moneda —respondió Frankie, pasando por alto todo lo que hizo para obtenerla—. Un día estábamos nadando en una piscina en New Haven. No recuerdo cómo era, pero era una piscina. Theo estaba sentado con los pies en el agua. Yo nadaba con una máscara de buceo. Era una de esas viejas máscaras ovaladas. Yo tenía alrededor de siete años. Era el fin del verano. Recuerdo que Theo tenía esa cicatriz en el pecho, una especie de *Y* en el pectoral derecho. «¿Qué te pasó aquí?», le pregunté. «Me operaron», me dijo. Yo solo tenía una idea vaga de lo que era una operación porque a mi madre también la habían operado, uno o dos años antes, y me lo habían explicado. Seguro le dije que a mi madre también la operaron o algo por el estilo. Pero no lo sé, nunca vi su cicatriz, la de mi madre. Lo único que recuerdo es la cicatriz de Theo en esa piscina. Theo siempre estaba ahí, con Vicky, su esposa. Eran parte de la familia. Armábamos rompecabezas en la mesa de su comedor. Cuando cumplí siete años, me regaló un reloj Westclox con una inscripción en el reverso hecha por él mismo. Era un Pocket Ben. Costaban un dólar y eran muy populares en la época de la Gran Depresión. Me dijo: «Cuando cumplas quince años, te voy a contar la historia de ese reloj y de mi cicatriz». Así que tuve que esperar ocho años más para que me contara la historia, porque era una historia de la guerra y no tenía yo la edad para oírla. Ese verano Howard y yo habíamos regresado de un campamento. Era un campamento de verano en Texas, entre Houston y Galveston. Howard ya había ido antes a ese lugar y lo aborrecía, igual que yo. Mis padres iban a partir a Europa. Estaban a punto de marcharse y nos mandaron allí. Lo único que queríamos era volver a casa. No recuerdo cuántas semanas estuvimos allí, pero fueron eternas. Estaba en medio de un bosque y, cuando llegamos, nos separaron. Howard, por un lado, con los de su edad; yo, por mi lado, en otra cabaña. Recuerdo que tuve un sueño espantoso. Un sueño que nunca olvidaré.

—En esa cabaña —musitó Carter, con un intenso fulgor en la mirada.

—En esa cabaña —prosiguió Frankie—. En esa cabaña. Recuerdo esa cabaña como si hubiera sido ayer. Tengo ese recuerdo grabado en la cabeza. Con todas sus imágenes. Ese día, por la tarde, los guías habían organizado una actividad recreativa, una excursión al bosque. La idea era ir en busca de algo que estaba ahí, así que nos adentramos y, al cabo de un rato, nos topamos con una tarima de madera cubierta por un telón blanco. ¿Sabe lo que había detrás? Un hombre, disfrazado, maquillado, declamando algo sobre esa tarima. No recuerdo qué era, pero era espantoso. Y aquí el gran misterio, porque, cuando vuelvo a esa imagen, no sé si creer lo que vieron mis ojos, pero lo vi, le juro que lo vi. Allí estaba ese hombre encadenado a la tarima, vociferando, declamando, vestido como un reo. Bonita actividad recreativa, ¿no le parece? Ir en busca de un loco atrapado en el bosque. Lo peor vino esa misma noche cuando nos fuimos a dormir y apagaron las luces. Ahí vino el sueño. Estaba yo en ese bosque corriendo, huyendo. Todo era lóbrego, y pasaba yo junto a una carpa de circo porque me venían persiguiendo. Me perseguía mi madre, me perseguía mi padre y me perseguía Howard. Y luego, delante de ese circo, delante de esa carpa, una carpa amarilla y roja, habían cavado una fosa rectangular. Entonces me arrastraban a la fosa, querían enterrarme ahí, vivo, pero luché con todas mis fuerzas y en ese momento desperté, con el techo de esa cabaña sobre mis ojos.

—Y el hecho de que no cayera usted en la fosa, de que luchara con todas sus fuerzas es la razón por la que no ha sufrido un trastorno mayor. ¡La caída en esa fosa hubiera sido su perdición! —exclamó Carter con tal vehemencia que a Frankie le pareció sentir su aliento casi junto al oído.

—No lo sé, supongo que sí. Supongo que, en toda mi vida, no he hecho otra cosa más que salir de esa fosa. Recuerdo que desperté con un sobresalto y luego, por la mañana, con una penosa constatación.

Frankie se detuvo en seco, pero Carter había metido la mano hasta lo más profundo y no estaba dispuesto a dejarse vencer por una resistencia más.

—Una constatación —replicó, con un renovado fuego en los ojos—. ¡Dígalo! Dígalo y ese hechizo funesto quedará sin efecto. Como la cicatriz de Theo. No desaparecerá, pero dejará de doler. Una constatación penosa...

—Sí —murmuró Frank Armstrong—. Desperté por la mañana y me di cuenta de que había mojado la cama.

Se hizo un silencio. Carter había abierto la compuerta y sabía que lo indicado era dejar el agua correr.

—¿Entonces? —dijo Carter, lanzando a Frankie por una nueva cuesta.

—Entonces —dijo Frankie, esforzándose para seguir adelante—, me sentí avergonzado. Era la primera vez que mojaba una cama y, además, era una litera. Si mal no recuerdo, yo dormía arriba. A la mañana siguiente tuve que salir a lavar la sábana en el lavabo del baño, pero, como era un baño comunitario, tuve que ingeniármelas para que nadie me viera. No recuerdo cómo lo hice, solo sé que siguió sucediendo durante uno o dos años más. Era horrible, pero todos en casa parecían ignorarlo o encontrarlo divertido.

—¿Divertido?

—Divertido, por así decirlo. Tengo que aclarar que ni mi madre ni mi padre me reprendieron nunca por ello. Casi diría que les parecía algo normal. Bueno, tal vez no del todo normal, pero nunca hablaron conmigo del tema. Nunca entendí por qué. En los días que siguieron, nada de eso volvió a repetirse, es decir, cuando regresamos. Vicky y Theo nos recogieron en el aeropuerto y nos hospedaron hasta que volvieron mis padres. Nos cuidaron, esa y muchas otras veces. Vicky me sentaba en sus piernas y me daba un vaso de leche con una rebanada de bizcocho de mantequilla que ella misma horneaba. Era delicioso. Luego aparecía Theo en la cocina y, con esa voz suya tan característica, me gritaba: «Frankie, ven para acá, tengo que mostrarte algo». Me gustaba mucho oír su voz retumbando en mi cabeza: «¡Frankie! Ven para acá», «¡Frankie! ¿Dónde rayos estás?».

—Theo —murmuró Carter.

—Sí —replicó Frankie—. Theo.

—Y Vicky.

—Y Vicky. Sí.

—Qué imagen más clara del regazo materno quiere que usted sentado en las piernas de Vicky, comiendo una rebanada de bizcocho con un vaso de leche. Theo y Vicky son la razón por la que usted no perdió la cordura, ¿comprende? Gracias a ellos usted está bien. Ahora comienza a iluminarse el misterio tras esa moneda.

El hecho de que Carter atribuyera su cordura a la presencia de aquella memorable pareja puso a vibrar una cuerda en el cerebro de Frank Armstrong, pero no quiso detenerse en ello y continuó:

—Parte del misterio —aclaró, levantando el dedo índice—. Parte del misterio, porque hay otra cosa que no es posible iluminar. Verá usted, a los quince años le recordé a Theo que tenía que contarme aquella historia que cada día me intrigaba más. Para él, la guerra era un tema intocable. No hablaba de ello. Nunca. Pero, durante una cena de Navidad, en su casa, en New Haven, cuando yo ya había cumplido los quince años, le recordé que tenía pendiente contarme esa historia y lo hizo. Me dijo que su convoy había caído bajo fuego enemigo y que tuvo que ocultarse en el bosque, donde un soldado alemán, herido de muerte, alcanzó a dispararle con una pistola de bajo calibre. La moneda, que colgaba de su cuello con su placa de identificación, desvió el proyectil hacia el pectoral derecho. Perdió la moneda, pero conservó la vida. Increíble, ¿no es cierto? Dice usted que gracias a ellos estoy cuerdo. Y no lo sé. Solo sé que atesoré su historia y que viví con ella durante muchos años. Me imaginaba la moneda, la trayectoria de la bala, el ángulo del impacto, la herida. Recreaba todo en mi cabeza una y otra vez. Estamos hablando de la época en la que no había internet. Entonces, el año pasado se me ocurrió buscar esa moneda en Google, y ahí estaba. Me hechizó. Luego me di cuenta de que era posible conseguir una y fue entonces cuando me percaté de su verdadera dimensión. ¿Sabe de qué tamaño es esa moneda?

—No.

—Pues no más grande que la yema de un dedo. No quiero decir que me haya desilusionado, pues era una moneda hermosa, muy hermosa, pero debo confesar que había imaginado un objeto mucho más grande. Es como esos dibujos de Leonardo que toda la vida vemos en los libros y, cuando al fin vamos al museo, resulta que son muy pequeños. De pronto me di cuenta de que fue un milagro. Un auténtico milagro. Imagine usted la potencia de una bala. Es increíble. Tengo que confesarle que incluso llegué a sospechar que todo era invención de Theo: una historia a la que le había dado forma en su mente para poder seguir viviendo bajo la sombra de algo terrible. Algo que nunca revelaría.

Todo hasta ese momento marchaba bien. La agudeza de Carter había sorprendido a Frank Armstrong y comenzaba a parecerle que, por primera vez, estaba asimilando algo clave de su pasado. No obstante, Carter, presentía algo perturbador, algo que había pervivido hasta la edad adulta y que, de no ser atendido, continuaría proyectando su influjo nocivo.

A juicio de Carter, el sueño relatado por Frankie y su inmediata regresión obedecían a un impulso de vida, a un instinto de supervivencia cuya representación simbólica se consumaba en el dracma. Faltaba, sin embargo, una pieza medular. El accidente. Para Carter no había duda de que, si algo era patente en el historial de Frank Armstrong, si algo se había manifestado con ostentosa frecuencia, era su proclividad a los accidentes. Las bromas o experimentos con pólvora casera, las lesiones como resultado de una conducta impulsiva y el coche de su padre estrellado contra la nieve (un acto de venganza inconsciente ante la ausencia y el rechazo) configuraban un claro patrón de conducta autodestructiva. Un patrón que debía investigar.

Carter miró a Frankie tumbado sobre el diván. Su última observación resonaba en su cabeza.

—Una historia —dijo, emulando la fraseología de Frankie— a la que le damos forma para seguir viviendo bajo la sombra de algo terrible.

—Así es. El dracma. Por alguna razón empecé a tener dudas. Empecé a creer que, después de todo, quizá no era una buena idea llevarle esa moneda a Theo. De algún modo comenzaba a representar algo distinto en mi cabeza; algo que sería mejor dejar en el olvido; algo que, materializado, perdería todo su esplendor. Además, prácticamente no había vuelto a ver a Theo y a Vicky desde aquella Navidad. La amistad con mis padres se había enfriado. Nunca me dijeron por qué. Un día entré a la cocina y encontré a Vicky discutiendo con mi padre. Supuse que estaban hablando de mí, pero no lo dijeron. «Diferencias del pasado». Eso fue lo que dijeron. El hecho es que pasó el tiempo. Hice mi vida y ellos empezaron a viajar. Dejé de verlos, pero no los olvidé

—Y, de pronto, después de todo ese tiempo, usted decide volver a New Haven con ese obsequio.

—Sí. Supongo que con la edad recordamos a quienes jugaron un papel importante en nuestra vida, ¿no le parece? En cierta forma, uno quiere decir gracias. Así empezó todo. Pensé que era tiempo de volver a New Haven. Solo quería decir gracias.

—Y cuando usted al fin se dispone a llevar ese obsequio, se siente mal —agregó Carter en tono casi perentorio.

—En efecto. Decidí llevarlo sin sospechar que ese lunático andaba suelto.

—Y que ignoraría la luz roja de aquel semáforo.

—Por supuesto. Yo solo estaba viendo ese ballet.

—*El lago de los cisnes*.

—Sí. Ahí estaba yo, en medio de esa música espeluznante, mirando a esa bailarina moverse de un lado a otro por todo el escenario. Era la princesa y rondaba por un bosque oscuro.

—Como el del campamento.

—Sí. Entonces, del negro agujero de un árbol nudoso, aparece esa criatura horrible que la sigue a todas partes, pero ella no puede verla. Solo gira, gira y gira. Y, cada vez que gira, esa criatura queda a sus espaldas, de tal modo que ella nunca la ve. Luego la escena se traslada a la corte y en ese momento fue cuando empecé a sentirme mal. En el segundo intermedio abandoné la sala. Quería volver a casa lo más pronto posible. Entré al estacionamiento y subí al auto. A partir de ese instante, todo se apagó. Solo recuerdo aquellas voces, las luces de la ambulancia y papá, ahí, de pie, junto a su coche, el Shelby Cobra ese que yo había chocado contra la nieve. Me miraba.

—Lo miraba.

—Sí. Solo me miraba.

—En la fosa —murmuró Carter, con un escalofrío.

—¿Cómo dice?

—En la fosa que habían cavado para usted.

Frankie abrió los ojos, sumido en un extraño estupor. Carter había rozado el secreto. El secreto tras una serie de actos parcialmente intencionales, peligrosos, movidos por un impulso de muerte vinculado al rechazo paterno, a la temprana ausencia materna y a un sentimiento de culpa que era urgente explorar y que, de algún modo, había culminado con el accidente, justo durante la realización inconsciente de un acto simbólico. Todo lo que tuvo que hacer fue confiar a ciegas en un semáforo y poner el coche en marcha.

Aquella sería la última sesión de Frankie. Lo supo en el momento en el que, poco antes de marcharse, escuchó aquella idea de que él, ni más ni menos que él, se había colocado a sí mismo en ese semáforo para ser embestido a casi cuarenta millas por hora. Una idea repulsiva, aborrecible; contraria a todo lo que pensaba, a todo lo que creía; contraria, incluso, al amor incuestionable que sentía por sus padres. Carter, ahora, lo cuestionaba todo. Había despertado al demonio que dormía en su interior, y ese demonio estaba enfurecido. Con una mirada torva, Frank Armstrong se puso de pie, confrontó a Carter y se sentó de nuevo en la silla. No había marcha atrás. Armstrong debía salvarse a sí mismo o condenarse a la luz de una nueva conciencia. Fue entonces cuando, antes de marcharse, escuchó de boca de Carter las palabras finales; las palabras que lo perseguían y que no podía quitarse de la cabeza.

—Comprendo su enfado, Frank. Créame que lo comprendo —le dijo Carter—. Solo quiero decirle algo para que se lo lleve consigo y lo medite. Llevo más de treinta años en este consultorio tratando a mis pacientes. Enfermos terminales, veteranos de guerra y, por supuesto, accidentados. De modo que llevo el tiempo suficiente hablando con la muerte, y hay una cosa que creo que puedo asegurarle.

—¿Cuál? —preguntó Frankie un tanto avergonzado por su arrebato.

—Verá usted. La muerte tiene dos caras: la azarosa y la no azarosa; la inducida y la no inducida; la que llega por sí sola y a la que se le llama. Una es blanda, otra es dura. La blanda nos lleva; la dura nos acecha. Una aguarda a que nos rindamos y viene por nosotros, casi porque se lo pedimos. Pero la otra, a veces, se parece a un asesino, a un asesino que nos está buscando desde el día en que nacimos. Ese asesino quiere dar con nosotros y, cuando lo haga, será el fin. La cuestión, desde luego, no es evitar lo inevitable, sino tan solo ser conscientes de lo que preferimos. En otras palabras, no se trata de que viva usted huyendo tanto como con la convicción de que no se dejará encontrar tan fácilmente. Es decir, no se trata de que deje usted de conducir, de viajar, de caminar o de vivir, sino de mirar a los dos malditos lados de una calle antes de cruzarla. Solo eso. ¿Me entiende?

Al cabo de un poco más de hora y media, el tren bajó la velocidad y el altavoz anunció la llegada a New Haven.

Frankie se pasó los dedos por los ojos con la creciente sensación de tener que librarse de algo mortal, pues, si algo había dejado Carter en claro, era que su inconsciente lo había saboteado y que, tarde o temprano, atacaría de nuevo.

21

Eran alrededor de las tres. Frank Armstrong salía de la estación con la mochila al hombro. El cielo estaba despejado, pero no así su cabeza. El calor era intenso, y bebió hasta la última gota de su botella. Cerca estaba la universidad de su abuelo, de su padre y de Howard: el *alma mater* de la familia Armstrong, pero no la suya. Al cabo de unas cuadras, llegó al local de Hertz. Agradeció el aire acondicionado y se apoyó en el mostrador, pasándose la manga de su camisa por la frente.

El encargado era un joven de pelo negro, piel blanca, grasienta, y unos lentes anticuados. En su gafete decía «Jimmy». Parecía amable, pero en su cara, lacerada por el acné, le pareció advertir a una persona más bien desdichada. Jimmy se disponía a mostrarle el catálogo, pero Frankie solo quería el auto más económico con tal de que no fuera negro, porque los autos negros, lo sabía muy bien, son peligrosos cuando oscurece el entorno.

Jimmy señaló que debía elegir entre precio y color, porque el más económico que estaba disponible era un cupé negro y la siguiente alternativa le costaría veinte dólares más. Frankie no lo pensó y eligió un coche blanco.

—Será más cómodo y fresco —le dijo Jimmy, introduciendo los datos de la licencia bajo la mirada inquieta de

Frankie, que lo oía hablar por teléfono. Su siniestro estaba registrado y requería autorización del supervisor. Al cabo de un par de minutos, Jimmy regresó al mostrador. Entonces vino el primer contratiempo. Consiguió la autorización, pero el banco había rechazado el cargo. Por la fecha, Frankie conjeturó que era por falta de pago. Tendría que atender el asunto lo más pronto posible porque los cargos recurrentes por otros servicios serían suspendidos, y lo último que necesitaba era poner en aprietos a Maddie.

Frankie abrió su billetera, colocó otra tarjeta en el mostrador y cerró la operación. Luego le preguntó a Jimmy por el café más próximo con señal de internet.

—Hay uno aquí a la vuelta —le dijo.

Tan pronto como Frankie salió a la calle se dirigió al café. Pidió una Coca-Cola y un sándwich de jamón y queso. Luego encendió su laptop para entrar en la web de Bank of America. El saldo en su cuenta era más o menos el que suponía, pero cuando empezó a sumar los pagos pendientes, desde las tarjetas de crédito, los gastos fijos de casa, las mensualidades por el crédito estudiantil de Max, la renovación del seguro médico familiar, su seguro de vida, los impuestos, hasta los honorarios de Will Campbell y la gratificación de Sammy, le quedó claro que estaría en bancarrota antes de lo esperado. ¿De cuánto tiempo dispondría? No lo sabía. Todo dependería de lo que fuera capaz de hacer, pero, como no tenía ni idea de ello, la pregunta se quedó en el aire. Pagó el adeudo de la tarjeta de crédito declinada y recogió el coche, convenciéndose de que su cuota de accidentes en la ruleta de la vida ya estaba cubierta.

Acaso por ello, tomar el volante no lo perturbó tanto como había imaginado. Ahora tenía otras cosas en la cabeza. Vicky y Theo, para empezar. No los había visto desde hacía al menos quince años. Todo se reducía a llamadas telefónicas esporádicas, saludos enviados a través de Howard padre, así como noticias más bien lacónicas por parte de Theo, cuyas facultades disminuían año tras año. Ahora, con ciento seis años encima, su mente no sería la misma, y era probable que no lograra verlo. Vicky no lo dijo, pero se lo insinuó. Cuando le llamó para decirle que pasaría a visitarlos, aceptó de inmediato, pero le dijo que no sabía si Theo estaría o no en un buen momento.

Al poco tiempo, Frankie conducía por una cuesta empinada poblada de arces, abedules y pinos. La frescura del aire preñada de fragancias arbóreas entró por la ventana, surtiendo un efecto inmediato en su espíritu. De pronto, entre los árboles, apareció aquella casa colmada de recuerdos. Aquella casa de singularísimo aspecto: con su tejado de estilo oriental y su alta cumbrera extendida hacia los extremos terminados en punta, como si fueran las alas de un ave gigante. No era que la casa tuviera otros elementos de la tradicional arquitectura oriental. En absoluto. Era el tejado y solo el tejado lo que bastaba para que sus dueños se refirieran a ella como la Pagoda.

Frankie se bajó del coche. La grava crujió bajo sus zapatos. Estaba a punto de llamar al timbre, cuando la puerta se abrió de golpe y apareció una mujer de grandes ojos hundidos y abundante pelo castaño, peinada y maquillada con tanto esmero como fue necesario para que su edad se mantuviera al margen de todo cómputo. Era evidente que en su juventud debió de ser una mujer despampanante.

—Frankie, querido, pasa. No hace falta que llames al timbre, estás siendo vigilado.

—¡Querida Vicky! Qué alegría verte al fin.

—¡Qué alegría! ¡Dios mío! Ven, ven, deja tus cosas aquí. Deja que te abrace. ¿Cuánto tiempo hace que no te veo?

—Siglos.

—¿Siglos? Dejémoslo en un buen rato: es más que suficiente. Theo está dormido, pero espero que puedas verlo en algún momento. Ven, vamos a la cocina.

Frankie siguió a Vicky, observándolo todo con profunda emoción. Pasó bajo la cumbrera y la miró con renovado asombro. ¡La Pagoda!

—La Pagoda, querido. Ven, vamos. Adivina lo que tengo en el horno.

—¿Qué? Espera, creo que ya sé, ya me llegó el olor. Bizcocho de mantequilla.

—Sí.

—No puedo creerlo.

—Claro. A estas alturas supongo que podrás comerlo tú solo, ¿verdad?

—Espero que sí. Voy a terminar como Marcel Proust con su magdalena.

—Espero que no. Era enfermizo y muy melancólico, ¿verdad? Sumergido en el pasado, y el pasado es indicio de que alguien tiene escaso futuro. Además, tú ya tienes tu Magdalena. Perdón. Ya habrá tiempo para que me cuentes.

—No sé qué decir, Vicky. No sabes lo que significa estar aquí, una vez más.

—Lo sé mejor de lo que te imaginas. ¿Qué quieres de tomar? ¿Una limonada? Tengo un té helado con jengibre buenísimo. ¿O prefieres un café? Ya lo tengo listo.

—Café y un vaso de agua es perfecto.

Vicky cortó un trozo del bizcocho, sirvió el café y Frankie se sentó en un banco alto.

—¿Y tus hijos? ¿Cómo están?

—Muy bien. —Frankie probó el bizcocho y se encogió de hombros—. ¡Wow! Este bizcocho. El mismo sabor... La misma textura... Como cuando me sentaba yo aquí.

—Es la misma receta. Te la doy y puedes hornearlo tú mismo. La clave es la mantequilla. Solo te recomiendo no comerlo antes de tu chequeo médico. Me estabas hablando de tus hijos.

—Sí. Pues Max, trabajando para una productora.

—¿Sigue en Los Ángeles?

—Sí.

—¿Y Kate? ¿Cómo le va en Australia?

—Bien. Está feliz. No he hablado con ella, bueno, desde hace poco...

—Debe ser duro para ella, y para su madre, claro. Quise llamarte, pero preferí esperar. Hablé con Howard. ¿Te lo dijo?

—No.

—Qué pena. Pobre. Está demasiado ocupado, no lo culpo. No le digas nada. Solo era para desearte buena suerte y recordarte que te queremos, pase lo que pase. ¡Dios mío! ¡Esos policías! Es increíble. Tuviste suerte, mucha suerte. Podrías estar en la cárcel ahora mismo.

—Lo sé.

—He seguido todo, en las noticias. No puedo creerlo. ¿Te has enterado de que ya detuvieron a los detectives?

—No.

—¿No? Hoy por la mañana...

—No he visto nada, pero es lo menos que pueden hacer.

—Qué horror. Todo.

—Sí. ¿Y qué te dijo Howard?

—Pues, está preocupado. Quiere ayudarte, pero no sabe cómo. Pobre de ti, pobre Maddie. El matrimonio, la vida... no siempre es fácil. ¿Qué pasa con ella? Quiero decir, después de todo esto.

—Es un desastre.

—Te dejó.

—Creo que sí.

—¡Dios mío! Lo siento muchísimo. No sé qué decirte.

—No tienes que decir nada.

—Todo es demasiado reciente. Tendrá que pasar algún tiempo, supongo.

—Sí.

—Escucha, aún no sé qué piensas tú de todo esto, pero sí te das cuenta, ¿verdad?

—¿De qué? ¿De que tiene razón?

—No, no. Eso es lógico, claro. Me refiero a ti. ¿Ya entendiste de dónde viene todo... lo que ha pasado a tu alrededor?

—¿Desde el accidente?

—Sí.

—Por supuesto.

—¿Y qué piensas hacer?

Vicky miró a Frankie intentando descifrar la expresión dibujada en su rostro. Por un instante, tuvo la impresión de que su mente se había marchado a otro mundo. En otro momento habría repetido la pregunta, habría dicho algo para traerlo de nuevo a la conversación, pero ahora se abstuvo y lo observó sentado ahí, como si todo hubiese desaparecido de pronto. Era raro. Desde que había hablado con Howard estaba a la expectativa, pero ahora que lo tenía delante no podía comportarse como si nada hubiera pasado.

—¿Estás bien? —le preguntó, mirándolo a los ojos.

—Sí, ¿por qué?

—Porque te noto raro.

—Tal vez. No lo sé. Son demasiados recuerdos.

Frankie se levantó del banco y Vicky, con creciente inquietud, lo vio rebuscar en el bolsillo de su pantalón.

—Tengo algo para ti. Bueno, era para Theo, pero ahora es para ti... Esto. Aquí está. —Frankie alargó la mano y colocó sobre la mesa la bolsita de tela con la moneda.

—¿Qué es?

—Una sorpresa. Ábrelo.

Vicky tomó la bolsita, tiró del cordón, y la moneda cayó sobre la palma de su mano.

—¡Dios mío!

—¿Qué te parece?

—Es hermosísima. ¿Qué es?

—Un dracma.

—Un dracma. ¡Válgame Dios! ¿Dónde lo conseguiste?

—En una tienda de numismática en Wayland.

—¡Wow! Es impresionante. Muy impresionante. Mira el relieve que tiene...

—Perséfone.

—¿Perséfone? ¿Y de este lado? ¿Qué es esto?

—Es una rosa. De cuatro sépalos.

—¡Wow! ¿Cómo? ¿Cómo se te ocurrió conseguir algo así? Te debió de costar una fortuna.

—Lo importante es la historia.

—Ya lo creo. Esto data de doscientos o trescientos años antes de Cristo, ¿no es así?

—Me refiero a Theo.

Vicky frunció el ceño y miró a Frankie.

—A su herida... en el pecho.

—¡Ah! La cicatriz...

—No sabes cuántas veces imaginé esa moneda. Y luego, el año pasado, buscando diapositivas para una conferencia, se me ocurrió buscarla en Google. Ahí estaba. En la página de un par de tiendas de numismática. Es curioso porque hace años, en Oxford, en High Street, había una pequeña tienda donde vendían monedas antiguas, de Grecia, de Roma. Tenían una con Alejandro Magno y otra, fantástica, muy similar a esta, pero no era un dracma. Estuve a punto de comprarla, pero sí, era un poco cara para algo que no era el objeto en sí.

—¿Cuándo fue eso?

—En el 2002.

—Todo ese tiempo…

Vicky se levantó, sacó un vaso y comenzó a llenarlo con agua del grifo.

—Cuánto tiempo, Dios mío...

—Sí. Mucho. Estoy cometiendo un error, ¿verdad?

—¿Por qué dices eso?

Vicky tomó un sorbo de agua.

—Lo supuse.

—¿Qué?

—Que algo no estaba bien.

—¿A qué refieres?

—A lo que me contó Theo. Ahora soy yo el que no sabe qué decir. Disculpa. Estoy... ofuscado. No era mi intención abrumarte.

—¿Qué te contó?

—Ese verano. ¿Recuerdas? Me regaló su Pocket Ben, un Westclox.

—Sí.

—Con una inscripción al reverso. Él mismo la hizo, con un punzón, con su propia letra. Dice: «Frankie, julio 18, 1972».

—Lo llevó consigo en la guerra.

—Sí. Es una reliquia. Lo tengo en el cajón de mi mesilla. Me dijo: «Cuando cumplas quince años, te cuento la historia; la historia del reloj y de la cicatriz». Se me grabó. Luego, aquella Navidad, ¿recuerdas? Aquí, en la sala, me la contó. Por fin me la contó.

—¿Y qué te contó?

—Que su convoy cayó bajo fuego enemigo. Que tuvo que internarse en el bosque. Me dijo que un soldado alemán, herido, le disparó con una pistola, pero la moneda, que llevaba colgada, desvió la bala hacia su placa y luego hacia el pectoral derecho. Su corazón quedó a salvo.

Vicky guardó un largo silencio, regresó a la mesa y movió la cabeza.

—¿Y hablaste de esto alguna vez con tus padres?

—Se lo conté a Howard. Lo primero que hice fue enseñarle el reloj.

—¿Y qué dijo?

—No lo recuerdo.

—¿Y tu madre?

—Creo que no le dije mucho. Tampoco a papá. Sabíamos que a Theo no le gustaba hablar de eso. Un día, en un viaje de pesca, le pregunté algo. Sobre la guerra. Papá me oyó y me dijo que no hablara de ese tema con él. ¿Sabes cuándo conseguí esa moneda?

Vicky negó con la cabeza.

—El invierno pasado. Un día antes del accidente. Quería conducir desde Boston y darles la sorpresa. Pero tuve mis dudas. Mira el tamaño. Es muy pequeña. El hombre en la tienda de Wayland tampoco podía creerlo. Pensaba que debía tratarse de otra moneda, no de un dracma. Me habló de un caso similar en la Primera Guerra Mundial. Un soldado portaba varias monedas en su chaqueta, y la bala pegó justo ahí. Pero eran varias monedas, de cobre. Me enseñó las fotografías. En cada una se notaba la marca de la bala. Cada una menos abollada que la anterior. Eran cinco o seis monedas, no una.

—Pues es un regalo hermoso. Muy hermoso. Dudo que pueda recordarlo, pero no importa. Todos estos años. Pobre. De pronto, por las noches se despierta. Tiene recuerdos: la guerra, por supuesto. Sus compañeros tendidos en la playa de Utah. La devastación. La marca profunda de aquello que han visto tus ojos y no puedes borrarlo jamás. Tu madre, tu padre, tú, por supuesto. Cuánto me gustaría que le des este obsequio, pero no lo sé. No creo que sea buena idea. Lo entiendes, ¿verdad?

Los ojos de Vicky se llenaron de lágrimas. De pronto levantó la vista, vio a Frankie y le pareció estar ante aquella misma mirada preñada de mansedumbre infantil.

—Theo nunca estuvo en el frente, en Normandía. Primero había sido capitán de artillería antiaérea y después oficial de inteligencia. Cuando las tropas desembarcaron en Utah, él estaba investigando la ruta por la que se abrirían paso en el norte. Luego volvió y vio todo aquello. Fue horrible, pero regresó ileso.

—¿Ileso? ¿Entonces?

—Tú.

—¿Yo?

—Sí. No recuerdas nada, ¿verdad?

Vicky enmudeció y notó el asombro en los ojos de Frankie.

—Tres años. Tenías tres años. Eras un niño listo. Muy listo. Todo lo que caía en tus manos lo escudriñabas. Todo. Un oso de peluche: tenías que saber de qué estaba relleno. Se trataba de un cochecito: tenías que averiguar cómo giraban las ruedas. Había una puerta cerrada: la abrías y te asomabas. Te gustaba jugar, esconderte bajo los manteles de las mesas y luego salir de golpe para darnos un susto. Ese día era domingo, en Westchester. Estábamos haciendo un asado en tu casa. Howard estaba con un amigo; en un cumpleaños, creo. Tú corrías y te escondías. Esa vez te escondiste en el vestidor de tus padres. Theo te buscaba por todos lados. Se divertían. «¡Estoy escondido!», gritabas con tu vocecita. De pronto, no sé cómo, encontraste una caja de sombreros. Dentro había un arma. Una pequeña pistola de bajo calibre. Nadie tenía ni idea de que estaba cargada. Theo entró en el vestidor y ahí estabas tú, tras los vestidos, con esa pistola.

—Disparé.

—Se disparó. Entiendes de lo que te hablo, ¿verdad? Frankie, escúchame. No tenías ni idea de lo que era un arma.

—Pobre Theo.

—Fue horrible. Horrible. Oímos el disparo y luego tus gritos. Tu padre lo dejó todo y corrimos a la habitación. Theo estaba a los pies de la cama con la camisa cubierta de sangre. No había tiempo para una ambulancia. Lo subimos al auto y lo llevamos a urgencias. Tu padre se pasaba los altos, uno tras otro. Yo iba en el asiento trasero, apretando la herida con todas mis fuerzas.

—¿Y mamá?

—Se quedó en casa, contigo.

—¡No recuerdo nada! —exclamó Frankie, con el rostro desencajado—. ¡Nada!

—¿Qué esperabas? Tenías tres años.

—Pero nunca me lo dijeron. Nunca.

—Por supuesto que sí. Estuviste en terapia con una psicóloga. Tu madre estaba aterrada. No sabía qué decirte, qué no decirte: no tenía ni idea. Dejaste de hablar. No sé cuánto tiempo dejaste de hablar. Antes reías, reías todo el tiempo y, a partir de ese instante, dejaste de reír. Fue espantoso.

—Solo recuerdo las cortinas de mi cuarto y a mamá leyéndome cuentos.

—Pero todo está ahí. En tu cabeza. No podías ni acercarte a la habitación de tus padres. Por eso vendieron la casa. Cambiaron la alfombra, las cortinas, la tapicería, todo. No había manera. No podías estar en ese cuarto. Gracias al cielo, Theo se recuperó. La psicóloga dijo que debías verlo cuanto antes. Te llevamos al hospital. Le llevaste dibujos.

—¿Dibujos?

—Sí. Dibujos.

—Fue un milagro. La bala había pegado en el extensible metálico de su reloj y se desvió hacia el costado. Penetró entre las costillas y se alojó en la pleura. Gracias a eso no le dio en la cabeza. Su reloj le salvó la vida.

—¿Su reloj?

—Sí. El alma te volvió al cuerpo cuando lo viste. O, al menos, eso creímos.

—¿Por qué?

—Ese verano, tres años después, viste su cicatriz. ¿Y sabes lo que dijiste? «Fue culpa mía».

—¿Eso dije?

—Sí. Lo dijiste una vez y nunca más.

—¿Y Theo? ¿Qué dijo?

—Que no. Estaba agobiado. Él, más que nadie, y con justificada razón. Te dijo que te contaría la historia, pero solo cuando tuvieras edad para oírla. No sabía qué hacer. Pobre. Solo quería que no pensaras en eso. Quería darte otra cosa.

—¿Qué cosa?

—Algo en lo que pudieras pensar sin culparte.

—Pues funcionó. De algún modo, funcionó. Gracias a ti, gracias a él estoy cuerdo. Me lo dijo mi terapeuta. No quiero ni pensar en lo que habrán padecido Theo y tú, pero... ¿Por qué? ¿Por qué callar de esa forma? Por papá, por mamá, ¿verdad? Nunca dijeron nada al respecto. ¿Cómo es posible? ¿Por qué?

—¿A ti?

—Por supuesto.

—¿Con qué objeto? Theo se recuperó. Estaba bien. Era una situación difícil. Muy complicada. El arma, para empezar. Tu madre la tenía escondida en la repisa más alta del vestidor. No había forma de que llegaras a ella, y tu padre juraba que no estaba cargada. ¿Cómo llegó ahí? ¿Quién la cargó?

—Howard —musitó Frankie.

Vicky desvió la mirada y lanzó un profundo suspiro.

—Prométeme que no vas a hablar de esto con él, que no vas a echárselo en cara nunca.

—Por supuesto.

—Pues pensaron que había sido él. ¿Quién más podría ser? Tu padre estaba aterrado. Un arma suya en manos de un menor. ¿Cómo explicar eso ante las autoridades?

—Las autoridades. Como si eso les importara a las autoridades.

—Pues les importa. Vaya que les importa. Tu padre temía que se abriera una investigación. Tuvo que hablar con un médico militar, el doctor Baker, gran amigo suyo. Desaparecieron los expedientes. Tuvo que cambiar los asientos del coche. Howard era mayor y tu padre no quería exponerlo. Decía que el responsable era él, no sus hijos. Ya sabes cómo era. No se lo perdonaba. Hay que entenderlo. A petición de tu madre, Howard se quedó con su amigo el resto de la semana, mientras lidiaban con todo. Pensaron en hablar con él, pero no lo hicieron. Le dieron la versión oficial: una cirugía.

—¿Y a mí?

—Ninguna. A menos que viniera de ti, no había razón para seguir hablando de eso. Habría hecho más daño que bien.

—Pues no sé qué pensar. Entiendo a papá. Quiero entenderlo, pero…

—Pero…

—¿Hace falta que lo diga? Howard, el litigio, la impotencia de papá. No sé qué pensar. No lo sé. ¿Habría hecho más daño que bien? No lo sé. Nunca te lo he contado, pero, ese verano, en ese campamento, soñé que mamá, papá y Howard me arrastraban a una fosa. Querían enterrarme vivo. Ahora por lo menos entiendo de dónde pudo venir eso. Llevo una vida tratando de salir de esa fosa y, cuando pienso que al fin lo logré, ocurre algo. Howard y yo, me acuerdo, íbamos a la escuela con una cápsula colgada al cuello. ¿Sabes lo que era? Un pastillero. Un psiquiatra nos recetó media tableta de Tegretol tres veces al día. ¿Por qué? ¿Qué estaba pasando? Recuerdo que ese médico me enseñaba tarjetas con manchas de tinta, en su consultorio. No recuerdo nada más que una mariposa. Una mariposa negra. No quiero ni pensar en lo que pasó después de todo eso. Mamá culpaba a papá, papá culpaba a mamá y, en medio de todo, estaba yo.

—No.

—Sí.

—No por el disparo.

—¿Entonces? ¿Qué rayos hacíamos dos niños con un psiquiatra?

—Eran tiempos difíciles.

—¿En qué sentido?

—Difíciles. La disputa de la que hablas y ese disparo no tienen nada que ver. Ni tú tampoco. Como en cualquier matrimonio, tus padres tenían sus problemas, pero siempre los arreglaban. Escucha, hay un momento en la vida en el que tienes que dejar el pasado atrás. Atormentarte así te ha hecho daño. Mucho daño. ¿Lo ves? Esta moneda, los años que has vivido con eso, todo lo que hiciste para traerla, tu accidente, tu matrimonio, tus hijos, tu trabajo, tu vida. ¿Qué piensas hacer, Frankie?

—No lo sé. Mucho de lo que ha pasado, mucho, está mal. Lo sé. Si pudiera volver a escribir, todo sería diferente.

—¿Aún no puedes hacerlo?

—No, pero no me sorprende. En el fondo, creo haber aprendido algo muy bien.

—¿Qué quieres decir?

—Que las palabras me afligen; que las palabras también mienten; que rara vez reflejan lo que somos. Todos los escritores veneran el lenguaje como si fuera el templo sagrado. Dicen vivir gracias a las palabras, pero yo he aprendido a temerles. Toda mi vida no he hecho otra cosa más que abocarme a descubrir las mentiras ocultas en el lenguaje. ¿Y te digo una cosa? Estoy harto. De pronto recuerdo a mis alumnos, trabajando con esas teorías sofisticadas sobre el lenguaje, y me digo: «Pobres. ¿Cómo le van a hacer para mantener a una familia? Han elegido y pagarán el precio de su elección. Acabarán como yo». Ahora resulta que estoy en bancarrota, ¿puedes creerlo? Llevo una vida trabajando y no tengo nada.

—¿Cómo dices?

—Nada. Casi nada. He tratado de vivir con cierto equilibrio. Ese raro equilibrio que te permite decir: «Si muero mañana, al menos me habré privado de poco». ¿Ha sido un error? No lo sé. Queda poco. Deudas, más que nada.

—¿Y las puedes pagar?

—Por fortuna, sí, pero nada más. No podría seguir adelante sabiendo que le debo un dólar a alguien.

—¿Y qué piensas hacer?

—No lo sé.

—¿Dónde vas a hospedarte? Para empezar.

—Un amigo me iba a alquilar su cabaña, aquí en Connecticut, pero hablé con él hace un rato y no puede. Tiene visitas.

—Quisiera ayudarte.

—Lo sé, pero no puedes hacerlo y, de todos modos, no voy a aceptarlo. Con Theo tienes más que suficiente. Ya pensaré en algo. No urge.

—Espera, tengo una idea. ¿Recuerdas a Henderson?

—¿A Bob Henderson? Claro. Jugaba al golf con papá y Theo.

—Trabajó con Theo, en los cines.

—Sí. ¿Qué edad tiene ahora?

—Poco más de setenta. Está en Glastonbury arreglando su finca. Se resiste a venderla. Su esposa murió y él se fue a vivir a Florida. Se enamoró de otra mujer. Le sobra espacio. Podrías llegar a un buen arreglo con él. Te aprecia.

—Me llamaba granjero por mi overol y mi camisa de cuadros, como los menonitas.

—Pues le llamaré ahora mismo. Seguro que podrá ayudarte. Tendrás que buscar un empleo, supongo.

—¿Un empleo? ¿Te das cuenta de lo que implica buscar un empleo para una persona en mi condición? Imposible. Yo estoy al timón de mi barco; a donde quiera que vaya. Si naufrago, me hundo con él. Solo necesito ganar un poco de tiempo. Si hasta el diablo tiene un último truco, no hay razón para que yo no tenga el mío.

—¿Un truco? ¿Sin dinero?

—Sin dinero, sí. Ya empeñé la vida en ese engaño y no voy a caer en la trampa una segunda vez.

—¿Y cómo piensas sobrevivir?

—Como Theo.

—¿Como Theo? Santo Dios. En serio, Frankie…

—Pues sí. Theo sobrevivió en esa guerra. ¿Por qué yo no? Yo no estoy bajo fuego enemigo. Mira, en el hospital tuve un presentimiento. De pronto sentí que no tenía más que dos opciones: morir o aceptar que, si tienes una vida, es gracias a gente como Theo. Dices que se despierta, por las noches, en medio de esa playa donde tantos otros como él dejaron la vida. Sin pensarlo, dieron lo único que tenían para que otros pudieran aspirar a una vida que se precie de serlo. ¿Cómo honras eso? Siendo feliz, ¿no? Honras a tu padre y a tu madre siendo feliz. No hay más.

En ese momento, se oyó una tos apagada en el altavoz de un monitor junto al fregadero. Vicky volvió la mirada, y la tos se escuchó una segunda vez. Frankie miró el monitor con un escalofrío, pues comprendía que se cuida de una vida de la misma forma cuando empieza que cuando termina.

—Hablando del rey de Roma —murmuró Vicky, mirando el reloj en la pared—. Cómo me gustaría que lo vieras. ¿Te animas a verlo?

Frankie asintió con la cabeza.

—No tienes que decir nada ni hacer nada. Le voy a decir que estás aquí y que vas a pasar a verlo un momento.

—¿Y no será raro?

—No lo sé. Tengo una idea. Puede alegrarse, desconcertarse o preguntar algo que no tenga sentido, pero puede servir. Él sabrá decirme si quiere verte. Y, si no, pasas, le dices que lo quieres y que estás a punto de marcharte. No lo presionamos. ¿Te parece?

Frankie siguió a Vicky por un pasillo hasta llegar a un cuarto de estar con muros blancos, alfombra blanca, un sillón, una televisión y una estantería de la que la vio agarrar un sobre.

—Espera un momento. Déjame ver cómo está.

Vicky abrió la puerta, y apareció el respaldo de un sillón individual grande que miraba hacia un ventanal con vistas al jardín. Junto a la puerta de un baño, había una cómoda con toda clase de artículos para el cuidado de Theo: toallas, pastilleros, esponja, cremas, un aparato para medir la glucosa, navajas de afeitar y enjuague bucal.

—Tenemos una visita —le dijo Vicky abriendo la cortina. Su volumen de voz era normal, lo que quería decir que el oído de Theo estaba en buen estado.

—¿Quién? —preguntó con su voz inconfundible.

—Alguien a quien no has visto en mucho tiempo. Frankie, el hijo de Howard.

Vicky sacó una foto del sobre y la puso delante de Theo.

—Aquí está en esta foto contigo. ¿Quieres verlo?

Se hizo un silencio. Theo alargó la mano y Frankie la vio asomarse tras el respaldo. Aquellas manos. Aquellas manos que había visto tantas veces aferrar un volante, una pelota de tenis, una raqueta, un palo de golf; atar un anzuelo a la línea de pesca. Esas manos que sostenían sus dibujos para estudiarlos hasta el más mínimo detalle. El gesto paciente y alegre aun cuando todo estuviera perdido.

Aún no había visto al hombre que se ocultaba tras ese sillón y ya recordaba esas noches cuando repasaban juntos hasta la última cosa que hubieran hecho en el día. «Recorrimos el campo de golf, fuimos a Maine, resbalé en la trampa de arena». «La chica de la librería, qué guapa era, ¿verdad?». «Esos sándwiches de langosta y cangrejo que probamos en el almuerzo, ¿no eran magníficos?».

Todo el balance nocturno de Theo, ahora lo sabía, esos diarios interminables que se ponía a escribir todas las noches no eran un simple pasatiempo: eran un resumen de todo lo que te había regalado la vida por el simple hecho de vivir un día más.

Tan pronto como Theo vio la foto, Vicky le hizo una seña a Frankie para que se acercara. Entonces, se llevó una sorpresa. En ninguna parte del rostro de Theo se asomaba un hombre de más de cien años. Sus células parecían felices de seguir floreciendo en su piel. La frente, muy amplia, y el abundante cabello blanco crecido en torno, así como las mejillas y la expresión de la boca acentuaban aún más la fisionomía de un hombre nacido para ser feliz. Solo en sus ojos, emocionados al mirarlo, se advertía la lucha de una mente que no había podido seguir el paso de la salud física. Tenía la foto entre las manos. Esa era la prueba de que, en otro tiempo, la persona que tenía delante había sido parte de su vida.

—Theo —le dijo Frankie, sujetándolo con ambas manos para decirle lo único que podía decirle en ese momento—, te queremos, todos te queremos. Yo te quiero y te querré siempre.

Frankie no sabría nunca si las palabras de Theo estarían o no secundadas por su memoria, pero, por la forma como lo miraba, era posible.

—Pues... yo también te quiero —le dijo, sin apartar la mirada—. Son muchos años, muchos años ya.

—Sí. Muchos.

—Tu padre.

—Sí.

—Tú.

—Sí.

—Muchos años, muchos años.

Al ver que Theo no le soltaba las manos, Frankie se sentó a los pies de la cama y se mordió los labios. Un gemido que temía no poder ahogar lo obligó a simular que miraba por la ventana mientras se limpiaba la nariz y los ojos con el brazo. La tarde empezaba a caer. Vicky tendría que ocuparse de Theo, y sabía que no podía retrasarse.

Frankie besó a Theo en la frente y salió de la habitación.

—¡Estuvo bien! ¡Muy bien! —exclamó Vicky, mientras Frankie la seguía hacia la cocina—. Mañana vendrá una nueva asistente y todo será un poco más fácil. Sabes que puedes venir cuando quieras, ¿verdad? Te llamaré.

—Claro.

—Conducirás con cuidado, ¿lo prometes?

—Lo prometo —respondió Frankie, mientras Vicky colocaba un trozo de papel en el bolsillo de su camisa.

—Aquí tienes. Ve a Glastonbury. Ve ya. Hablaré con Bob. Llámame cuando llegues.

—Está bien.

Vicky se dirigió al recibidor y abrazó a Frankie sin dramatismo, pero él sabía que estaba disimulando. Se colgó la mochila, y la grava volvió a crujir bajo sus zapatos. Luego subió al coche y bajó por la cuesta, sin dejar de mirarla, en el espejo, agitando la mano en su largo adiós.

22

Había ido allí poco antes del mediodía. Había entrado en su habitación y elegido la ropa casual, pero con el toque respetable que consideraba adecuado. Una chaqueta entallada de lino blanco, un pantalón de mezclilla ligero y un par de zapatillas sin calcetines le habían parecido el atuendo veraniego correcto. Ahora las mangas de la chaqueta estaban arrugadas, el pantalón le apretaba la entrepierna y le molestaba el brasier.

—Qué fastidio —se dijo, zafándose las zapatillas para entrar en la cocina y percatarse de que Frankie, por lo menos, se había tomado la molestia de dejar todo en orden. No había un solo plato en el escurridor y el piso estaba limpio. En su único mensaje de texto le comunicaba que se dirigía a New Haven y que no dudara en llamarle si necesitaba algo, «Lo que sea». Eso le sonó raro: ¿lo que sea? ¿Qué estaba queriendo decirle, si lo único que necesitaba no se lo había podido dar?

Se sirvió un vaso de agua y se dirigió al estudio. Parecía un buen momento para escribir su introducción, pero la cita con Reinaldo era a la seis y no tendría más que una hora para trabajar, cosa de la que tampoco estaba segura porque, ahora que lo pensaba, no era nada improbable que Reinaldo le tomara la palabra y cambiara la cita para mañana.

—Debí quedarme callada —se dijo, reclinándose en el respaldo, molesta por someter su tiempo a disposición y capricho de los contratiempos ajenos. Ahora estaba en casa, en espera de que otro confirmase si dispondría de su tarde o no. Eso era un aviso. El aviso de que ya no estaba dispuesta a complacer a los otros a sus expensas. ¿Acaso no era eso lo que había hecho toda su vida? ¿En el amor, en la casa, en su estudio, como esposa, como madre, como editora?

No obstante, ahí estaba otra vez, en espera de la tregua para escribir un texto que, en el fondo, no le interesaba ni tenía nada que ver con ella. Esa era la realidad. Desde sus primeros trabajos como editora, no había hecho otra cosa que dar forma cabal a los libros ajenos, mientras ella, que tenía el suficiente respeto por el oficio, ni siquiera se atrevía a darse una oportunidad. ¿De dónde vino eso?

No es que no lo hubiera intentado. En sus libretas, incluso en su computadora, había una variedad de apuntes, incluso poemas, dotados de gracia y decoro lingüístico que, no obstante, no pasaban de ser intentos fallidos. ¿De verdad era que la magia no estaba en ella o era la vida que había elegido llevar la que había drenado hasta la última gota de voluntad?

La *dolce vita*, el consentimiento de su propia persona. Demasiada televisión, demasiadas reuniones; la manía de asomarse al teléfono a la primera oportunidad o encender el aparato de música en cuanto hubiera un minuto de silencio; el ansia por mantenerse activa, informada, absorta en el mundanal ruido. Eso no era culpa de Frankie, ni de Max, ni de Kate, ni de los hombres y su barbarismo histórico. No, esa mujer no había sido sometida al yugo del patriarcado. Había sido su elección.

Pero, si se trataba de una elección, de una verdadera elección, ¿de dónde venía ese reproche, esa persistente llamada que la espoleaba alzando cada vez más la voz? Desde luego no de un anhelo pueril ni de la necia persecución de una meta vacua. No, tan solo era el deseo de dar expresión viviente a su intensa pasión, a su inextinguible libertad de crear y llamar a la existencia eso que habitaba en la soledad de su mente.

Fue entonces cuando Maddie, con su peculiar ansia y velocidad, se rindió a lo insólito, al impulso del que no habría retorno ni escapatoria. La mutación había obrado en la totalidad de su ser. Se había quitado ya el pantalón de mezclilla, el apretado brasier, y estaba inclinada ante el escritorio, con la camisa desabotonada.

Primero tiró a la basura virtual el documento con su introducción inconclusa. Luego, escribió un breve correo al editor ejecutivo de la casa editorial. Se disculpaba por no tener la paz mental para semejante trabajo debido a los hechos recientes dados a conocer por los medios, los cuales habían afectado su vida privada al punto de no poder, por primera vez en su vida profesional, llevar a buen puerto un proyecto. Solo le tranquilizaba saber que renunciaba al trabajo a los pocos días de haberlo iniciado, por lo que el compromiso podría cumplirse con el trabajo de una persona que le recomendaba ampliamente: Leslie Kaplan.

Por último, apagó la computadora, se dirigió a la cocina y abrió el refrigerador. Solo había una cerveza oscura y una botella de champán arrumbada desde hacía siglos. Sacó la botella, le quitó la envoltura al corcho y, tan pronto como empezó el vaivén, la blanca espuma se le derramó en la mano. Terminó lamiéndola, pues se trataba de un excelente champán y no de otra cosa sin glamur ni remedio. Entonces se dirigió a la estancia, apoyó su copa y encendió un cigarrillo. En otro momento habría encendido el aparato de música, pero esta vez alguien había comenzado a decirle algo y no tenía otra opción más que escuchar.

En Connecticut, mientras tanto, Frank Armstrong viajaba hacia el norte por Wilbur Cross Parkway. La temporada de lluvias había hecho explotar el verdor del entorno contra el azul profundo del cielo. Presente, pasado y futuro cobraban su sentido más simple detrás del volante. Lo único que tenía que hacer era ocuparse de la siguiente curva, del próximo túnel o de tomar la desviación indicada.

La verdad tras aquella súbita detonación en la oscuridad de la casona de Westchester ahora proyectaba una luz. Una rara luz sobre su pasado y una buena parte de su presente. Se dirigía a Glastonbury para encontrarse con Henderson, un hombre al que hacía años que no veía y al que recordaba como una persona afable, trabajadora y, seguramente, poseedor de una buena fortuna, porque Theo lo había hecho accionista del negocio familiar: una cadena de cines que se extendió hasta Vermont y New Hampshire, desde la época dorada de los autocines hasta los recientes *multiplex*.

Henderson, ahora lo recordaba, le regalaba camisetas y gorras publicitarias con las películas del momento. *Tiburón*, *Carrie*, *La aventura del Poseidón* y los filmes de James Bond. Vio siete veces *Chitty Chitty Bang Bang* y, cuando Henderson se enteró, le regaló el coche de juguete que desplegaba las alas y tenía a Dick Van Dyck al volante. Henderson no lo llamaba Frankie, sino Granjero; tenía la voz rasposa, era delgado, con ojos rasgados al estilo Charles Bronson, sus negras cejas eran muy pobladas y caminaba como un vaquero recién desmontado de su caballo. La última vez que lo vio tenía el pelo blanco, pero las cejas seguían siendo negras. Le tenía aprecio, pero tan pronto como empezó a hacer su vida le perdió la pista. Lo último que recordaba era una llamada suya un tanto peculiar cuando se enteró de que no pensaba ingresar a Yale ni ser abogado. «Vamos», le dijo con voz perentoria. «Serás solo "un americano más" caminando por la calle».

¿Qué clase de comentario era ese? Sin duda bien intencionado, pero equivocado, porque lo que Bob nunca supo fue que él mismo había boicoteado su ingreso desde el día en que se presentó a efectuar la matrícula. Recordaba bien ese día en que, ya con toda la documentación en la mano, cambió de opinión. Estaba almorzando en ese pub favorito de los estudiantes cuando un pelotón de engreídos, en la barra, con sus polos de cuellos levantados, discutían de la forma más pedante que había oído en su vida. «¿De verdad quieres esto?», se preguntó. Luego salió a la calle. Otro de aquellos individuos bajaba de un descapotable, como si no existiera en el mundo nada más que él, su camisa y su coche. En defensa del vehículo, había una calcomanía. Decía: «Si piensas que la educación es cara, prueba la ignorancia».

El chico entró al pub, y Frankie arrancó una hoja de su cuaderno en la que escribió: «Si piensas que la ignorancia se elige, prueba el hambre». Estuvo a punto de rematar su epigrama con otra palabra, pero se contuvo y se limitó a colocarla en cristal, sujeta con el limpiaparabrisas. Se había dado cuenta de que prefería seguir siendo lo que era; de que una voz poderosa se rebelaba diciéndole a gritos que él no podía pertenecer a ese mundo, por más que su padre insistiera; de que quizás lo que anidaba en él era, en efecto, el anhelo de ser «un americano más», consciente de que el diamante en bruto de su existencia no podría hallarse en aquel semillero de *preppies* ansiosos por devorarlo todo.

Pero, claro, Bob no sabía nada de esto. No tenía por qué saberlo y, casi seguro, habló con su padre, quien ya le había dicho que se pasaría la vida como una rata de biblioteca, dando clasecitas a alumnos somnolientos para mal pagar una renta y, con serias dificultades para darles a su mujer y a sus hijos la clase de vida que el mismo había recibido. Ahora había cumplido esa tarea a costa de años y trabajos en los que lo habían exprimido, sin evitarle siquiera caer en la ruina. Eso era lo perturbador: descubrirse acudiendo a las mismas personas que lo vieron partir, con la vida por delante, para volver, cuarenta años después, con esa misma vida acabada, sin casa, sin dinero, sin amor; en otras palabras, un náufrago a la deriva en la gran travesía de la vida.

Con tales recuerdos, Frankie salió de la autopista y se dirigió a la plaza comercial de Rocky Hill. Estaba ya muy cerca de Glastonbury y no quería llegar a la finca de Henderson con las manos vacías. Lo menos que podía hacer era llevar un par de botellas de vino y algunas provisiones. Minutos después, circulaba por New London Turnpike, sorprendido por la densidad repentina de la vegetación, que, tan pronto como pasó por Chestnut Hill Road, era un verdadero estallido de árboles, matorrales, prados y encantadores jardines que flanqueaban la pequeña carretera.

Tener ese camino delante lo hizo sentirse mejor, mucho mejor, y ahora presentía que su destino, cualquiera que fuera, habría de empezar en Woodland, donde se hallaba la finca de Bob, hacia la que pronto se abrió paso subiendo por una brecha serpenteante que lo adentraba cada vez más en la espesura del bosque hasta llegar a una pequeña planicie, donde había una *pick-up*, un pequeño tractor, un remolque de riego y un denso arbusto del que emergió Bob Henderson con unas tijeras que clavó en el suelo. Lo saludó agitando la mano y le indicó que se estacionara junto a la *pick-up*.

La propiedad era mucho más grande de lo que había imaginado y estaba compuesta por tres parcelas que Bob había comprado a lo largo de los años. A mano derecha, un encantador bosquecillo; al frente, un llano con su cerca, que se extendía hasta el pie de un granero lejano acompañado de un solitario y augusto castaño; a la izquierda, sobre una pequeña loma, estaba la casa, con su revestimiento color rojo indio, su pórtico, su chimenea y sus ventanas blancas.

Frankie bajó del coche haciéndole señas a Bob, quien, con un gesto curioso, exclamó:

—¡Frank Armstrong! ¡Bienvenido a mi humilde morada!

—¡Humilde! —exclamó Frankie, mirando el entorno al tiempo que estrechaba su mano—. ¡Esto es un paraíso! Qué gusto verte, Bob.

—El gusto es mío, Frankie. El gusto es mío, en verdad. ¿Hace cuánto no te veo? ¿Treinta años?

—Un poco más.

—¡Jesús! ¡Señor! ¡Cristo! ¿Tanto así ya?

—Sí. Me temo que sí.

—En fin —prosiguió Bob, sacudiendo sus pantalones mientras Frankie daba un paso hacia el maletero del coche—. Vicky me llamó. Estoy al tanto de todo. Es un desastre, ¿verdad? Un verdadero desastre.

—Por decir lo menos, sí. No sabes cuánto te lo agradezco. Prometo dejarte en paz lo más pronto posible.

—¡Bah! No me agradezcas nada, primero deja que te enseñe todo esto y tú decidirás. Ven, sígueme. Deja todo eso ahí, es más corto por aquí.

Frankie siguió a Bob por un estrecho sendero mientras este le contaba el breve relato sobre la adquisición de la finca, quince años atrás, luego de la muerte prematura de su esposa, Mary Ann, a causa de una trombosis, su posterior huida a Florida y su reciente encuentro con una mujer de

Tampa llamada Carol, a quien amaba lo suficiente como para no casarse con ella.

—Porque lo que ya te une en el corazón —le dijo, apartando una rama— no requiere de papelitos, ¿no es cierto?

Frankie asintió, al tiempo que Bob lo guiaba por un camino, al lado de la cerca, mientras hablaba de lo mucho que significaba esa propiedad para él, de su resistencia a venderla y de la esperanza de que Carol, al menos, se animara a pasar ahí los veranos.

—Pues mira nada más qué lugar— le dijo, mientras Frankie miró el llano cubierto de maleza con un raro presentimiento.

—¿Así que Carol está en Florida ahora?

—Sí, sí —respondió Bob—. Creo que, en el fondo, piensa que todo esto es el dominio de Mary Ann. Es raro, porque eso no cuadra con su carácter. Quién sabe. Solo dice que no soporta el frío y que sería mejor tener algo que pudiéramos aprovechar todo el año. Pero bueno, ya sabes, las mujeres. El caso es que tuve que venir aquí para preparar la casa. La alquilé por un año. Una pareja, un poco mayor que tú, llega mañana.

—¿Mañana?

—Sí, pero no te preocupes. Tienen su propia entrada, no te molestarán. Ellos estarán allá, y tú, aquí.

El viento sacudió las ramas del castaño. Bob levantó un madero que atrancaba la cerca y Frankie, con creciente incredulidad, lo miró dirigirse al granero, aquel viejo granero, también rojo indio, con su clásica techumbre estilo *gambrel*, sus ventanas blancas y sus dos grandes puertas que Bob abrió de golpe, exponiendo el complejo entramado de aquella enorme estructura de vigas, soportes, tablones, escalerillas y entre pisos.

—¡Mira esto! —exclamó Bob—. Estaba incluido en la última parcela que compré. Tu padre me ayudó con eso, por cierto. Era de la señora Owen; vivía ahí enfrente. Sus hijas heredaron la propiedad y ¿sabes lo que empezaron a organizar aquí? ¡Bodas! ¡Bodas! ¿Lo puedes creer? ¡Bodas en este lugar! Me hundieron. Los fines de semana echados a perder con esa música horrorosa. No lo soporté. Tu padre me dijo: «Si quieres tu silencio, tendrás que pagar por él porque no puedes hacer nada». No tuve otra opción que hacer una oferta. ¿No es una maravilla? Es parte del terreno por el que veníamos. Si logro animar a Carol, podemos cultivar fresas. No lo sé. Mira el estado en el que se encuentra. ¿No es maravilloso?

Frankie asintió y miró el entorno, mordiéndose los labios. En efecto, era un granero magnífico, pero no podía creer que a Henderson se le ocurriera depararle semejante morada y, mientras Bob lo conducía a una puerta al fondo, comenzaba a pensar en cualquier excusa para irse.

—Aquí —dijo Bob, asomándose adentro—, solo hay una pequeña bodega, un cuarto de triques con muebles viejos. Si decides quedarte, podrías usarlos para lo que quieras. Solo es cuestión de escombrar.

—¿Escombrar? —preguntó Frankie, con aún más incredulidad, al tiempo que Bob abrió otra puerta hacia un cobertizo adyacente en donde había una cama individual, una mesilla, una pequeña lámpara, un radiador eléctrico y un juego de sábanas, mantas y toallas colocadas sobre un colchón que, por lo menos, estaba cubierto por una funda de plástico, sobre el que Bob, ahora sentado, rebotaba mirando en torno con un aire de inexplicable nostalgia.

—Y bien, ¿qué te parece? —preguntó para luego añadir—: Me encanta este cobertizo espartano. Aquí me quedé cuando murió Mary Ann y me dediqué a la remodelación de la casa. Tres meses pasé aquí. ¿No te parece fantástico? Mira la vista que tienes: es fenomenal. Además, está muy bien aislado. En invierno enciendes ese calefactor y puedes dormir con camiseta. Es el cuarto más calientito de toda la propiedad. Aquí tienes tu lamparita de lectura y ahí fuera un baño con un calentador muy eficiente. ¿Qué te parece? ¿Te gusta?

—Es bonito.

—¿Verdad que sí? A veces me acuerdo de los días en que estuve metido aquí y me pregunto para qué quiere uno tanto si con algo tan simple como esto se puede ser muy feliz. De pronto pienso que me he pasado una vida trabajando como mula para al final darme cuenta de que, a decir verdad, esto es todo lo que necesitaba. Además de Mary Ann, claro. Mira, ahí puedes colgar tu ropa. La ropa que necesitas para una semana, incluyendo dos suéteres, tu chaqueta de invierno y tu ropa térmica.

Frankie se sentó en una silla rústica de madera y miró por una de las ventanas, con las palabras de Bob retumbándole en la cabeza.

—Mira —prosiguió Bob—, cuando te duermas, abres esa ventana y cierras la malla. No tendrás un solo insecto, dormirás oyendo los ruidos de la noche y, en invierno, con todo eso nevado, oirás el silencio, el absoluto silencio con el aire puro arrullándote mientras estás aquí, tapado hasta el cuello con tu edredón. ¿Verdad que es fenomenal? Y no lo has visto todo. Sígueme.

Bob se levantó y condujo a Frankie hacia otra puerta, tras la que se hallaba una pequeña cocina bien acondicionada.

—¿Sabes lo que había aquí? —preguntó—. Una cocina industrial. Ahora, mira: desayunas aquí en la mañana con tu diario y tu café. Veo que te gusta, ¿verdad? No tienes la misma cara de espanto que pusiste cuando llegamos. ¡Claro que no! Y todavía no termino. Abre esa maldita puerta.

Frankie abrió la puerta hacia el exterior y caminó sobre un entarimado de madera de teca con sillas, una mesa con sombrilla plegada en el centro y la vista hacia el espeso bosquecillo, acompañado por las colinas circundantes, en las que ya pardeaba el sol del poniente. Bob sonrió desde la puerta, cruzado de brazos.

—¿No quieres explayarte ya?

—Es fenomenal —contestó Frankie, mirando a Bob con escepticismo desde el entarimado—. Ahora solo falta que me digas qué diablos quieres a cambio.

—Te lo diré. Te lo diré en cuanto bajes tus cosas, te instales y me cuentes cómo alguien como tú ha caído tan bajo que tiene que venir hasta aquí, pidiéndome asilo, sin otra cosa que una jodida mochila, en un coche alquilado.

23

Maddie se terminó su copa y devolvió la botella al refrigerador, inmersa en la certeza de que su propia supervivencia estaba ligada a su condición, a la índole irrevocable de su existencia. No se trataba de un simple motivo, tampoco de una obsesión, y la palabra *objetivo* estaba dotada de un carácter efímero. ¿Cuál es el objetivo de un toro? ¿Cuál es la meta de una serpiente? Más que una sospecha, tenía la convicción de que cada maldito paso, cada suceso fortuito no había hecho más que llevarla a esa encrucijada. Incluso el compromiso con Reinaldo Ribeiro pareció alinearse con los astros, pues, cuando al fin se comunicó, le dijo que seguía en el aeropuerto, donde había recibido una llamada de Eva Bauer, la editora de Frankfurt, para comunicarle que el proyecto debía posponerse hasta nuevo aviso. Daba la sensación de que el universo conspiraba, pero no abriendo puertas, sino cerrando por sí mismo la última puerta que le faltaba cerrar.

Ya eran casi las seis. Por un instante, la invadió la tentación de escaparse a las Bahamas con Leslie y volver a poner su vida en orden. Algo, sin embargo, comenzaba a decirle que huir en ese momento sería como echarse encima una maldición. Cualquiera que fuera su futuro, debía comenzar por la aceptación, no por la huida.

Entonces encendió su computadora y accedió a una famosa web inmobiliaria con el objeto de alquilar una pequeña casa en la costa de Maine. La idea de instalarse a escribir frente al mar por una temporada comenzaba a seducirla. Se veía a sí misma sentada frente a una ventana con su café, haciendo comidas frugales y dando paseos por la playa con el solo propósito de averiguar lo que fuera que estuviera en su mente. Alejarse de Nueva York, romper con la rutina; quitarse de la cabeza cualquier cosa que le recordara a Frankie bastaría para iniciar el largo proceso de sanación. Si su vida no era más que incertidumbre, podría entregarse a ella con los brazos abiertos y dejarse arrastrar, como la hoja que se desprende del árbol. Por primera vez sentía que podía ver hacia adelante, hacia lo desconocido.

No obstante, a medida que pasaban las horas, pues fueron horas las que pasó revisando las propiedades disponibles, el sueño romántico de escribir frente al mar empezó a palidecer. Buscó en Brunswick, en Camden, en Bristol, en Seaport, incluso en Portland, a donde prefería no ir. Por una serie de razones que atribuyó a la manía moderna de alquilar casas a precios de hotel por el simple hecho de anunciarlas en la plataforma de moda, fue descartando opción tras opción, ya fuera por la ubicación o por los precios, que eran estratosféricos.

Cocinas inoperantes, colchas sintéticas horrorosas; el cuadrito con una langosta roja; mobiliario de segunda ubicado en el lugar incorrecto. Era inverosímil. Cada propiedad no le producía ninguna otra sensación más que la de verse habitando no como un huésped, sino como una intrusa que, de pronto, llega a un hogar ajeno. «Para eso, me voy a un hotel», pensó.

En ese momento empezó a darse cuenta de la trampa en la que estaba cayendo, otra vez. Se imaginó sentada, sola, en un escritorio, encerrada en un cuarto o trasladándose a un café con una silla dura y toda suerte de distracciones. Lo único que lograría sería pasar incomodidades para terminar percatándose de que lo más importante ni siquiera estaba resuelto: aquello sobre lo que iba a escribir. En casa, en cambio, lo tenía todo: su escritorio, sus libros, su cama. Era el lugar idóneo para emprender el verdadero viaje que no tenía otro destino más que al interior de ella misma. ¿Había escrito una palabra? No importaba. ¿Se había pasado el día escribiendo un párrafo que no funcionaba? No importaba. El toro embiste, la serpiente muerde, la pantera sigue a su presa durante horas y requiere de múltiples lances si ha de sobrevivir. ¿Qué diablos le había hecho creer que su caso era diferente?

Maddie cerró el navegador y se marchó a su habitación reprendiéndose por ilusa, por haber caído en la tentación de buscar la inspiración de semejante manera, cuando lo primero que tenía que hacer era enfrentar la situación en la que estaba ahora, sabiendo que no estaba él, que dormiría sin él y que comería sin él. Con un trémulo sollozo, se tumbó en la cama.

En Glastonbury, entretanto, Frankie yacía sobre el colchón ahora cubierto por una sábana blanca. La cita con Bob era a las ocho y media, y las provisiones aguardaban en la casa principal. Había sido una jornada larga y no tenía ánimo de socializar. Tampoco quería dar demasiadas explicaciones sobre su llegada inesperada a la finca. Puede que no supiera cuánto tiempo habría de hospedarse ahí, pero no quería deberle favores a Bob, así que escribió un cheque y echó a andar por la vereda.

La noche era oscura y la luna apenas brillaba tras las nubes. El farol de la puerta trasera estaba encendido.

Frankie levantó el picaporte y entró a la cocina. Entonces se topó con un segundo imprevisto. Dos enormes maletas estaban en el pasillo, pero Bob, en la estancia, caminaba de un lado a otro con cara de pocos amigos y el teléfono al oído.

—No me importa, no me importa —lo oyó repetir, agitando la mano—. No me importa, Marvin, no me importa... Te apuesto lo que quieras a que ya lo sabía... Por supuesto que lo sabía, claro que sí... En fin... Sí... Sí... Sí... No. Que pague hasta el último centavo y se largue a donde quiera... Está bien. Sí... Hablamos mañana.

Bob terminó la llamada, lanzó el teléfono sobre el sofá y miró a Frankie.

—¡Santo Dios! —exclamó.

—¿Problemas? —preguntó Frankie, con las manos en los bolsillos.

—Era Marvin Preston, el agente inmobiliario.

—¿Malas noticias?

—El inquilino. Se echó para atrás, ¿lo puedes creer?

—¿Cuándo?

—En este momento. Dice que le ofrecen un trabajo en Atlanta que no puede rechazar. ¿Un trabajo así de un día para otro? Es un alto ejecutivo. Por supuesto que ya lo sabía, pero no dijo nada. Se lo tenía bien calladito.

—Pero firmó un contrato, un…

—Desde luego, pero dice que pagará de buena gana la pena convencional. Me importa un bledo.

—¿Y qué piensas hacer ahora con la casa, Bob? ¿Buscar otro inquilino?

—No lo sé. Carol y yo nos vamos a Inglaterra la próxima semana. No puedo quedarme.

—¿De paseo?

—Su familia.

—¿Y a qué hora te vas mañana?

—Tengo que estar en Bradley a las cinco.

—¿Y cuánto tiempo vas a estar allí?

—Por lo menos tres meses. Luego nos vamos a Francia para visitar a su madre. Vive en Provenza.

—Es bonito.

—Sí. Pero tendré que dejar todo en manos de Marvin, y eso no me agrada para nada. No con esta propiedad. No son cosas fáciles de manejar a distancia. Disculpa.

Bob hizo un gesto, se dirigió a la cocina y comenzó a hurgar en las bolsas. Frankie supuso que se acercaba el momento de abordar el asunto.

—¿Qué es esto? —le preguntó.

—Carnes frías y un poco de vino.

—Vaya. Práctico y tentador. Pensaba invitarte a cenar al pueblo. Hay una *trattoria* bastante decente. Así ya no ensuciaríamos nada y te mostraría los alrededores.

—Si quieres podemos ir.

—No, no. Esto no se ve nada mal. Solo necesitamos una tabla y un cuchillo. ¡Maldita sea!

—¿Qué?

—Guardé mi tabla y mis cuchillos en la bodega. ¿Lo ves? ¿Ves lo que te digo? Detesto los bienes raíces. Son un dolor de cabeza. Ten, toma esto. Vamos al comedor.

Bob abrió la alacena y le pasó a Frankie dos platos y un par de cubiertos.

—Dime una cosa: ¿trajiste cigarrillos?

—Están en el cobertizo. ¿Quieres uno?

—No. Vamos a cenar. Luego vamos por ellos y me lo cuentas todo. ¿Por qué pones esa cara?

—Porque llevo una semana hablando de esa historia con todo el mundo. Con Howard, con su penalista, con los detectives y, para colmo de males, con Maddie.

—Diablos. Claro, lo entiendo. No tienes que entrar en ese tema si no quieres. Estoy bastante enterado, de todas formas.

—Vicky.

—No solo Vicky. Eres el escándalo del momento, amigo mío. Me extraña que no te haya seguido la prensa. Estás en todos los noticieros.

—Sí. Ahora todo el mundo se entera de mi vida por los noticieros.

—Te volviste famoso.

—Y por malas razones. Lo detesto. No quiero hablar de eso ahora, Bob.

—Está bien. Cuéntame, ¿cómo viste a Theo?

—Pues fue una sorpresa.

—El año pasado lo condecoraron: la Legión de Honor.

—¿Apenas el año pasado?

—¿En serio no lo sabías? Estuvo bajo el mando del general Patton.

—No, nunca me habló de eso.

—No es fácil cuando has estado ahí. Theo fue parte de una hazaña inmensa. Nosotros solo fuimos carne de cañón.

—Vietnam.

—Sí.

Frankie hizo una pausa. Tuvo el súbito presentimiento de que Bob, como socio y confidente de Theo, bien podría estar al tanto de la verdad tras los hechos ocurridos en la vieja casona de Westchester.

—Bob, antes de venir estuve pensando una cosa. Bueno, en realidad son dos cosas.

—¿Dos cosas?

—Sí. La primera: quiero decirte que cuentas conmigo. En lo que yo pueda ayudarte mientras esté aquí, lo haré con gusto.

—Gracias. ¿Cuándo piensas volver a Nueva York?

—No lo sé. Pero yo voy a estar más cerca de aquí que tú en Europa. Yo podría ayudarte. Lo manejamos por mensajería. Quieres rentar la propiedad por un año, ¿no es así?

—Sí. Tengo que aceptar que es una buena idea, pero no estoy seguro.

—¿Por qué?

—Porque no soy un oportunista, por eso.

—¿A qué te refieres?

—A que no voy a aprovecharme de tu desgracia. Ni siquiera me has dicho cuánto tiempo piensas estar aquí.

—No lo sé. Tenía pensado pasar alrededor de treinta días aquí y, a cambio, darte esto.

Bob, que estaba esforzándose por cortar un trozo de pan, frunció el ceño y miró el cheque.

—¿Me estás pagando mil quinientos dólares por ese cobertizo?

—No solo es el cobertizo. Mira el tamaño de la propiedad. Es lo menos que puedo hacer. Si me marcho antes, sales ganando; si me demoro, te pago otro mes.

—¿Y luego? ¿Vas a escribir?

—No puedo escribir desde el accidente. Tuve una lesión en el lóbulo parietal izquierdo. Padezco agrafia. Lo llaman el síndrome de Gerstmann. En mi caso afectó la escritura.

Bob estudió con discreción el rostro de Frankie.

—¡Lo siento! ¿Y cuál es el problema? Quiero decir, puedes agarrar una pluma, ¿verdad? Un teclado. Escribiste ese cheque.

—Sí. Pero no puedo hacer mucho más. Un ensayo, una columna: imposible.

—¿Y eso es...?

—¿Permanente? No lo sé.

—Escucha. No sé qué diablos voy a hacer con todo esto, pero nos pondremos de acuerdo y podrás ayudarme. Ten, toma. —Bob alargó el brazo y puso el cheque junto a la copa de Frankie—. No vas a pagar un centavo de renta mientras me ayudas con todo.

—Gracias Bob, pero no lo acepto. No soy ninguna obra de caridad.

—No es por caridad; es sentido común, amistad. Tú no me harías eso si yo estuviera en tu lugar.

—Tú lo sabes, ¿verdad? Estoy seguro de que sabes lo que pasó en Westchester.

Bob miró a Frankie por un segundo, tomó un respiro y asintió con la cabeza.

—Horrible. A mí me tocó deshacerme de las armas; tu padre me las dio.

—¿Había más de una?

—Dos.

—Una Luger y esa Walther que Theo le quitó a un militar de la inteligencia alemana. Se las regaló a tu abuelo después de la guerra. No quería saber nada de ellas.

—¿De modo que el arma con la que casi lo mato vino de él?

—Me temo que sí.

—Qué horror. La historia de un arma. Desde que la fabrican hasta que mata al primer ser humano. Y pensar que terminé escribiendo toda una novela sobre eso.

—¿*Que vivan las armas*?

—Sí.

—No la leí, pero te prometo leerla.

—No tienes que.

—Podrás hacerlo de nuevo. Ya lo verás.

—Gracias, Bob, pero no lo creo. En mi vida, nunca, nada ha sido así. Lo poco que hice fue puro trabajo, trabajo duro. Pero está bien. Me gusta que haya sido así. Al diablo con los golpes de suerte. O salgo adelante porque me lo propongo o…

—¿O?

—Me hundo.

Frank Armstrong miró a Bob sentado al otro lado de la mesa, mirándolo como si estuviese ante un hombre indescifrable. Se suponía que a estas alturas ya debía saber lo que haría. Nada más lejos de la realidad. Si había un obstáculo para Frank Armstrong, no era otro que la rotunda imposibilidad de saber qué diablos iba a hacer ahora. Ahora que el destino había puesto a Bob Henderson en su camino.

24

El domingo 19 de agosto fue el inicio del fin, el momento en que la vida de Maddie se precipitó por la cuesta. No fue una epifanía, no fue una revelación, no fue un percatarse de algo nocivo que estaba ante sus propias narices. No. Fue un arrebato nacido de sus entrañas con la única finalidad de salvarse a sí misma. Todo comenzó a las ocho de la mañana, cuando abrió los ojos y volvió a cerrarlos estrujando la almohada mientras hacía un último esfuerzo por ser razonable, por repasar las pocas opciones que tenía por delante.

Sentarse a escribir en ese momento no era una de ellas. Algo durante la noche, mientras dormía, le había dicho que, si se enfrentaba a esa primera prueba en la disposición de ánimo equivocada, estaría perdida. Perdida porque, de un modo u otro, acabaría mirando hacia atrás y, si hacía eso, si se enfrentaba a sus demonios en un momento como ese, estos terminarían por ganar la batalla.

Por alguna razón más bien intuitiva se repetía así misma las palabras *no mires atrás*. «No mires atrás. No lo hagas», se decía con esa voz silenciosa que viene de quién sabe dónde y que le insistía en que, si habría de probar sus alas en el vuelo de la ficción, esa ficción exigiría que dejara de verse a sí misma y que sepultara, de una vez por todas, al espíritu de la inanición, a la mutiladora que había arrastrado consigo y que había hecho de ella una esclava.

Para Maddie Wells, no tendría ningún caso confrontar las heridas pasadas, los descalabros o la oscura necesidad olvidada. Ella, ahora, debía ser la protagonista de su vida y, mientras hiciera eso, todo estaría bien. En cuanto al objetivo, en cuanto a la meta inmediata, cualquiera que fuera, el asunto era un poco más complicado porque tenía la certeza de que su vida, como la de todo el mundo, no estaba hecha de otra cosa más que de objetivos que, tan pronto como se alcanzan, se vuelven una pesadilla o ceden su lugar a otro objetivo más; pues tal es la condición humana, pensaba: ponerse en la situación de querer algo más tan pronto como uno obtiene lo que buscaba.

Esa era la verdad. Salvo Max y Kate, salvo los días felices con Frankie y esos pequeños grandes logros del pasado, no había una sola meta alcanzada de la que, en el fondo, no renegara. Despertaba y le parecía que podía asirlo todo, que tenía ante ella un mundo en el que podía hacer cualquier cosa. Después se levantaba y, tan pronto como empezaba el día, veía la promesa desvanecerse, alejarse, disolverse en la realidad. En la realidad de ese mundo al que ahora le declaraba la guerra, pues lo que había de por medio no era un simple capricho, sino su propia cordura. Al menos eso temía. Tenía, incluso, un chiste secreto, privado, ligado a la asociación inevitable entre su apelativo, Maddie, y la palabra *loquilla* que, emparejada a su apellido, Wells, dejaba lugar a la esperanza de alguna mejoría: Maddie Wells. Curioso: andar por el mundo estrechando manos y repartiendo besos mientras el subtexto no es otro que *la loquilla mejora*.

Visto así, entendido así y, dado que invocar el pasado sería volver a la tierra yerma de su vida creativa, ¿qué otra opción cuerda tenía que no fuera entregarse a la tarea cuya meta no se agota hasta que sobreviene la muerte? Esa tarea rara en la que, de un modo u otro, debía procurarse un poco de placer, un poco de bienestar que diera pie, si no a la gran obra, sí, al menos, a la predisposición de ánimo necesaria para crear una primera situación, un indicio, un primer eslabón que le permitiera fundir la rara conciencia de su existencia con el néctar de su imaginación. ¿Qué extraña flor emanaría de todo aquello? ¿Qué castillo encantado habría de erigirse en semejante situación? ¿Qué rara mansión poblada de espectros podría manifestarse?

Todo esto pensaba Maddie mientras se aferraba a su almohada: su nueva confidente. Ahora que Frankie no estaba, ahora que lecho y nido estaban vacíos, había lugar para somnolientas y largas disquisiciones sobre lo que en verdad debía hacer. El sol de la mañana se anunció primero en el canto de los pájaros. Luego estiró una pierna, con la clara sensación de que, después de todo, la ausencia de Frankie no era tan mala. Había recibido un mensaje suyo, eso sí. Un mensaje suyo que parecía de ella, pues en el celular que le había prestado el nombre de usuario que figuraba no era otro que «Maddie 2», o sea, su segundo teléfono. El mensaje decía: «Querida mía, como acordamos, te informo de mi paradero. ¿Recuerdas a Bob Henderson? Estoy aquí con él, en Glastonbury, en su finca. Todo está bien, creo. Pasaré aquí una pequeña temporada. Espero que tú estés bien. Estuve con Vicky. Vi a Theo. Quisiera contarte mucho más, mucho. Pero temo que este no es el momento, sobre todo para ti, y tendré que respetarlo. Insisto: no dejes de llamarme si necesitas cualquier cosa. Te quiero, aunque lo dudes, Frankie».

«Aunque lo dudes», repitió Maddie para sus adentros. No, no lo dudaba, tan solo ponía en duda ese empeño en creer que ella podría necesitar algo, algo de él. La luz tras las cortinas se tornó más intensa y el retorno a la realidad se volvió irreversible pero alentador, dada la esperanza de tierra firme acariciada durante ese estado: mitad dormida, mitad despierta. Maddie salió de esa ensoñación apartando la sábana de un tirón que la infló como paracaídas; luego se calzó sus sandalias, bajó a la cocina por su café y lanzó a la basura la edición impresa del *New York Times* por la simple razón de que, a partir de ahora, debía eludir todo contacto con las noticias, sobre todo la relativa al escándalo suscitado por el caso Armstrong-McKellen. La consigna era no mirar hacia atrás, olvidarse, sustraerse del ruido mundanal y pasar la mañana de cualquier modo edificante que no entrañara la lectura de un libro, sino la comunión con ella misma. Comunión que, por supuesto, no iba a obtener dando su paseo dominical en Central Park, un hábito sepultado ahora junto el *Apfelstrudel* amortajado en el basurero.

Su deseo, su auténtico deseo era ver una exposición fotográfica que le habían recomendado muchísimo y, ese domingo, era el último día. Cierto, el lugar de la exposición era el MOMA, donde las cámaras habían captado a Frankie deambulando con Lauren, pero eso no iba a detenerla. Una cosa es cambiar la rutina para cambiar un poco por dentro, y otra muy distinta, privarse de hacer lo que se quiere solo para suprimir toda reminiscencia. Sería ridículo, enfermo. Si ese fuera el caso, mejor haría en subirse a un avión, porque Frankie, lo aceptara o no, estaría en todos lados. Y eso también era parte de su nuevo yo interior, cualquiera que este fuera. No, la mejor opción era apagar el fuego con fuego y visitar el MOMA tan pronto como terminara su omelette y su *croissant*. Eso haría, y eso hizo. Se dio una ducha, se puso una blusa fresca de algodón y un pantalón, también de algodón, y pidió un Uber que la llevaría directo al museo.

El conductor, en esta ocasión afable, parecía taciturno, cercano a los cuarenta, alto y delgado como una garrocha, con manos largas y huesudas. Su acento, en parte hispánico, en parte neoyorquino, la confundió tanto como sus ademanes, que eran un tanto flemáticos. Era un sujeto raro, intrigante, que la miraba por el espejo retrovisor de una forma extraña, inquisitiva. Por un instante tuvo la tentación de interrogarlo, pero estaba tan absorta en sí misma que se quedó callada, observando, pensando en el inusitado sentido y el extraño entusiasmo infundido en su determinación, de la que ahora le parecía tener indicios y señas en un exterior en progresiva sincronía con su mente; como si el mundo y el devenir fueran una y la misma cosa.

En la radio que estaba escuchando el conductor, quien no hacía sino llevarla al destino que ella había elegido, con ayuda del navegador, estaba sintonizada una emisora donde alguien decía:

—Sí, sí, sí, es lo mismo que decía él: nos enseña a obedecer, en lo espontáneo, «el grito de voces que está del otro lado», o si no «será un extraño el que dirá lo que sentimos y pensamos todo el tiempo», ¿no es así? Y, con pena, nos veremos obligados a «tomar de otro nuestra propia opinión». De modo que sí, hay que asumirse, para bien o para mal, y tejer la trama de uno «labrando la tierra que se te concedió», pues nadie, salvo tú, sabe lo que ha de hacerse «y no lo sabrás hasta que no lo intentes».

—¿Qué diablos? —dijo Maddie para sí misma, llevándose a la frente la mano del brazo apoyado en la ventana. Aquellas palabras le eran familiares, pero el hecho de que una voz desconocida se las recordara en ese preciso instante la llevó a ocultar su emoción, a fingir que miraba por la ventanilla, para luego preguntar—: Disculpe, ¿quién es el que está hablando?

—Es el programa dominical de la WQXR, acabo de sintonizarlo —dijo el conductor—. Me parece que están entrevistando a un compositor. No sé quién es.

—Oh, oh. La WQXR. Sí, gracias.

El coche siguió su camino por la 56. Maddie siguió escuchando y, cinco minutos después, mientras esperaba su turno en la taquilla, comenzó a apreciar el entorno con la rara sensación de quien empieza a ver mensajes en todo cuanto le rodea, comenzando con el título de la exposición, que era, solamente, *Being*.

Esto, esta palabra, ese eco de plenitud irrevocable por cuanto tiene de simple y, a la vez, inconfundible, resuelto, la convenció; la sedujo casi con el influjo de un murmullo marino del que apenas estaba consciente, pero que, a medida que comenzó a internarse por los pasillos blancos, las mamparas lisas, el piso de madera pulida y el resplandor de las luces, empezó a cobrar fuerza, claridad y cada vez más nitidez, sobre todo cuando, en un instante de curiosidad, se detuvo frente a una computadora colocada sobre una amplia mesa con propósitos interactivos tales como escuchar lo dicho por los fotógrafos al respecto de sus propias imágenes.

No tardó mucho tiempo. Solo se dejó llevar por la curiosidad suficiente y pulsó una tecla al cabo de lo cual empezó a escuchar las voces, esas voces de mujeres y hombres en aquella grabación, de la que, desde luego, nada sabía:

—Trato las fotos y a las personas en las fotos de un modo muy personal —dijo una voz femenina, clara y potente.

—Siento… —añadió luego un hombre—. Siento que trabajo en una dimensión cercana a una ficción histórica en la que me suprimo de algún modo a mí mismo de la imagen para verla con mayor nitidez.

—Las fotografías pueden, y en muchos sentidos deben, contradecirse unas a otras —interpuso una tercera voz—. Así construyes una narrativa que es confusa y, en cierto modo, compulsiva.

Pero fue la última de las voces la que dijo algo que le pareció casi un hechizo, una ilusión fugitiva:

—Estas no son las fotografías que ves. Estas no son las fotografías que representan típicamente a los americanos de los Estados Unidos. Es algo nuevo: es como si hubiera algo en el presente que estuviera cambiando.

Sin ponerse a pensar mucho en ello, Maddie empujo sus lentes hacia arriba con el dedo, para luego echar a andar con un sigilo involuntario, casi felino, en medio de una enorme instalación que atrajo su curiosidad. Estaba compuesta por cientos de fotografías de mujeres dando a luz; pariendo, amamantando, expulsando del vientre flácidas criaturas henchidas y sanguinolentas; unas en cuclillas, algunas de rodillas, otras recostadas en camastros, zarapes o mesas quirúrgicas con sábanas azules; una estaba sumergida en una tina, otra miraba la cabeza del bebé despuntar en su vagina. Se miraban rostros dolientes y felices; padres solidarios, expectantes, junto a madres en duelo, radiantes y plenas. Había, no obstante, una contradicción, un claro contraste entre toda aquella plenitud y la dolencia manifiesta en los frágiles nacidos, con sus rostros placentarios inflamados, lastimeros y quejosos. Era como si la llegada al mundo, en todos los casos, estuviera ligada a la más enérgica repulsión; como si la inerme felicidad del padre o la dicha rotunda de la madre se hubiese consumado a expensas del nacido, a expensas de un alma que no pidió venir al mundo.

Fue con esta certeza, apenas tolerable, de que la plenitud materna se paga con la existencia de lo engendrado en vientre propio o ajeno que Maddie, en medio de ese vasto despliegue fotográfico, cuando estaba a punto de abandonar la sala, se percató de una fotografía diferente, de una imagen casi perdida en la distancia. Se trataba de una mujer joven, lozana, de vestido corto, con el brazo y la frente apoyados en el tronco de un árbol como quien lamenta algo que no le ha sido concedido o, quizá, como quien vuelve de un largo viaje, fatigada, decepcionada. No había esperanza, sino añoranza; un presente incompatible con el deseo insatisfecho y no del todo incomparable al suyo propio, detenido, acotado y, por qué no, sujeto a un árbol. Sujeto a un árbol bajo un sol abrasador. ¿Era posible que su mente la engañara, que quien estuviera atada así a ese árbol fuera ella y no Frankie? Ahí el acertijo, ahí la pregunta, ahí la silueta de una quimera que apenas lograba columbrar en un contorno difuso que, ahora, estaba decidida a trazar, a plasmar, a escudriñar y, por qué no, a interrogar.

25

Si para Maddie era el inicio del fin, para Frankie era el fin del comienzo. De un comienzo tortuoso desde el día en que salió del Boston Memorial Hospital, empujado en una silla de ruedas y con su vida partida por la mitad.

La jornada había sido larga, extenuante, y coronaba una semana de por sí enloquecida con tal maremágnum de agitaciones que su cerebro se marchó al otro mundo tan pronto como llegó al cobertizo y puso la cabeza en la almohada. Lo que fuera que hubiera ocurrido durante la noche, lo que fuera que su mente hubiera hecho con el cúmulo de emociones, recuerdos y revelaciones desatadas había surtido un efecto evidente. Lo sintió. Lo notó en cuanto tuvo el primer atisbo de haber despertado. La cama individual estaba iluminada por la intensa luz de la mañana. Sobre la mesilla de noche estaban su reloj, su billetera, las llaves del auto y el teléfono de Maddie con una respuesta que no decía otra cosa que un simple «Ok». Puede que no fuera consciente de ello, pero aquella sería la primera de todas las mañanas en que nada volvería a ser lo mismo. Todo lo que percibía ahora era la realidad, manifiesta en lo que le rodeaba. La mesilla, el teléfono, la billetera, el reloj, las llaves del coche con el que se había marchado y esa cama individual en medio de aquella blancura hospitalaria en la que sentía hallarse de regreso, con una lesión inescrutable.

¿Hasta qué punto era cierto que sus facultades estuvieran recuperadas? No estaba claro. Una cosa era hablar y otra, escribir. Cierto, el diagnóstico de la doctora Duncan era prometedor, mas no era ninguna promesa, y la sola insinuación de que sus problemas psicológicos fueran un impedimento más empezaba a hostigarlo tanto como los esfuerzos de Carter para reintegrarlo a una vida que, en el fondo, temía ya no poder sostener.

Su última columna en el *New York Times* la había escrito hacía nueve meses, una semana antes del accidente, y ni siquiera recordaba de qué trataba. *¡Que vivan las armas!* le parecía ya un fenómeno, una rara vivencia en el pasado de un hombre que lo atormentaba y que, sin embargo, se había esfumado. En tan solo seis meses tuvo listo el manuscrito, ya con las tres revisiones después de las cuales se lo entregó al editor. Ni siquiera había concebido la historia como novela hasta que se percató de que le sería imposible escribir un ensayo, que fue lo primero en lo que había pensado. La idea, la trama, los personajes mismos parecían plasmarse sin mayor esfuerzo hasta el punto en que la historia se contaba sola, con las palabras saliendo una tras otra hasta que el cansancio lo vencía y se iba a la cama para arrancar de nuevo a la mañana siguiente, sabiendo lo que debía hacer. Solo se bloqueó una vez. Era magia. La magia irrecuperable y ahora extinta a tal punto que daría lo que fuera por ser capaz incluso de bloquearse otra vez.

Cuando Frankie se percató de la hora, eran poco más de las nueve. Entró en la ducha y notó que no salía agua caliente. El calentador de paso debía tener algún desperfecto, pero no era el momento de hacer algo al respecto, así que solo se mojó, se enjabonó y resopló bajo el agua helada para luego vestirse y dirigirse a la cocineta. El pequeño refrigerador estaba vacío, pero el buen Bob le había dado una bolsa con las pocas cosas que había en el suyo.

—Ten, llévate todo esto —le dijo—. Aquí solo se echará a perder.

Con eso le bastó para prepararse un tentempié a base de un pan con mantequilla y mermelada de naranja acompañado con café.

El resto de la mañana la pasó con Bob, recorriendo la propiedad. Le enseñó cómo poner en marcha el sistema de riego y cómo funcionaba la podadora John Deere. Luego le mostró el cuarto de herramientas y el fertilizante de pasto. La cerca necesitaba mantenimiento, el cuarto de triques debía ser escombrado y los arbustos, podados.

—Todo esto es para que estés enterado —aclaró—. Ben viene los miércoles y él es quien se hace cargo de todo. Es un buen tipo. Solo tendrás que comprarle las cosas que te pida. Tampoco será necesario que te ocupes del riego sino hasta la primavera, en caso de que sigas aquí. Marvin seguirá mostrando la propiedad. Cuando tenga un buen prospecto, programará una cita. Si te inspira confianza, me llamas y damos el siguiente paso.

Una vez que hubieron afinado los detalles, almorzaron en la *trattoria* para luego dirigirse al aeropuerto de Bradley y devolver el auto en Hertz. Bob le ofreció usar la *pick-up* y Frankie la aceptó, pero ofreciéndole a cambio un servicio completo de afinación. Por la razón que fuera, a Frankie le costaba recibir cualquier tipo de ayuda sin sentirse miserable, cosa que Bob ya había notado y sospechaba que se derivaba de un acomplejamiento, de una creciente conciencia de su inutilidad.

—¡Qué terco eres! —volvió a decirle—. A este paso, me sale mejor que tomes posesión de la casa completa:

necesita pintura, impermeabilización, un poco de plomería y servicio para la calefacción.

—Y también para tu calentador de agua —le respondió Frankie—. No funcionó.

—¿Cómo dices? —exclamó Bob—. ¿No funcionó? Ah, cerré la llave del tanque de propano. No tienes más que abrirla, y cerrar la llave de paso en el tubo que abastece mi casa. Búscala, supongo que sabrás cómo cerrarla.

Ambos se rieron, fumaron un último cigarrillo y recordaron los viejos tiempos:

—La vez que arrastraste a Theo a ver *Chitty Chitty Bang Bang* por séptima vez. El overol de mezclilla que no te quitabas nunca y ese sombrerito que te quedaba grande.

—Tu oficina —le dijo Frankie—, con los carteles de *Casablanca*, *Los Pájaros* de Hitchcock, *Lawrence de Arabia* y *Lo que el viento se llevó*.

—Esa colección formidable que ahora tengo en Tampa y que vale una fortuna.

La verdad de las cosas es que Bob no pudo haber sido más amable. Estaba muy complacido de ayudarlo. Y se lo dijo, agregando que le hacía muy feliz saber que alguien como él podía disfrutar de aquella propiedad maravillosa.

—Tú solo cíñete al plan —enfatizó tan pronto como hubieron facturado las maletas en el mostrador de American Airlines para luego dirigirse a la zona de embarque.

—¡El plan! —exclamó Frankie con su risilla.

—Sí, sí —insistió Bob—. Siempre hay que tener un plan y, cuando no se tiene, el plan es llegar a tenerlo.

Quizá era porque las despedidas en el aeropuerto siempre son sentimentales, pero Frankie no olvidaría la mirada de Bob en ese momento, cuando alargó el brazo para estrecharle la mano. Con esa sensación de ver a Bob partir hacia Florida, hacia los brazos de Carol, mientras él se quedaba en Glastonbury, solo, comenzó a darse cuenta de lo que estaba ocurriendo.

Por un momento pensó en Lauren, en la velada soledad que debió haber vivido, pero, también, en el soplo de vitalidad que trajo a su vida. Por otro lado, pensó en Maddie, que tanto lo había cuidado, y en lo mucho que debía dolerle verse recompensada de semejante manera. Cualquiera que fuera el motivo, el hecho era que se había dejado llevar, que había cedido a un impulso y que, en ese impulso, pasó sobre ella como una locomotora. No se merecía eso.

Los altavoces anunciaron el vuelo de Bob. Frankie echó a andar en busca de la salida. Ahora se percataba de que «el jorobado en el ático», como le decía Carter, no solo había estado a un paso de arrebatarle la vida: le había arrebatado a Maddie, había arrastrado a Max a ese tribunal, había provocado que Kate no quisiera saber nada de él y le había arrebatado su pluma, convirtiéndolo en lo que era ahora: un hombre miserable, solo, sin amor, sin dinero, sin honra y con una discapacidad de la que ni siquiera estaba seguro de poder recuperarse. Era hora de escribirles a Maddie, a Kate y a Max. Era hora de hablar con la doctora Duncan y recoger los escombros que había dejado a su paso, pedazo por pedazo, piedra por piedra.

En ese momento, Frankie salió de Bradley, regresó a la *trattoria*, pidió un café y sacó su cuaderno. En cuanto la pluma tocó el papel, no obstante, empezaron los problemas. Tensión en los músculos de la mano, dificultad con el trazado de letras, insuficiencia para seguir el paso tumultuoso de las asociaciones mentales desbordándose en su cabeza. Entonces recordó su discurso. Si sus habilidades orales estaban bien, podía recurrir a la grabadora del celular de Maddie. De nada serviría seguir lamentándose. Quería grabar esas palabras lo más pronto posible. Condujo bajo una llovizna repentina, se detuvo a comprar unos víveres y volvió a la finca.

Cuando escribía, Frank Armstrong no tenía que caminar demasiado, pero ahora necesitaba sus piernas. El imponente granero de doble nivel le pareció el lugar indicado para dar esas vueltas que le ayudaban a hablar con verdad, con verdad y soltura ante ese aparato que ahora, le gustara o no, estaba registrando las palabras más importantes de toda su vida.

La llovizna cesó y empezó a oscurecer. El fulgor de la luna creciente se insinuaba radiante en las ventanas situadas bajo el vértice superior del tejado. Quizá por la diferencia de horario la primera respuesta que recibió fue de Kate. Le confesaba que su silencio se debía a la más horrible confusión que había tenido en su vida.

—No sabía que hacer, pa. No sabía. Pensé que te había perdido para siempre. Tú no eras así. Tenía terror de hablar contigo y que me dijeras algo que no venía al caso. Tal vez no puedas escribir por ahora, pero hay mil cosas que puedes hacer. Acabo de oírte, acabo de escucharte: no me digas que esas no son las palabras de un ser funcional. Sí, ahora no puedes escribirlas, pero quizá puedes dictarlas. Quién sabe. Sé que odias las computadoras y los celulares, que te parecen cosas inhumanas, pero también sirven para que te adaptes, como lo estás haciendo ahora y, si no, no es el fin del mundo. ¿Por qué no dejas de presionarte? ¿Por qué no dejas eso por un tiempo y haces otra cosa? Lo que sea que te haga feliz.

Desde siempre, Max había hecho de su sentido del humor un refugio, una válvula de escape a la que recurría cada vez que las cosas se ponían difíciles. Como buen hijo, joven y reservado, solía ser parco con sus emociones y reticente al sentimentalismo. Su respuesta no era larga y parecía no tener otro propósito que aliviar a su padre de la pesadumbre. Al final del mensaje, sin embargo, tenía la voz rota:

—Gracias a ti —le dijo— puedo hacer lo que más quiero en la vida. Gracias a ti, y a tus regaños también, me levanto cada mañana con ganas de vivir otro día.

El último mensaje, el de Maddie, fue un torbellino, una ráfaga de emociones aglutinadas que revelaban todo lo que, en el fondo, ya sospechaba:

—Lo único que esperaba de ti —le dijo— era oír eso. Mi alma es otra. Pensé que te había perdido, pero también que me habías perdido a mí. Ahora me doy cuenta de que sigues ahí. Nuestro camino se ha apartado, pero no nuestro corazón. Aprovecha tu estancia con Bob. Deja ya de pensar en la maldita demanda. Ocúpate de ti, solo de ti. Tienes que saber que ahora mismo hice una transferencia. El crédito de Maxie está pagado. Ya no tienes que preocuparte por eso. Me siento miserable. Absolutamente miserable por haberme adelantado. Veo que necesitas tiempo. Yo también lo necesito. Veo que el futuro es incierto y que no tengo derecho a esperar algo que, por más que tú mismo quieras, tampoco has resuelto. Estoy segura de que pronto encontrarás la respuesta. Lo sé porque te conozco. Necesitas respuestas. Los dos las necesitamos. La confusión, estos días, ha sido terrible. Pienso una cosa y hago otra. Ahora, apenas empiezo a ver una luz, una luz que me permite entenderte mejor de lo que tú mismo crees. Sé que cuento contigo toda la vida. Tú también.

La voz de Maddie cesó. Frankie levantó la mirada. La luna brillaba detrás del robusto castaño. La vida había respondido.

Tan pronto como se hizo el silencio, Frank Armstrong comprendió lo que tenía por delante. A la mañana siguiente, habló con la doctora Duncan. No bastaba con que hiciera sus ejercicios de lectoescritura y psicomotricidad. Debía darse una ducha de endorfinas un día sí, un día no, y, el día que no, tenía que dar una caminata para estimular el flujo sanguíneo al cerebro; debía caminar tanto como fuera posible sin caer en la fatiga. El tedio habría de ser mantenido a raya y el consumo de alcohol y tabaco, suspendido por completo.

—Limite su exposición a las pantallas luminosas —enfatizó Duncan—. No más de una hora al día, ya se trate de la computadora, la televisión o el teléfono. Recuerde que la cognición aumenta en medios no electrónicos. Si le gusta oír música, ponga música. Si le agrada comer y cocinar, hágalo. Si dibujar le da placer, siga haciéndolo: le ayudará con la memoria, la concentración, la cognición y la coordinación visomotora y visoespacial. Solo le advierto una cosa: deberá mantener cada tarea, cada objetivo dentro del límite de lo alcanzable. Nada de proponerse escribir novelas en este momento; nada de escribir ensayos y lamentarse porque no logra plasmar sus ideas. Si va a escribir, hágalo principalmente por las mañanas y sin preocuparse por los razonamientos complejos ni las cuestiones estéticas o grafológicas. El objetivo es el placer. Si no quiere escribir poemas, no lo haga. Si no le da placer o se siente frustrado, déjelo y pase a otra cosa. Esa idea de dictarle a una computadora de viva voz me preocupa, más que nada, porque puede usted caer en la tentación de transformar la comunicación oral en expresión literaria, y mucho me temo que eso podría darle problemas, traerle más frustraciones. Insisto: el objetivo es el placer. Hable todo lo que quiera, exprese todo lo que quiera, pero, si no le satisface, si no le divierte, suspéndalo.

Carter solía decir que las coincidencias no existen, pero no iba a renunciar a su libre albedrío ni a la Providencia por ello. Pues resultó providencial que Ben enfermara de hepatitis y no pudiera ir a trabajar en la finca.

Este imprevisto fue la razón de que Frankie siguiera las instrucciones de Duncan casi sin proponérselo. Se ocupó de podar el pasto y los arbustos; renovó la cerca con aceite de parafina, rodeado de robles, abedules, fresnos. Cuando hubo terminado, escombró el cuarto de triques y sacó provecho del granero con el mobiliario arrumbado. Una mesa, en la planta baja, le sirvió de escritorio. Al pie de la escalera, adaptó su estancia con una mecedora, una lámpara, una mesilla y una vieja alfombra. A media altura, sobre el tapanco, con dos caballetes y una vieja puerta, armó su mesa de dibujo. Cuando el silencio era demasiado, pues por momentos lo era, sintonizaba música de cámara o escuchaba un audiolibro o un pódcast. Las horas que pasaba ahí metido dibujando, absorto en la penumbra bajo esa techumbre monumental, a la luz de su lámpara con sus lápices, estilógrafos y grafitos le bastaron para constatar que, a siete semanas de haber llegado, tenía por delante un nuevo horizonte. El verano llegaba a su fin. Era pronto, muy pronto para suponer que todo iba a esfumarse casi tan rápido como había comenzado.

26

Era una mañana neblinosa a mediados de octubre. El follaje del viejo castaño se había tornado ámbar; los abedules y robles, escarlata y naranja. Frank Armstrong, ahora con suéter de cuello de tortuga, quitaba la envoltura de un lienzo recién comprado en una pequeña tienda de materiales en Hartford.

Durante ocho semanas había mantenido una rutina inquebrantable. Cuando no estaba en el granero, caminaba en el bosque y, cuando volvía del bosque, regresaba a su mesa. La movilidad de la mano había mejorado; la coordinación visomotora, también. El ejercicio comenzaba a surtir efecto, y el tiempo que podía pasar concentrado era mucho mayor. El espacio mental consignado a la escritura había sido liberado, dando lugar a una nueva red de conexiones, de estímulos. Ahora, los travesaños que flanqueaban su mesa estaban repletos de dibujos bien ejecutados, colgados con tachuelas en orden cronológico. Aquello se había convertido en una pequeña galería personal, donde las imágenes, y no las palabras, contaban la historia. ¿Qué historia? La suya.

El primero, plasmado en grafito, era la proa de un enorme navío abriéndose paso en un mar encrespado. El siguiente era un auto con la sombra de un poste de luz proyectada como un crucifijo a mitad del camino. El tercero era la oscuridad negra envolviendo a una primorosa madona que observaba detrás de una puerta que podría estar abriendo o cerrando. Ese dibujo estaba seguido por una naturaleza muerta, en la que figuraban una pluma y un cuaderno, que contenía una leyenda ilegible. El quinto, con líneas delgadas y retorcidas, plasmaba una mano esquelética con un anillo siniestro empuñando un bastón. Del entramado del techo imponente, emergió un sexto dibujo de insólita geometría con líneas verticales, horizontales, paralelas; ángulos oblicuos y obtusos; trapecios y rectángulos: cada uno sustentado por una función tomada de una estructura real que daba apoyo a un propósito. Era imposible saber si la serie, de poco más de treinta dibujos, terminaba o empezaba con la palma de una mano iluminada por un estallido en la oscuridad.

Era así como Frank Armstrong se descubría dibujando durante aquellas semanas, a partir de sus fracasos y anhelos asumidos con dolor y esperanza. Había descubierto que el secreto estaba siempre en el vínculo. Un dibujo contenía la semilla del que le seguía y se convertía en fruto cuando lo terminaba.

Cierto, el sentimiento que su condición le inspiraba era de incertidumbre y predecir la viabilidad de sus aspiraciones artísticas era una cuestión muy delicada, pero, aquella mañana, cuando el otoño estaba en todo su esplendor, había decidido dar otro paso y arriesgarse a plasmar una sección del follaje del viejo castaño visto a través de la ventana frente a su mesa. No se trataba de un simple experimento, sino de una prueba para la que se disponía a utilizar pinturas acrílicas, dado el temor de que cualquier material de base solvente pudiera perjudicar en lo más mínimo la incipiente mejoría de su afectado cerebro.

Por primera vez desde el accidente, tenía la impresión de estar encontrando un camino, algo que, si se lo proponía, podría convertirse en una ocupación y, quizá, en una nueva forma de vida. Fue entonces cuando el único objeto profano que había dejado sobre la mesa vibró una vez. Por un instante pensó no interrumpir lo que estaba haciendo, pero el endemoniado aparato vibró una segunda vez y, con un gesto de fastidio, soltó un violento zarpazo para saber de qué se trataba. Era Howard. Tenía noticias sobre el lío de Boston, «y mucho me temo que no son buenas», le dijo.

Ahora resultaba que los abogados de Woodward Security, la compañía a cargo de la seguridad del psiquiátrico, argumentaban que la causa directa del accidente no era imputable a su representado, sino a la negligencia del conductor que dejó en marcha el vehículo, en que el hecho había sido perpetrado y que, de no haber sido así, el paciente en fuga no lo habría robado. De modo que ahora el tercero en discordia era la aseguradora contratada por el propietario de la camioneta, una lavandería local con el nombre de Mr. Chow que daba servicio al psiquiátrico. El caso se había convertido en una disputa interminable entre abogados y compañías de seguros, sin ningún veredicto a la vista en por lo menos un año más.

Pero las cosas no terminaban ahí. Tras el escándalo policial, la Ciudad, que ofrecía resolver el asunto sin necesidad de una costosa batalla, tardaría por lo menos seis meses en dar curso al proceso. Dando por hecho, le aclaró Howard, «que todo marchará sobre ruedas y que no pretenderán sacudirse lo más costoso en tu caso, que son los daños a tu reputación, de la que depende en gran medida tu economía». Eso era lo que ya estaba en juego.

Tras más de medio año sin generar un centavo, sus ahorros apenas bastaban para sostenerlo dos meses más.

Howard lo había rescatado metiendo el bono de Sammy y los honorarios de Will como pasivo al despacho, pero el pago de esa partida era inminente, y no se perdonaba que Maddie hubiera acabado pagando por los estudios de Max. No era justo.

Cualquiera que fuera el caso de otras familias, entre los Armstrong eran los padres quienes pagaban los estudios de los hijos. Así lo había hecho su abuelo con su padre; así lo había hecho su padre con él y con Howard, y así lo habría hecho él con sus hijos de no ser por Maddie, quien consideró que lo justo, dada su situación, era que ella se hiciera cargo de Kate. El que ella, ahora, terminara pagando los estudios de Max, implicaba romper un acuerdo, incumplir una obligación y faltar a su palabra.

Por si fuera poco, Frankie estaba en espera de un veredicto que, si todo salía como estaba previsto, lo iba a volver millonario. Millonario de la noche a la mañana gracias al infortunio que le había arrebatado todo, sentenciándolo a llevar la vida de un pensionista, mirando pasar la vida tras una cerveza o recogiendo la mierda de un perro de compañía a falta del amor que él mismo había destruido. Lo único que le había pedido Maddie era que se ocupara de él y se olvidara ya de la maldita demanda, pero eso, lo aceptara o no, era lo único en lo que estaba pensando.

Howard terminó la llamada, y Frankie, inmerso en preocupaciones, perdió la paz necesaria para seguir adelante. Por primera vez desde su llegada a la finca, pasó mala noche. La desmotivación se acentuó y comenzó a postergar su proyecto en espera de un momento que parecía no llegar. La soledad comenzaba a pesarle. El trabajo en la finca era nulo.

Ya recuperado, Ben se había presentado, pero solo una vez. Era, en efecto, un tipo amable, oriundo de Wichita, a la que se refería como *el ombligo de la nación.* A Frankie le hizo gracia descubrir que se parecía a Willie Nelson. Ben hizo la última poda del año y dijo que no volvería hasta principios de noviembre para recoger las hojas y hacer la composta. De Marvin Preston no había recibido más que un par de llamadas. Con el invierno en ciernes, decía que sería mejor alquilar por periodos cortos, pero Bob se negó y Frankie dejó de insistir.

Al cabo de unos días, la temperatura más alta cayó a siete grados. La mano se le entumecía. Tuvo que recortar unos guantes de lana para poder trabajar, pero no se acostumbraba a ellos. Solo una mañana, sabiendo que el castaño perdería pronto el esplendor del follaje, aplicó en el lienzo un par de colores para terminar descubriendo que, tan pronto como la pintura secaba, todo el fulgor desaparecía por completo. Era como si la pintura se desmayara, desfalleciera. De momento creyó que podría recuperar la viveza prometida en el tubo si alteraba el matiz, pero no dio ningún resultado. Cada pincelada parecía tornarse una extensión de su alma permeada de opacidad. En menos de dos semanas, el granero era inhabitable y su inmensidad, invencible para un simple calentador eléctrico enchufado junto a su mesa. El último esfuerzo por seguir dibujando lo llevó a cabo en la cocineta, pero, a los tres días de hacerlo todo en un mismo lugar, tan reducido, perdió el poco entusiasmo que le quedaba. Acabó metido en el cobertizo, maldiciendo el frío, envuelto en el edredón, viendo miniseries en su laptop día tras día, ordenando comida a través de una aplicación.

Durante aquellas semanas, las llamadas de Kate y Max se volvieron puntuales: Max al mediodía y Kate por la noche, cada domingo. Frankie sospechaba que obraban en contubernio, porque ambos le hablaban de sus proyectos o le pedían consejos para hacerle sentir que aún podía aportar algo a sus vidas. Maddie no tenía día ni hora para llamar. Le dijo que necesitaba silencio y, cuando lo rompió, fue para anunciarle que había alquilado una pequeña casa al norte de San Francisco. «Parece que algo está saliendo de mi cabeza y necesito enfrentarme a ello cueste lo que cueste», le dijo. Frankie sabía de lo que se trataba, pero le parecía un mal augurio, una señal de que la estaba perdiendo a causa de su ineptitud.

Sospechando que Frankie estaba en dificultades, Howard, una vez más, le ofreció acudir al rescate, y le propuso hacerle un préstamo sustancial a cambio de que volviera a Manhattan «a tratarte como Dios manda», le dijo. Frankie lo pensó, pero la ayuda condicionada de Howard le pareció detestable y se dedicó a repasar listas con ofertas de empleo en los alrededores solo para enfrentarse a una realidad de la que nunca fue parte: asistente de ventas, auxiliar de contabilidad, guardabosques o agrónomo especializado en cultivos orgánicos con cinco años de experiencia en el ramo. Por un instante creyó que en el área de humanidades podría haber algo afín a su atrofiada experiencia, pero todo lo que vio fue un puesto como lector de temporada en el Departamento de Admisiones del Trinity College para el que se requerían jornadas de lectura de ocho horas diarias a sueldo de estibador. Howard tenía razón: su aventura se había convertido en una búsqueda quijotesca, insensata; se trataba de recoger los escombros piedra por piedra, y lo único que había conseguido era vivir a expensas de Bob, de Maddie y de Howard.

Con la moral por los suelos, Frankie dedicó la mañana siguiente a los preparativos. Acomodó los muebles de vuelta en el cuarto de triques y recogió la *pick-up* del taller. Solo tenía que hablar con Marvin y revisar los pendientes con

Ben, pero un mensaje de Bob, dividido en dos bloques, lo tomó por sorpresa cuando salía del granero: «Hola Frankie, estoy en Provenza. Todo bien, pero tengo una triste noticia: Theo. Murió con la paz que merecía, en la madrugada de hoy. Hablé con Vicky. Mañana a las diez de la mañana habrá una misa en la iglesia ortodoxa griega de Sta. Bárbara, en Orange. El funeral tendrá lugar en el cementerio de Grove. Compra las flores más bellas que encuentres y abrázala de mi parte con todas tus fuerzas. Te llamo mañana».

Por unos segundos, Frankie se quedó como una estatua de piedra, con el aparato en las manos y el dedo pulgar izquierdo temblando bajo sus ojos. Lo notó de inmediato, pero lo atribuyó al impacto de la noticia. Se sentó en el primer escalón del tapanco y buscó en el celular el teléfono de Vicky. Apenas lo encontró, pulsó el botón verde y la función de altavoz para evitar que su propia mejilla interrumpiera la llamada, como era frecuente. La dulce voz de Vicky resonó en la escalera con el timbre sereno y las palabras certeras de un amor que esperaba la muerte.

—Frankie, Frankie —decía—, estoy tan agradecida, tan maravillada de que se haya marchado así que podría lanzar ahora mismo un coctel de despedida. No sabes el miedo que tenía. Claro, estoy triste, pero también voy a descansar. Tú sabes por qué.

Al día siguiente, Frank Armstrong se presentó en la iglesia afeitado, peinado y con los zapatos lustrosos. El féretro de Theo estaba frente al altar, al lado del sacerdote, que discurría sobre la razón por la que no podía haber cabida para la tristeza o el llanto. Era verdad. Con ciento seis años encima, Theo había muerto como merecía y había pasado del sueño a la nada eterna, con el amor de su vida, en su propia casa. El funeral, en el cementerio de Grove, se inició al son de una corneta luctuosa, con dos oficiales vestidos de gala apostados ante sus restos mortales, cubiertos por la bandera. Theo estaba rodeado de seres queridos, afligidos, pero colmados de amor y entrañables recuerdos. ¿Qué más se podía pedir? ¿Qué más se podía esperar? Nada.

Los miembros del reducido cortejo rindieron el último adiós ante los restos de Theo. Fue entonces cuando Vicky, de pie, ante la fosa, puso en la mano de Frankie la única de todas las ofrendas posibles. La diosa de plata debía volver a la tierra, al inframundo, acompañar a Theo en su viaje y liberar a Frankie del insólito hechizo.

Frank Armstrong, sin dudarlo, lanzó el dracma y apretó la mano de Vicky. Entonces, en su mente, en su corazón, ocurrió lo que no tenía explicación, lo que las palabras no podrían expresar ni la razón concebir. Era como si algo traspasara su cuerpo; algo que indujo un sosiego inmediato y dejó tras de sí una paz inefable. Ni siquiera se propuso entenderlo. Lo sintió, lo aceptó y se limpió la nariz y los ojos casi como si fuera un niño.

Bajo el sol enrojecido, tras la espesura brumosa, Frankie condujo por última vez a casa de Vicky. Estuvo con ella hasta que se hizo de noche. Algo le decía que pronto, muy pronto, ella también iba a despedirse, pues le habló de la vida como sabe hacerlo quien está a punto de marcharse.

—Frankie —le dijo—, escúchame bien. Lo único que nos ata a la vida son nuestros más profundos anhelos, nuestros seres queridos. El tiempo se acaba, y todo lo que nos aparta del camino que le da sentido a la vida se torna engorroso, tedioso, insensato. El encuentro que te hace vibrar, la comunión diaria con lo que te mantiene a flote, el florecimiento de lo que de verdad te importa, de aquello que depende solo de ti y de quienes amas: eso es lo que cuenta. Todo lo demás es prescindible, consumirá tus horas contadas, tus días inciertos, tu vida. Tú mismo lo has dicho:

eres tú quien está al timón de tu barco, no un abogado ni un juez ni una aseguradora. No regresaste de la muerte para volver a lo mismo, pues no hay hombre ni mujer que sea para siempre lo mismo desde que vino a este mundo. Todos necesitamos cambiar, hacer, encontrar, caer y morir un poco de vez en cuando para volver a vivir.

Una vez más, Frank Armstrong sintió la grava crujir bajo sus zapatos. A la mañana siguiente estaba en Manhattan, pero no para claudicar, sino para vender el reloj Piaget de su padre y el anillo de compromiso de su madre. En el fondo, sabía que pedir dinero prestado sería echarse encima una maldición, perder la última gota de honra que le quedaba. La decisión estaba tomada. No iba a bajarse de su barco, aunque fuera lo último que hiciera. El tiempo era oro molido, y el dinero que recibió apenas sería suficiente.

Dos días después, Frank volvió a Glastonbury bajo una intensa nevada y con su ropa térmica en la maleta. La primera lucha iba a ser contra los elementos. Trabajar en la cocineta no era una opción y la temperatura en el granero había caído a cinco grados. Esa batalla, no obstante, la iba a ganar. Tan pronto como llegó a la finca, tomó una cinta métrica, un cuaderno, y se pasó la tarde bajo el tapanco proyectando un estudio desmontable de dieciséis metros cuadrados para el que serían suficientes veinte paneles de poliestireno de cuatro pulgadas de espesor recubiertos con láminas de aglomerado pintadas de blanco. El recinto, al que bautizó La Hielera, estaría ubicado frente a una ventana, con luz natural. Quedaría listo en una semana, tendría un costo inferior a los novecientos dólares y bastaría con el calentador eléctrico para mantener la temperatura templada durante todo el invierno. Al día siguiente, en el pueblo, consiguió los materiales y, en menos de una semana, con la ayuda de Ben, el estudio estaba terminado.

Ahora iniciaba la segunda batalla, la más larga, incierta y difícil a la que iba enfrentarse después de haber sido arrollado. ¿Qué estaba en juego? Todo; Maddie, Kate, Max; su cordura. Era un volver a empezar de cero con la esperanza de aprender un oficio y volver al trabajo, a la vida. El castaño había perdido ya todas sus hojas y, ahora, delante, tenía ese gran lienzo blanco que miró con asombro y respeto, pero jamás con temor. Sabía que el primer paso era echar a perder; separar la luz de la blanca tiniebla con un estallido, pero no sin antes encontrar una forma de restablecer el fulgor. Con astucia y paciencia, hurgó aquí y allá, investigó, leyó y pronto comprendió que la forma de hacerlo era aplicando una veladura al blanquísimo lienzo con un medio incoloro que hacía que el pigmento volviera a la vida. Con esta pequeña pero imprescindible victoria, aprendió dos lecciones. La primera, que la magia del color depende de la pintura que se ha puesto debajo y, la segunda, que todo tropiezo es la señal de algo que no ha sido aprendido, una oportunidad, la posibilidad de un descubrimiento.

Frank Armstrong recordaría para siempre esa primera pintura. El castaño se había convertido en una obsesión, en un deseo irrefrenable de transfigurar con su mano el imponente enramado que nacía de la copa para dividirse y subdividirse otra vez en incontables ramificaciones, ascendiendo hacia la esquina superior de su lienzo. El fin del otoño había puesto al desnudo la esencia de su obsesión: ramas nevadas que, para llegar a lo alto, se tornan delgadas en una proporción matemática que culmina en un nuevo retoño. A los tres días de afanarse con ello, se dio cuenta de todo. No solo estaba pintando un castaño: estaba plasmando el ramal de un cerebro en la añoranza de un nuevo follaje.

Así, maravillado por esta primera sorpresa, en absoluto ajena al mundo de la escritura, de que tras una imagen acecha siempre una trama secreta, comenzó a poner por delante y por encima de todo su fe inquebrantable en el principio de que la obra vibrante nunca brota de la razón, sino de un impulso primigenio, ajeno al control, y de que las cosas que vienen de afuera se manifiestan porque las has puesto adentro, en el alma.

¿Acaso por ello Frankie dejó de extrañar las palabras? Se tornó taciturno, monosilábico, silencioso; ansioso por aprenderlo todo, yendo de aquí para allá como un oso polar, observando, recolectando, pasando de la blanca nieve del bosque al granero, acechando un impulso instintivo, indefinido, numinoso; obsesionado con el lenguaje secreto de las formas, los matices, la textura de una roca, la grieta en la madera o el azul de la nieve.

Tal como había ocurrido con sus dibujos, aquella primera pintura dio paso a otra, luego a otra y, después, a otra más hasta convertirse en un laberinto de lienzos de todos tamaños; un bosque de pinceladas violentas, capas sucesivas, imágenes que iban de lo figurativo a lo abstracto en una frenética transición de colores, contrastes, yuxtaposiciones. Tan solo dos meses después, arropado hasta el cuello, comenzó a ensamblar sus propios bastidores, algunos tan altos que tuvo que improvisar un andamio, con el inusitado placer de verse realizando un trabajo casi tan físico como el de un obrero.

Pero la búsqueda estética no estaba exenta de escollos. Una perene condición del trabajo era la batalla continua contra el desencanto. Había momentos de frustración, días en que nada resultaba y el trabajo se volvía una lucha en la que debía componer, descomponer, devastar la obra para volver inventarla. Mas no se detenía. Si algo había aprendido de la escritura era lidiar con los largos días de agonía, de inanición. Había descubierto, para sí, que la meta de su trabajo era el asombro, el numen, y no cesaba de batallar hasta conseguirlo.

Aquella búsqueda obsesiva, no obstante, estaba lejos de llevar a su puerta el sosiego de una plenitud recobrada. Su condición anímica estaba ligada a la inextinguible conciencia de su aislamiento y la certeza de que su vida no volvería a ser la misma, de que el camino de Maddie y el suyo se habían apartado comenzaba a pesarle cada día más. El trabajo se había vuelto un refugio, un escape, una forma de habitar el presente ante la incertidumbre del porvenir. Las semanas seguían pasando, y lo más difícil para él era mantener la boca cerrada. Pronto el pacto de silencio comenzó a torturarlo hasta el punto en que se descubrió escribiendo mensajes que tenía que borrar por temor a romper el acuerdo.

Entonces, el 12 de diciembre, al salir de la tienda de materiales en Hartford lo tomó por sorpresa la campana de alerta. Era un mensaje de Maddie, tan escueto que lo puso a temblar: «Frankie, cuando puedas asómate a tu correo. Besos. M».

Frankie se apresuró a la *pick-up*, se puso los lentes y abrió el navegador del teléfono, intentando acceder a su cuenta sin conseguirlo. Hacía tiempo había cambiado la clave, pero el trozo de papel en el que la había apuntado no estaba en su billetera. Una y otra vez maldijo su mala costumbre de apuntar cosas importantes al reverso de comprobantes bancarios. Tuvo que conducir de vuelta a la finca, inmerso en toda clase de dudas. Sabía demasiado bien que tras los silencios eternos de Maddie sobrevenían decisiones inalterables, y algo le decía en sus entrañas que había tomado una decisión.

Frankie entró al cobertizo, encendió la computadora y se sentó en la cama, con su chaqueta cubierta de copos de nieve. En la bandeja de entrada, estaba ese correo con letra grande y a doble espacio que se afanó en leer tan rápido como pudo:

Frankie querido:

Me cuentan *los niños* que has estado pintando, que el pasar del dibujo a la pintura te ha abierto un camino. Tengo aquí, delante de mí, la imagen de un árbol majestuoso, que, al parecer, fue creciendo lienzo a lienzo hasta convertirse en ese gigantesco y formidable mosaico con un granero rojo y un bosque detrás. No necesito ser experta en arte para ver la inmensa hermosura de esa obra compuesta de partes que son cada una un poema en sí mismo. Me maravilla lo que has hecho. Lo sabía; siempre lo supe. Max y Kate están orgullosos de ti, y yo también.

Sé que mi silencio egoísta ha sido largo, pero has estado conmigo todos los días y debes saber que estoy contigo a pesar de mi ausencia. Es tanto lo que quisiera contarte, tanto lo que ha sucedido en esta cabaña recluida que, si empiezo a escribirlo, no voy a parar, y no debo olvidar cuánto te cuesta leer.

Esto se ha vuelto una locura. No entiendo nada y, al mismo tiempo, lo entiendo todo como nunca creí que pudiera entenderlo. La maldita escritura, maldita y bendita, pues ahora comprendo que, si nunca lo hice, es porque no me hizo falta. Mi vida era plena, sin pérdidas ni lamentos ni nada más importante que ser rotundamente feliz en la aceptación cabal de mis propias limitaciones.

Ahora me doy cuenta de que, si nunca escribí, fue por temor a que mi incierto talento me hiciera infeliz. Tenía tanto contigo y los niños que opté por no vivir para las letras, sino tan solo enriquecida por ellas. La verdad de las cosas es que no me arrepiento.

Ahora, como tú, me encuentro del otro lado, en la otra orilla, a mitad del camino, necesitando trascender mis limitaciones para vivir, para respirar, para despertar cada día con una ilusión cuando lo poco que importa se va de tu vida. Esa y no otra es la dura enseñanza.

Llegué a esta costa a tientas, abatida, pero con la esperanza de que tu suerte y la mía podrían cambiar si nos lo proponemos. Nada me gustaría más que pasar la Navidad y el fin de año contigo. Tenemos detrás un pasado muy grande y, por delante, el largo camino tras un nuevo comienzo. Todo es cuestión de elegir. Yo ya he elegido. Espero que tú también.

No escribas, llámame ya.

Tuya,
Maddie

Cuando Frank Armstrong terminó de leer, los copos de nieve eran gotas de agua escurriendo sobre la cama. No le bastó con leer una vez ni dos ni tres. Siguió leyendo y releyendo hasta que el rojo sol de la tarde le hizo ver que no estaba soñando, que tanto infortunio, agravio y error no habían sido en vano.

Agradecimientos

Algún experimentado novelista, cuyo nombre he olvidado, decía que, si pretendes escribir una novela, le cuentes tu historia a una mujer imaginaria sentada frente tu escritorio. Si bosteza estás en problemas; si te sigue, vas bien. En mi caso, la mujer en cuestión se materializó, y lleva a cuestas la responsabilidad de haber casi autorizado las secuencias narrativas que integran esta obra, que, desde luego, está dedicada a ella.

En esta labor, de alto riesgo para la pareja, me acompañaron de cerca mi hijo Cristóbal, fuente continua de ideas y crítico implacable, así como también amigos y familiares con quienes estoy en deuda perpetua.

En el cuartel de México, Enrique Laguardia, Patricia Varela, Eduardo Morfin y Rebeca Pimentel se soplaron mis lecturas en voz alta, escena por escena, a medida que escribía, y sus reacciones espontáneas me permitieron ajustar el rumbo de la narrativa. Así empezó todo, con ellos escuchando mis desvaríos frente a los cerros de Malinalco y Tepoztlán.

En el cuartel de España, Pamela Reynoso tuvo una fe inquebrantable; no solo puso en mi camino el entusiasmo gallego de Antonio y Carlos Risco, sino la afinada experiencia de Paz López-Felpeto, mi editora de confianza, cuya sensibilidad y buen tino resultaron decisivos para dar forma cabal al conjunto final.

Paul Gillingham, amigo entrañable y reconocido historiador, hizo innumerables sugerencias y siguió la historia tan de cerca que acabó haciendo una traducción al inglés.

Philippe Ollé-Laprune, amigo y compañero de mil batallas, tuvo fe y entusiasmo en un momento clave, y Braulio Peralta me dio consejos técnicos de los más oportunos.

Por último, mi agradecimiento profundo es extensivo a José Eduardo Latapí, Lilian Alcalá y el equipo editorial de Tusquets, que dio forma final a este libro tal como el lector lo tiene en sus manos.